Ivar Leon Menger

Der Tower

Ivar Leon Menger

DER TOWER

Thriller

dtv

Von Ivar Leon Menger
sind bei dtv außerdem erschienen:
Als das Böse kam
Angst
Finster

FSC
www.fsc.org
MIX
Papier | Fördert gute Waldnutzung
FSC® C019821

Originalausgabe

Tumblingerstraße 21, 80337 München
produktsicherheit@dtv.de

Umschlaggestaltung: Johannes Wiebel | punchdesign, München
Umschlagmotive: Adobe Stock / wojciechkic.com,
Pawel Filusz, Avantgarde, Reisekuchen
Satz: C.H.Beck.Media.Solutions, Nördlingen
Gesetzt aus der Stempel Garamond
Druck und Bindung: Druckerei C.H.Beck, Nördlingen
Printed in Germany · ISBN 978-3-423-22134-4

*Für Ira Levin und Ruth Weibel,
die den Grundstein gelegt haben*

Prolog

Sie blickt in den Rückspiegel und sieht ihre Zukunft.

Der Umzugswagen, den sie günstig bei einem türkischen Transportunternehmen gemietet hat, knattert lautstark hinter ihr her, kämpft sich durch die verstopften Straßen Berlins. Dabei hinterlässt der Sprinter eine so dichte Rauchfahne, dass man noch Minuten später ihren Weg nachverfolgen kann.

Die geräumige Ladefläche des LKWs ist fast leer. Zwei Kartons mit Büchern, eine Kiste mit Krimskrams sowie ein halbes Dutzend Umzugskartons mit ihren Kleidern, das ist ihr ganzer Haushalt. Ihr Bett, den höhenverstellbaren Schreibtisch, den Schrank und die Couch hat sie schweren Herzens verkauft.

Diese Dinge braucht sie nun nicht mehr.

Über den CD-Player ihres Autoradios läuft zum vierten Mal der Song *Vertigo* von Edwin Rosen, den sie nach ihrer Trennung in Endlosschleife gehört hat. Zum ersten Mal muss sie nicht dabei weinen. Ihr Zeigefinger trommelt fröhlich im Takt der Musik auf dem Lenkrad mit.

Sie setzt den Blinker nach links und steuert den rostigen Mini Cooper in die Dircksenstraße, Richtung Alexanderplatz.

»Ich bin der glücklichste Mensch der Welt«, summt sie, als

sich vor ihr das gigantische Hochhaus wie ein Leuchtturm im violettfarbenen Himmel erhebt. Ihr neues Zuhause.

Zwei Monate später findet man ihre Leiche.

ERSTER TEIL

1

Ich stehe mit elf anderen in der dritten Etage des Altbaus und sehe mir die leer geräumte Mietwohnung an.

An den Wänden blättert der Putz ab, der Teppichboden ist fleckig und abgetreten, die Küche gerade so groß, dass man sich um die eigene Achse drehen kann, es riecht nach einer Mischung aus fauligem Obst, verdorbener Milch und Zitrusreiniger, wahrscheinlich der Kühlschrank. Doch ich will mich nicht beschweren. Mir wurde die Wohnung gekündigt und ich suche etwas Bezahlbares in Kreuzberg oder Neukölln.

Mir bleiben nur noch vier Tage bis zum Auszug.

Verzweifelt habe ich die letzten Wochen nach einem WG-Zimmer oder einer kleinen Wohnung gesucht, vergeblich. Entweder zu teuer oder den Vermietern war mein Job zu unsicher.

»Ich lege hier eine Liste aus, in die Sie sich eintragen können«, sagt die Dame mit der Hochsteckfrisur und klatscht in die Hände. Sie trägt ein sandfarbenes Businesskostüm, ihre Fingernägel sind perfekt lackiert. »Tragen Sie bitte Namen, Telefonnummer und Ihr Angebot ein.«

Wie die Hyänen stürzen alle zum aufgestellten Bügelbrett, auf dem die Unterlagen liegen. Zögernd blicke ich mich in der heruntergekommenen Bruchbude um. Vor zehn Jahren hätte man Geld dafür bekommen, hier einzuziehen.

»Sie haben kein Interesse?«, fragt mich die Maklerin und blickt gelangweilt auf ihre goldene Armbanduhr.

»Doch, doch«, sage ich schnell und stelle mich am Ende der Schlange an. Eine der jungen Frauen vor mir duftet nach einem schweren Abendparfüm. Es riecht so intensiv, als hätte sie darin gebadet.

»Das wirkt aber nicht so«, sagt die Maklerin und tritt neben mich. Mit strenger Miene zupft sie mir ein blondes Haar vom Blazer. »Kleiner Tipp. Nehmen Sie sich ein Beispiel an Ihren Mitbewerbern, die zeigen Engagement. So etwas wirkt sich immer positiv aus.«

Wie gerne würde ich ihr sagen, dass mir ihre Machtspielchen mächtig auf die Nerven gehen, doch ich lächle sie nur an. »Bitte entschuldigen Sie. Die Wohnung ist toll! Ich war nur ganz in Gedanken und habe überlegt, wie ich die Möbel am besten aufstellen könnte.«

»Wohl etwas voreilig«, sagt sie und verschränkt kopfschüttelnd die Arme vor der Brust. »Damit beginnt man erst, wenn man den Vertrag unterschrieben hat. Was machen Sie nochmal beruflich?«

»Ähm, ich bin …« Ich zögere. »Ich arbeite hauptberuflich als Content Creatorin.« Dass mir in meinem alten Brotberuf als Galeristin kurz vor dem Ende der Probezeit gekündigt wurde und ich seitdem nebenher als Babysitterin jobbe, um irgendwie über die Runden zu kommen, muss sie ja nicht unbedingt wissen.

Sie schmunzelt. »Ach, *Sie* sind die Influencerin?«

Ich kann nicht deuten, ob sie es freundlich meint oder abschätzig. Meine Erfahrung sagt mir, dass es wahrscheinlich Letzteres ist. Dabei geht es in meinen Beiträgen meist um Kunst, Nachhaltigkeit und Gewalt gegen Frauen.

»Na, dann machen Sie lieber mal ein gutes Angebot«, flüstert sie und wendet sich wieder ab.

Endlich bin ich an der Reihe. Vor mir liegt ein liniertes DIN-A4-Blatt, das mit verschiedenen Handschriften gefüllt ist. Ich blicke verstohlen auf die rechte Leiste, in der meine Konkurrentinnen und Konkurrenten ihre Angebote abgegeben haben. Mir stockt der Atem. Es ist wie bei eBay. Von Zeile zu Zeile erhöhen sich die Summen. Die Person, die sich als Erste eingetragen hat, kann einem nur leidtun. Die anderen haben sie sofort überboten, meist in Zwanzig- oder Fünfzig-Euro-Schritten. Ich starre auf das letzte Angebot.

Es ist unbezahlbar. Unbezahlbar *geworden.*

Dass noch niemand etwas gegen diese illegale Vorgehensweise unternommen hat, ist ein Skandal. Doch wenn man in Berlin überhaupt noch an Wohnungen kommen will, muss man das Spiel mitspielen. Auch ich mache dabei mit.

Ich greife zum Kugelschreiber und trage meinen Vor- und Nachnamen ein. In die Zeile daneben schreibe ich die Telefonnummer meines Prepaid-Handys.

»Beeilen Sie sich!«, ruft die Maklerin aus der Wohnküche. »In einer Viertelstunde kommen die nächsten Bewerber. Dann muss die Wohnung leer sein. Bitte seien Sie so fair!«

Von wegen fair. Ich blicke auf die leere Zeile, in der ich mein Angebot eintragen soll. Ich kann es mir eigentlich nicht leisten, doch ich brauche diese Wohnung. Und danach noch einen weiteren Job. Ich könnte wieder Essen ausliefern oder am Hauptbahnhof für Tierorganisationen Spenden sammeln.

»Nun machen Sie schon!«, ertönt eine genervte Stimme hinter mir.

Mein Handy vibriert in der Jeans.

Ich könnte um zehn Euro erhöhen, dann hätte ich das beste Angebot abgegeben. Doch nach uns kommen weitere Kandidatinnen und Kandidaten, die sich für die Wohnung interessieren. Es ist aussichtslos.

Ich ziehe das Telefon aus der Hosentasche und sehe auf das Display. Es ist eine Berliner Nummer. Nicht, dass ich eine neue Sponsoren-Kooperationsanfrage verpasse. Auch wenn der letzte Marketingauftrag schon über zwei Monate her ist.

Zögernd nehme ich das Gespräch an. »Hallo?«

Es knackt in der Leitung. Mich begrüßt eine freundliche Frauenstimme. »Guten Tag. Spricht dort Nova-Marie Niehaus?«

»Ähm, ja?«

»Hätten Sie kurz Zeit?«

»Um was geht es denn?«

Neben mir taucht die Hochsteckfrisur auf und tippt mehrmals auf meine Schulter, als würde sie ungeduldig einen Fahrstuhlknopf drücken. »Hören Sie, was wird das hier? Gehen Sie gefälligst raus zum Telefonieren!«

»Bitte nur einen Moment«, flüstere ich ihr zu.

»Frau Niehaus, ich habe eine erfreuliche Nachricht für Sie«, spricht die Anruferin am anderen Ende unbeirrt weiter. »Ich rufe im Auftrag der Natasho-Aktiengesellschaft an. Es geht um Ihre Bewerbung, die bei uns eingegangen ist.«

»Natasho?«, frage ich. Ich kann mich an kein Unternehmen mit diesem Namen erinnern. »Um welche Brand geht es denn?«

Die Maklerin beginnt zu schnauben. Ich hebe entschuldigend die Hand und schlendere auf die nikotinvergilbten Gardinen zu. Vielleicht ein Wink des Schicksals? Falls ich durch diesen Anruf einen lukrativen Job an Land ziehe, könnte ich mir diese Wohnung bestimmt leisten.

»Sie wurden auserwählt«, sagt die freundliche Frauenstimme am Telefon. »Herzlichen Glückwunsch!«

»Auserwählt?«, wiederhole ich irritiert und blicke zur Maklerin hinüber, die gerade das Klemmbrett mit den Höchstangeboten in ihrer bordeauxfarbenen Ledertasche verstaut. Sie wird doch nicht einfach gehen wollen, ohne dass ich …?

»Bitte warten Sie!«, rufe ich der Maklerin zu und löse mich aus meiner Starre. »Ich habe mein letztes Angebot noch nicht eingetragen!«

»Zu spät«, entgegnet die Maklerin kühl und wirft den Kopf in den Nacken. »Sie hatten Ihre Chance.« Dann verschwindet sie zügigen Schritts im Wohnungsflur.

Ich will ihr gerade hinterherstürmen, als wieder die Frauenstimme an meinem Ohr ertönt: »Frau Niehaus, sind Sie noch am Apparat?«

»Ja, ja, bin ich«, entgegne ich niedergeschlagen und stütze mich auf der staubigen Fensterbank ab. Eine tote Fliege streckt mir ihre starren Beinchen entgegen. Ich blicke aus dem Fenster auf den verwahrlosten Innenhof. »Tut mir leid, ich bin nur gerade etwas …«

Es knistert in der Leitung. »Passt Ihnen heute, zwölf Uhr? Alexanderplatz 8, Pramtower Building.«

Pramtower.

Augenblicklich kommt meine Erinnerung zurück. Meine Bewerbung für das hochmoderne Wohngebäude muss mindestens über sechs Monate zurückliegen. Und jetzt rufen sie mich plötzlich an?

Es gibt keinen besseren Zeitpunkt.

»Natürlich, ich habe Zeit!«, sprudelt es aus mir heraus. In meiner aktuellen Situation greife ich nach jedem Strohhalm. »Ich werde pünktlich da sein!«

»Entzückend«, sagt die Frau am Telefon. »Wir freuen uns sehr darauf, Ihnen heute Ihr neues Domizil zu präsentieren.«

»Ich freue mich ebenfalls!«, entgegne ich, obwohl ich keine Ahnung habe, auf was ich mich da gerade einlasse.

2

Ich trete aus der U8 und verlasse die U-Bahn-Station.

Über die gigantische Freifläche des Alexanderplatzes wuseln Schulklassen an der Weltzeituhr vorbei, vor Galeria Kaufhof spielen Straßenmusiker, am Brunnen der Völkerfreundschaft sitzen Jugendliche und starren auf ihre Handys, der würzige Duft von gebratenen Burgern und Döner in der Luft, vereinzelt Touristengruppen, die ihre Kameras nach oben halten und den Berliner Fernsehturm fotografieren. Wie eine zweite Sonne erstrahlt die silberne Kugel in zweihundert Metern Höhe in einem wolkenlosen pastellblauen Himmel.

Hier könnte also bald mein neues Zuhause sein.

Ich hole mein Handy heraus, fotografiere ebenfalls den weltberühmten Fernsehturm und poste eine schnelle Story auf Instagram. Diesen Moment möchte ich für mich und meine 12461 Follower festhalten. Auch wenn niemand im Netz ahnt, welches heiß begehrte Gebäude ich jeden Moment betreten werde.

Mein Blick wandert den imposanten Neubau des Pramtower empor, der direkt neben das Park Inn gebaut wurde. Das moderne Hochhaus hat mindestens genauso viele Stockwerke wie das Hotel, bestimmt über vierzig. Die Aussicht von dort oben muss überwältigend sein. Mit Blick auf den Reichstag und die Museumsinsel mit dem Berliner Dom.

Es ist kurz vor zwölf, ich bin lieber überpünktlich. Das ist wahrscheinlich meine letzte Chance, wenn ich in vier Tagen nicht auf der Straße stehen will. Und diese Adresse wäre der absolute Jackpot. Über dieses Gebäude spricht ganz Berlin. Wer will hier nicht wohnen?

Ich gehe auf das Eingangsportal zu.

Eine dunkelgrün getönte Glastür rauscht zur Seite und ich betrete den edelschwarzen Teppich, der mich ins Herz des Architekturwunders führt. Rechts und links des zehn Meter hohen Flurs erwarten mich kleine, ausgewählte Luxusgeschäfte, die Haute Couture, Parfüm und internationale Delikatessen verkaufen. Es duftet elegant nach Chanel, Dior und Tom Ford. Über versteckte Lautsprecher läuft entspannte Jazzmusik. Es fühlt sich an, als würde ich in einem Luxushotel einchecken.

Ich gehe den Gang weiter, lasse die Geschäfte hinter mir.

Bis ich wieder vor einer Glastür stehe. Sie ist überdimensional hoch, schwarz verspiegelt und glänzt bronzefarben.

Zu meiner Überraschung öffnet sie sich nicht.

Über mir jazzt immer noch ein Saxofon über die Boxen. Nervös summe ich den Song mit, ich liebe diese Ballade von John Coltrane. Ich drehe mich Hilfe suchend um. Doch außer mir ist niemand zu sehen.

Verzweifelt suche ich nach einem Türgriff oder Ähnlichem, ich kann aber außer einer goldenen Überwachungskamera über dem Eingang nichts erkennen. Aber ich bin an der richtigen Adresse, oder? Auch wenn ich nirgends ein Schild sehen kann, auf dem *Pramtower* steht.

Ich zucke verwirrt mit den Schultern.

Keine Sekunde später ertönt aus unsichtbaren Lautsprechern eine Frauenstimme. Ich erkenne sie sofort wieder. Sie hat mich angerufen.

»Hallo, Frau Nova-Marie Niehaus. Herzlich willkommen im Pramtower. Wir haben Sie schon erwartet.«

»Ähm, ja, hallo … hier ist Nova«, sage ich zaghaft und blicke zu der goldenen Überwachungskamera hinauf. Ist die echt oder nur Prunk? »Nova Niehaus. Genau … ich … ich habe gleich einen Termin zur … zur Wohnungsbesichtigung.«

Keine Ahnung, warum ich fast stottere. Ich fühle mich so nervös wie vor einem Bewerbungsgespräch.

Kommentarlos gleitet die Tür auf.

Ich muss schlucken.

So luxuriös hatte ich mir das Wohngebäude nicht vorgestellt. Die Empfangshalle ist noch extravaganter als das Entree mit den Geschäften. Von der zwanzig Meter hohen Betondecke baumeln mehrere Kristallleuchter herab. In der Lounge stehen weiße Designer-Ledermöbel auf Vintage-Teppichen. Es gibt sogar eine Bar, hinter der ein Barista Espresso zubereitet. Es ist der absolute Traum. So etwas kenne ich nur aus Reportagen über Superreiche in New York.

Ich zwicke mich in den Arm. Nein, es ist kein Traum.

Nie im Leben hätte ich gedacht, jemals die Möglichkeit zu erhalten, hier einzuziehen.

Noch wohnst du hier nicht, Nova, ermahne ich mich, mach dir nicht zu früh Hoffnungen. Es gibt immerhin die Möglichkeit, dass dieser mysteriösen Firma nur ein Fehler unterlaufen ist und du nicht die glücklich Auserwählte bist.

Ich atme einmal tief durch und gehe auf den Empfangstresen zu. In goldenen Lettern prangt der Schriftzug *Reception* an dem weißen Marmor. Dahinter erwartet mich eine junge

Frau in meinem Alter, ein freundliches Lächeln auf den Lippen. Sie trägt ein dunkelblaues Designerkostüm mit einer minimalistischen weißen Bluse. Es passt perfekt zu ihrem blonden, akkurat geschnittenen Pagenkopf.

»Herzlich willkommen bei der Natasho AG«, sagt sie und deutet eine Verbeugung an. »Mein Name ist Isadora Bruhn. Aber alle nennen mich Isa.« Sie zwinkert mir zu. »Bei uns im Pramtower fühlen wir uns wie eine große Familie. Und dazu gehört, dass wir uns duzen. Ich hoffe, das ist für dich in Ordnung?«

Kurz bin ich irritiert. Das ist nicht die Person, mit der ich Kontakt hatte. Die Stimme ist viel höher als die der Frau am Telefon.

»Ja, natürlich«, sage ich und knöpfe meinen abgetragenen H&M-Blazer zu, weil meine Finger irgendetwas tun müssen. Das ist alles so unwirklich. »Ich … ich bin Nova. Ihre … ich meine, *deine* Kollegin hat mich angerufen. Ich habe um zwölf einen Besichtigungstermin.«

»Richtig. Kim hat dich kontaktiert.« Sie nickt eifrig und legt ihren Zeigefinger auf das Touchpad eines Laptops. »Herr Miklas, unser Concierge, wird jeden Moment kommen und dir deinen persönlichen Liferoom zeigen. Nimm doch bitte solange Platz. Möchtest du vielleicht einen Kaffee oder etwas anderes?«

»Ähm, ja gern«, sage ich überrascht. Was für ein Kontrastprogramm zu meiner Wohnungsbesichtigung am Vormittag! »Einen Cappuccino. Mit Hafermilch, bitte. Wenn das möglich wäre?«

»Hier ist alles möglich«, schmunzelt Isadora. »Dafür ist unser Pramtower berühmt. Aber das hast du sicherlich schon aus den Medien erfahren, nicht wahr? Wobei wir streng darauf achten, dass nicht allzu viele Details an die Öffentlichkeit gelangen. Aber um auf deine Frage zurückzukommen – ja, Kim erfüllt uns jeden Herzenswunsch.« Sie hebt die Augenbrauen. »Und damit meine ich nicht nur Cappuccino mit Hafermilch.«

»Kim?«, frage ich. »Wer ist das?«

Sie lächelt mich bedeutungsschwanger an.

Und schweigt.

3

Ich habe gerade den letzten Schluck des köstlichen Cappuccinos ausgetrunken, als ein kleiner, älterer Herr im Frack neben mir am Couchtisch erscheint. Seine wenigen grauen Haare sind streng nach hinten gekämmt. In der Hand hält er ein iPad, das Display strahlt ihm bläulich ins Gesicht.

»Nova-Marie Niehaus?«, fragt er und bleibt dabei so bewegungslos stehen wie eine Wachsfigur bei *Madame Tussauds*. Nur seine trüben Augen huschen kurz zu mir, dann wieder auf sein iPad.

»Ja«, sage ich und erhebe mich. »Nova.«

»Mein Name ist Miklas. Ich bin der Concierge. Bitte folgen Sie mir«, sagt er mit leicht slawischem Akzent und deutet mit dem Arm auf die Aufzüge am anderen Ende der Lobby.

»Verzeihung, dürfte ich Ihnen eine Frage stellen?«, sage ich, während wir durch die menschenleere, luxuriöse Empfangshalle gehen. »Wie kommt es, dass ich erst jetzt für die Wohnung ausgewählt wurde? Ich meine, meine Bewerbung liegt über sechs Monate zurück und ich habe nie eine Antwort erhalten. Niemals hätte ich gedacht, dass ich überhaupt eine Chance hätte.«

»Sie waren eine Wildcard«, entgegnet Herr Miklas knapp und tritt vor die Fahrstuhltür. Ich warte darauf, dass er einen Knopf drückt, doch stattdessen bleibt er reglos stehen.

»Wildcard? Was bedeutet das?«

»Eine Nachrückerin«, erklärt er und streicht sich durch die lichten Haare. Die Fahrstuhltür fährt geräuschlos auf. »Falls es mit einem Mieter oder einer Mieterin Probleme geben sollte.« Er tritt in die verspiegelte Kabine. »Und die gab es leider. Kommen Sie bitte?«

Ich folge ihm in den Fahrstuhl.

»Probleme? Was ist denn passiert?«

Herr Miklas räuspert sich.

Die Fahrstuhltür schließt sich. Über versteckte Lautsprecher beginnt leise klassische Musik. Ich erkenne die *Enigma Variations* von Edward Elgar. Ich liebe diese Musik, die ich oft auf Spotify höre, während ich ein Buch lese. »Hat der Mieter etwa gekündigt?«

Der Concierge schüttelt betroffen den Kopf.

Die Kabine rauscht die Stockwerke nach oben.

Mein Magen krampft sich zusammen, so schnell bewegt sich der Fahrstuhl. Ich greife mir an den Bauch. Auf dem überdimensionalen Display neben der Tür blinken nacheinander rote Zahlen auf: 24, 25, 26 … Augenblicklich spüre ich einen unangenehmen Druck in den Ohren, als würden wir durch die Schweizer Berge fahren.

»Man gewöhnt sich daran«, sagt er kühl und ich bemerke, dass er die Hand auf meinem Bauch mustert. Ahnt er, dass ich normalerweise lieber das Treppenhaus nehme?

Ich bekomme nicht direkt Panik in Fahrstühlen, aber wenn ich sie vermeiden kann, tue ich es. Daran ist nur dieser Film schuld, den ich als Zehnjährige mit meiner Mutter gucken musste, in dem ein defekter Fahrstuhl immer tiefer in den Schacht gefallen ist. Es kribbelt mich noch immer am ganzen Körper, wenn ich nur daran denke.

Die Kabine wird langsamer, bleibt sanft stehen.

»Wir sind da«, sagt Herr Miklas.

»Etage zweiunddreißig«, ertönt es über uns. Es ist schon wieder die Stimme der Frau, die mich angerufen hat. Wieso spricht sie auch die Ansagen im Fahrstuhl?

Die Tür gleitet auf.

»Nicht gekündigt?«, setze ich erneut an, erleichtert, dass wir endlich aus der Fahrstuhlkabine aussteigen. »Was war dann der Grund?«, frage ich. »Ich würde dafür sterben, hier im Pramtower wohnen zu können.«

Er wirft mir einen wortlosen Blick zu und eilt voraus, den breiten Flur entlang. Ich folge ihm über den purpurfarbenen Teppichboden. Im weichen, indirekten Licht, das von der Decke fällt, sehe ich mir die modernen Ölgemälde an den Sichtbetonwänden an. Der Stil ähnelt zum Verwechseln dem von Neo Rauch. Aber natürlich stammen diese Bilder nicht von Neo Rauch. So etwas hängt nur im *Metropolitan Museum of Art* in New York.

Rechts und links gehen Türen ab, auf denen edle Messingzahlen angebracht sind. Es scheint insgesamt nur sechs Wohnungen auf dieser Etage zu geben. Ich erkenne keine einzige Türklingel, geschweige denn ein Namensschild.

»Ihr neues Domizil ist Apartment 66e«, sagt Herr Miklas und ich bemerke erst jetzt, dass er das linke Bein leicht nachzieht. »Es ist die letzte Tür auf der rechten Seite. Sehen Sie?«

Ich habe Mühe, Schritt zu halten. Warum hat es Herr Miklas plötzlich so eilig? Meine harmlose Frage nach dem Vormieter scheint ihn aufgewühlt zu haben.

Er bleibt vor der Tür mit der Nummer *66e* stehen. Er nimmt sich das iPad vor. Wahrscheinlich, um die Tür zu öffnen, denn auch hier kann ich nirgends einen Türgriff sehen.

»Nova, könnten Sie bitte diesen kurzen Text vorlesen?«, fragt Herr Miklas und hält mir das Tablet vor die Nase.

»Wie bitte?«

Er sieht mich erwartungsvoll an. »Für Ihre Stimmprobe. Damit Sie die Tür zu Ihrem Apartment öffnen können. Mir selbst ist das nicht gestattet.«

Ich blicke auf den Text, der auf dem Display erscheint. Mit seinen kurzen Zeilen sieht er aus wie ein Gedicht.

»Ich … ich verstehe nicht.«

»Ihre Stimme ist der Wohnungsschlüssel«, sagt er gedehnt, als spräche er zu einem begriffsstutzigen Kind. »Dadurch kommt niemand außer Ihnen in den Wohnbereich.« Er räuspert sich. »Sie haben doch hoffentlich die Bewerbungsunterlagen gelesen?«

Ich hatte sie damals nur überflogen. Soweit ich mich erinnere, war es ein Online-Fragebogen mit mehr als fünfzig Seiten klein gedruckter AGBs. Am Ende hatte ich den Bedingungen einfach zugestimmt.

»Ja, natürlich«, lüge ich und lache verlegen. Ich spüre, wie mir das Blut in die Wangen schießt. »Das mach ich gerne«, sage ich und nehme ihm das iPad ab.

»Bitte recht langsam und deutlich«, sagt Herr Miklas.

Ich räuspere mich und beginne laut vorzulesen:

»Wenn der Wind den Schnee vertreibt,
kann das Vögelein aus dem Käfig fliehen,
ein Sonnenuntergang mit Mäusen
wird die Yuzus im Zoo reifen lassen.
Kaugummis schmecken nach Chlor und Ammoniak,
der Clown lacht im stillen Kämmerlein,
brave Rosemarie trägt eine Kette um den Hals.
Mein Name ist Nova-Marie Niehaus und im …«

Irritiert halte ich inne und blicke Herrn Miklas an.

Mit zusammengekniffenem Mund nickt er mit dem Kopf in Richtung iPad, um mir klarzumachen, dass ich den letzten Satz auch noch vorlesen soll.

Also dann:

» … und im Pramtower … werde ich zur glücklichsten Frau auf Erden.«

Er atmet schwer aus. »Ich dachte schon, Sie verpatzen Ihren letzten Satz«, sagt er und nimmt mir das Tablet aus den Händen. »Dann hätten wir die ganze Prozedur noch einmal von vorne beginnen müssen.« Zum ersten Mal lächelt er. Ich erkenne einen Goldzahn in seinem Mund. »Aber nun sind Sie eingeloggt. Bitte treten Sie ein, Nova.«

Ich sehe ihn verwundert an.

Unbeirrt deutet er auf die Wohnungstür. »Sind Sie nicht neugierig auf Ihr neues Zuhause? Kommen Sie, lassen Sie uns hineingehen. Ich möchte Ihnen gerne alles zeigen.«

Ich deute auf die Tür. »Und wie?« Ich streiche mit der Hand über das Türblatt. Es fühlt sich kalt an. »Wo ist die Klinke?«

»Sagen Sie einfach Ihren Wunsch«, sagt er kopfschüttelnd.

»Bitte … bitte Tür öffnen«, flüstere ich zögernd.

Herr Miklas lacht. Sein Eckzahn leuchtet wie ein Goldnugget in der Sonne. »Sie können ganz normal reden, Nova.« Er beugt sich zu mir vor. »Ob laut oder leise, Kim versteht Sie. Immer und überall.«

Er hat den Satz kaum zu Ende ausgesprochen, da schwingt die Apartmenttür mit einem leisen Zischen nach innen auf.

4

Ich gehe durch einen Flur und gelange in den bestimmt fünfzig Quadratmeter großen Wohnbereich. Ich bleibe abrupt stehen. Der Anblick, der sich mir aus dem bodentiefen Panoramafenster bietet, ist surreal. Das Apartment befindet sich auf Höhe der Aussichtsplattform des Fernsehturms. Die verglaste Kugel erscheint so nah, als könnte man nach ihr greifen.

Ich stehe da und staune.

»Beeindruckende Aussicht, nicht wahr?«, sagt Herr Miklas. Er geht an mir vorbei und legt das Tablet auf den kleinen Schreibtisch beim Fenster. »Dann will ich Ihnen mal Ihr neues Zuhause zeigen. Schließlich werden Sie hier ab morgen wohnen.«

Ich fahre erschrocken zu ihm herum.

»Moment. Noch ist es ja nicht meine Wohnung«, widerspreche ich reflexartig. Ich muss an die Maklerin von heute Vormittag denken, die mir geraten hat, sich nicht zu früh zu freuen. Zumal ich die Miete dieses Apartments niemals bezahlen kann. Was wird so ein Luxusapartment im Pramtower monatlich kosten? Allein die Neugier hat mich hierhergebracht, weil mir am Telefon gesagt wurde, dass ich *auserwählt* wäre.

Aber was besagt das schon?

Von einem Freund aus Hamburg weiß ich, dass man sich für eine Wohnung in der begehrten HafenCity ebenfalls bewerben musste. Dann wurde ausgelost, wer dort einziehen darf. Mein Freund hat tatsächlich gewonnen. Bezahlen musste er die Miete natürlich aber trotzdem.

Plötzlich fühle ich mich wie eine miese Betrügerin und völlig fehl am Platz. Was mache ich hier überhaupt?

»Ich glaube, das war alles ein großer Irrtum, Herr Miklas. Es tut mir unendlich leid. Da muss ein Fehler vorliegen. Das Apartment kann ich mir unmöglich leisten.« Ich schlucke. »Außerdem habe ich überhaupt keinen Mietvertrag unterschrieben.«

Er lächelt milde. »Doch, Nova. Das haben Sie.«

»Wie bitte?«

»Sie haben das Dokument unterzeichnet.«

Mir läuft es kalt den Rücken hinab.

Ich erinnere mich daran, dass ich in der Online-Bewerbung meinen Namen, meinen Geburtstag, die Wohnadresse, ein paar Angaben zu meinem Job und meinen Hobbys angegeben habe, sowie die Links zu meinen Social-Media-Accounts und zu meiner Website. Und auch, dass ich die AGBs und Datenschutzerklärungen digital unterzeichnet habe.

Und das sollte gleichzeitig ein Mietvertrag sein?

Ich habe das Gefühl, keine Luft mehr zu bekommen.

Ist das überhaupt rechtens?

»Aber … ich … ich kenne die Konditionen ja gar nicht«, stottere ich. »Ich unterschreibe doch keinen Vertrag, wenn ich nicht weiß, was die Wohnung überhaupt kostet. Das ist alles ein großes Missverständnis!«

Ich fühle mich von der Situation völlig überfordert.

»Nova, verstehen Sie doch – Sie wohnen hier *gratis*«, sagt Herr Miklas lächelnd. Wieder glänzt sein Goldzahn. »Ein Jahr lang. Deshalb haben Sie sich doch beworben, nicht wahr?«

»Wie bitte? Kostenlos?«

Verzweifelt versuche ich, mir die damalige Situation ins Gedächtnis zu rufen. Auf irgendeiner Social-Media-Plattform, wahrscheinlich TikTok oder Instagram, war ich über eine Ausschreibung gestolpert, in der explizit junge Influencerinnen gesucht wurden, die im Pramtower wohnen möchten. Ich hatte mich kurzerhand beworben, weil ich dachte, es handle sich dabei vielleicht um ein Wochenende, über das ich anschließend einen vorteilhaften Beitrag posten würde.

Ich weiß noch, dass ich eine Eingangsbestätigung erhalten hatte, doch dann herrschte Funkstille. Kein Wunder, dass ich das alles nicht mehr auf dem Schirm hatte.

Und nun sollte mein größter Traum einfach so in Erfüllung gehen? Ich darf hier als Mieterin einziehen? Und das für ein Jahr lang gratis?

Ich wische mir über die feuchte Stirn.

Hinter uns schwingt die Wohnungstür zu.

»Okay, wo ist der Haken?«, frage ich.

»Kein Haken, Nova. Sie sind unser Pro-Bono-Gast«, erklärt er. »Das Start-up hat eine Reihe ausgewählter Menschen dazu eingeladen, kostenlos im Pramtower zu wohnen. Die Natasho AG will den Querschnitt der Menschheit abbilden und dabei das Hochhaus und das Zusammenleben der Bewohner testen. Sie will einen sogenannten Beta-Test durchführen. Das kennen Sie sicherlich von Software-Programmen.«

Ich nicke. Obwohl mir diese Strategie der Programmierer

noch nie gefallen hat. Es ist über die Jahre Sitte geworden, dass Computerfirmen ihre Programme im laufenden Betrieb testen, anstatt eine finale Version auf den Markt zu bringen. Und hier geht es um ein Wohnungsprojekt! Fehlt nur noch, dass sie einen bescheuerten A/B-Test machen, um zu ermitteln, welche Bewohnerin oder welcher Bewohner am besten performt.

»Wieso? Was müssen Sie denn noch testen?«, frage ich unsicher.

»Es werden nur ein paar programmierte Abläufe und Details weiterentwickelt. Die Sprachassistenz, die Automationen, solche Sachen. Und dabei Trainingsmaterial gesammelt. Technisch gibt es keinen Grund zur Sorge.« Herr Miklas tritt hinter einen weißen Eames Lounge Chair, dreht ihn leicht hin und her. »Wollen Sie denn nicht hier wohnen? Es ist eine einmalige Chance.«

»O doch, natürlich«, sprudelt es aus mir heraus.

Ich kann mich nicht dagegen wehren.

Nimm das Glück an, wenn es an deine Tür klopft, hat meine Mutter immer gesagt. Und dies scheint so ein Moment zu sein. Warum sollte ich nicht auch mal Glück haben?

»Es ist ein absoluter Traum«, sage ich und spüre, wie sich meine Schultern entspannen. »Und ich darf wirklich ein Jahr kostenlos hier wohnen? Ohne jegliche Gegenleistung?«

»Kein Haken«, wiederholt er ernst.

Ich strahle über das ganze Gesicht.

»Fein«, sagt er und deutet eine Verbeugung an. Wie ein englischer Butler. Die Geste ist mir unangenehm. »Dann werde ich Sie mal mit Ihrem Liferoom vertraut machen. Sind Sie bereit, Nova?«

5

»Wir befinden uns hier im Wohnbereich«, sagt er. Er dreht sich dem Panoramafenster zu, breitet die Arme aus. »Ist das nicht zauberhaft? Von hier aus können Sie über ganz Berlin blicken. Dahinten ist die Museumsinsel mit dem Dom, der Reichstag …«

Ich blicke mich in dem loftartigen Raum um. Das Apartment ist vollständig möbliert. Alles wirkt wie aus einem internationalen Architektur-Magazin. In der Mitte des Raums stehen zwei weiße edle Ledersofas, ein gläserner Couchtisch, daneben eine schwarze Designerlampe im Industrial-Stil, auf dem Boden ist edelster Dielenboden verlegt, wahrscheinlich Eiche. Am offenen Kamin laden zwei Ottomanen zum Verweilen ein. Es duftet zart nach Mandarine und Rosenblüten. An den Wänden hängen großflächige Schwarz-Weiß-Fotografien von Topmodels: Naomi Campbell in Paris, Linda Evangelista in der Wüste, Kate Moss in Rom. Ich erkenne den Stil sofort. Sind das etwa Originale von Peter Lindbergh? Ich trete näher an die Bilderrahmen heran. Tatsächlich, die Fotografien sind handsigniert.

»Die Möbel und die Bilder, gehören die auch zur Ausstattung? Oder werden die noch abgeholt?«, frage ich ehrfürchtig.

Herr Miklas lächelt. »Alles inklusive. Aber selbstverständlich können wir sie auch entfernen, wenn sie nicht Ihrem Geschmack entsprechen.«

»Nein, nein. Ich finde es ganz wundervoll«, sage ich schnell und drehe mich um die eigene Achse. Urplötzlich fühle ich mich wie eine Ultrareiche, der gerade ein neues Kaufobjekt offeriert wird. Es ist einfach viel zu schön, um wahr zu sein.

»Möchten Sie Ihr Schlafzimmer sehen?«

Ich nicke eifrig.

Wir gehen auf die weiße hochglanzlackierte Tür neben dem offenen Kamin zu. Auch sie hat keinen Türgriff. Ich überlege gerade, ob ich auch diese Tür per Sprachbefehl öffnen muss, da gleitet die Tür zur Seite und verschwindet in der Wand.

»Apartment 66e hat Sie schon ins System gespeichert«, sagt Herr Miklas stolz und klopft gegen die Sichtbetonwand. »Wäre ich alleine in diesem Raum, wäre die Tür nicht aufgegangen.«

»Wie ist das möglich?«

»Das ist Kim«, sagt er und betritt das geräumige Schlafzimmer. »Kim ist eine künstliche Intelligenz. Sie steuert das gesamte Gebäude. Stündlich lernt sie mehr über seine Bewohnerinnen und Bewohner.« Herr Miklas stellt sich vor ein imposantes schwarzes Kingsize-Bett. Ich fühle mich wie in einem Luxushotel. »Sie schlafen auf einem Grand Vividus von *Hästens*. Rosshaar, echte Handwerkskunst.«

Ich kann nur erahnen, was dieses Bett kosten muss.

»Kim wird auch Sie immer besser kennenlernen, Nova, um Ihre Wünsche und Bedürfnisse zu verstehen. Sie müssen dafür nur eine Zeit lang im Pramtower wohnen.«

»Aha«, sage ich knapp, weil es mir ein bisschen unheimlich vorkommt. KI-Apps sind mittlerweile Standard. Sie entwickeln selbstständig Texte, Bilder, Musik und Videos, lösen komplizierte Probleme, steuern Autos und helfen in der Medizin. Aber ein komplettes Hochhaus, das eigenständig denkt?

»Kommen wir nun zu Ihrem privaten Wellnessbereich«, sagt Herr Miklas und deutet auf die Tür neben dem japanischen Nachttischchen, auf dem eine schmale Designerlampe steht. Doch ich sehe mich noch im Schlafzimmer um, blicke von dem in die Wand eingelassenen Kleiderschrank zur gigantischen Fensterfront.

Wenn es dunkel wird, bin ich für ganz Berlin zu sehen. Wie auf einer Kinoleinwand über dem Alexanderplatz.

Herr Miklas bemerkt meinen Blick. »Haben Sie Fragen?«

»Wie sieht es mit Vorhängen aus? Soll ich welche aufhängen? Und darf ich da überhaupt einfach in die Betonwand bohren?« Ich habe diese und ähnliche Fragen in der letzten Zeit häufiger gestellt. »Ich habe einen Bekannten, der mir eine Bohrmaschine ausleihen kann«, plappere ich weiter.

Herr Miklas schmunzelt. »Einen Vorhang benötigen Sie nicht, Nova. Aber interessant, dass Ihnen das so früh aufgefallen ist. Manche Mieter haben erst *nach* dem Einzug danach gefragt.«

Ich sehe ihn irritiert an.

»Na los, äußern Sie Ihren Wunsch!«

»Wie bitte?«

»Es ist ganz einfach«, sagt er. »Sprechen Sie aus, was Sie auf dem Herzen haben. Kim wird es einrichten.«

»Ich hatte nur gefragt, ob ich hier im Schlafzimmer etwas Sichtschutz haben könnte.«

Ich zucke erschrocken zusammen.

Kaum habe ich meinen Satz zu Ende gesprochen, färben

sich die Fensterscheiben schwarz ein. Wie Tinte, die in ein Glas Wasser geschüttet wird. Keine Sekunde später ist es stockfinster im Raum.

»Könnten Sie bitte das Licht anmachen?«, rufe ich nervös in Miklas' Richtung.

Es wird wieder hell.

»Danke«, sage ich erleichtert, als sanftes, indirektes Deckenlicht den Raum warm ausleuchtet.

»Danken Sie nicht mir, sondern Kim«, sagt Herr Miklas grinsend. Er steht immer noch an Ort und Stelle, er hat sich scheinbar keinen Zentimeter bewegt. »Das System macht alles, was Sie wollen. Es ist wie Magie, Sie werden sehen.«

»Die KI regelt also wirklich alles hier?«, frage ich.

»Ganz recht, Nova«, erklingt eine weibliche Stimme von allen Seiten um mich herum. Ganz so, als würde ich darin baden. »Ich bin Kim. Die Assistentin deines neuen Lebens. Wir haben heute sogar schon miteinander telefoniert.«

Mein Bauch verkrampft sich.

Mich hat eine künstliche Intelligenz angerufen und sich mit mir unterhalten? Und ich habe es nicht bemerkt?

6

»Kommen Sie, ich zeige Ihnen das Badezimmer. Das wird Ihnen gefallen«, sagt Herr Miklas und geht auf die nächste Tür ohne Klinke zu. »Kim werden Sie noch früh genug kennenlernen.«

Immer noch leicht verwundert betrachte ich die schwarz eingefärbten Fensterscheiben. So etwas Außergewöhnliches habe ich in meinem Leben noch nicht gesehen. Ohne Licht war es so dunkel wie in einem Verlies. Einem Kerker im zweiunddreißigsten Stockwerk.

Ich rufe in den Raum: »Bitte wieder Fenster!«

Wie sich auflösende Rauchwolken verschwindet das Schwarz aus den Scheiben und gibt den Ausblick auf Berlin unter einem strahlend blauen Himmel frei. Erleichtert streiche ich mir die feuchten Hände an der Hose trocken.

Herr Miklas tritt neben mich. »Sie müssen nicht rufen, Nova. Kim versteht Sie in jeder Lautstärke.«

Die Badezimmertür fährt auf und gleitet in eine versteckte Zwischenwand.

Ehrfürchtig betrete ich den Raum, der so groß ist wie mein jetziges Wohnzimmer. Alle Wände sind mit weißem Carrara-Marmor verkleidet. Mein Blick streift über den verglasten Duschbereich, über die Doppelbadewanne mit Whirlpoolfunktion. Über den zwei Designer-Waschbecken hängt ein zimmerbreiter Badezimmerspiegel, in dem ein integrierter Fernseher läuft. Ein Nachrichtensprecher berichtet gerade über ein Zugunglück in Indien.

»Na, ist das nichts?«

Ich bin sprachlos, nicke nur. Mein Blick fällt auf eine verkehrsschildgroße Metallklappe, die an der Wand angebracht ist.

Herr Miklas bemerkt meinen Blick: »Ihr Wäscheschlucker. Dort werfen Sie einfach die benutzten Handtücher, Ihre Bettwäsche und natürlich auch Ihre Kleidungsstücke hinein.« Er schnippt mit den Fingern. »Und nur einen Tag später wird alles gewaschen und gebügelt wieder in Ihr Apartment geliefert.«

»Das werde ich mir nicht leisten können«, sage ich leise. Das mulmige Gefühl im Magen meldet sich wieder. Bei so viel Luxus um mich herum fühle ich mich klein und wertlos.

»Alles inklusive, Nova«, sagt Herr Miklas und streicht sich die Krawatte glatt. »Und nun präsentiere ich Ihnen die Küche.«

Ich folge ihm durch das Schlafzimmer zurück in den Wohnbereich. Verstohlen blicke ich zum Fernsehturm. Ob mich gerade ein paar Touristen von dort drüben beobachten?

Wir betreten einen Raum, den man kaum als Küche bezeichnen kann. Er erinnert mich eher an ein französisches Café. Nicht nur von der Größe. In der Mitte thront ein drei Meter langer Esstisch aus alter, dunkler Eiche, an dem acht pastellfarbene Designerstühle stehen, dahinter die puristische Küchenzeile in weißem Klavierlack, mit weißen Marmorarbeitsplatten, einem hochmodernen Backofen, Mikrowelle, Dampfgarer und Kühlschrank mit Display. Davor eine Kücheninsel aus gegossenem Beton, mit Gasherd sowie sechs Induktionsplatten mit integriertem Dunstabzug.

»Wahnsinn«, entfährt es mir, als ich wieder auf den drei Meter langen Esstisch vor mir blicke, auf dem eine Silberschale mit frischem Obst steht.

»Die Tischplatte ist aus einem Stück gefertigt«, erklärt er. »Aus einer einzigen Eiche. Es war für die Innenausstatter eine Herausforderung, die massive Platte nach oben zu bringen. Das können Sie sich sicherlich vorstellen.«

Ich nicke stumm.

»Aber das Beste kommt zum Schluss.«

Ich hebe neugierig die Augenbrauen.

Wie kann es denn noch besser werden?

»Sehen Sie das Bild da drüben, Nova?« Herr Miklas deutet auf ein zwei mal zwei Meter großes Ölgemälde im Goldrahmen an der Sichtbetonwand. Es zeigt ein klassisches Stillleben aus dem 17. Jahrhundert: einen Hummer, zwei Zitronen, Trauben, ein Blumengesteck und eine Flasche Rotwein.

Was soll daran so besonders sein?, denke ich. Doch im selben Moment wird mir bewusst, in welch kurzer Zeit ich mich an den Luxus des Pramtower gewöhnt habe. Natürlich ist solch ein Gemälde, bei dem es sich vermutlich um ein Original handelt, etwas Besonderes – zumal in einer Küche. In der Galerie, in der ich gearbeitet habe, lag der Schwerpunkt allerdings auf moderner Kunst. Mich überfällt ein leichtes Schamgefühl.

»Das ist Ihr Supermarkt, Nova. Ihr Restaurant, Ihre Apotheke, Ihre Parfümerie, Ihr Modegeschäft.«

Wie bitte? Irritiert gehe ich einen Schritt auf das Bild zu.

»Alles, was Sie sich wünschen oder benötigen, wird Ihnen

über das Gemälde geliefert. Vierundzwanzig Stunden am Tag, sieben Tage in der Woche.«

»Wenn das so ist, dann hätte ich gern einen Cosmopolitan«, sage ich im Scherz, weil mir das alles so unwirklich vorkommt. Ich muss lachen. Wahrscheinlich, weil ich verkrampft bin. Die ganze Situation ist absurd. Niemand, dem ich davon erzähle, wird mir glauben.

»Danke für deine Bestellung, Nova«, ertönt eine sanfte Stimme von überall. Ich zucke vor Schreck zusammen.

»Sie werden sich schon bald daran gewöhnen«, schmunzelt Herr Miklas. »Glauben Sie mir, am Anfang hatte ich auch meine Probleme. Mit jemandem zu sprechen, den man nicht sieht. Aber nach wenigen Tagen fühlt es sich ganz normal an. Wie Fahrradfahren.«

»Ich weiß nicht …«

»Sie können übrigens wählen, ob Kim weiterhin mit einer weiblichen Stimme spricht oder ob Sie lieber eine männliche bevorzugen. Selbstverständlich gibt es auch eine geschlechtsneutrale Version. Die spricht aber ehrlicherweise wie ein Roboter. Also ich mag das nicht.«

»Nein, nein, ist schon gut so«, sage ich.

Die Informationsflut überfordert mich. Vor gut einer Stunde stand ich noch in einer heruntergekommenen Bruchbude und musste darum betteln, dort für viel Geld einzuziehen. Und jetzt erlebe ich das Wohnparadies auf Erden. Kostenlos, als Beta-Testerin.

Herr Miklas hebt sein iPad vor die Brust. »Zu guter Letzt müssen wir nur noch die App auf Ihrem Smartphone installieren und einrichten, dann können Sie die Wohnung beziehen. Haben Sie Ihr Telefon dabei?«

Ich nicke gedankenverloren und ziehe mein Handy hervor.

»Gehen Sie bitte in den App-Store und laden Sie sich die kostenlose Natasho-App herunter.«

Ich befolge seine Anweisungen und installiere die App.

»Fein«, sagt er und tippt etwas auf seinem iPad ein.

Im nächsten Moment färbt sich sein Bildschirm dunkelblau, merkwürdige Zahlen-und-Buchstaben-Kombinationen tauchen auf dem Display auf und schwirren wie ein Schwarm Fliegen durcheinander. »Und jetzt scannen Sie bitte mit Ihrer installierten App den Code.«

Ich halte mein Handy über sein Tablet.

Ein kurzer Bestätigungston erklingt und mein Display färbt sich ebenfalls dunkelblau. Dann vibriert das Telefon in meiner Hand und zwei Wörter erscheinen in signalgelber Schrift:

Hallo Nova

»Wunderbar, es hat geklappt. Das war es auch schon. Glückwunsch, Nova«, sagt Herr Miklas zufrieden und reicht mir die Hand. »Ich begrüße Sie ganz herzlich als neue Bewohnerin im Pramtower.«

»Danke. Ich kann das noch gar nicht alles glauben«, sage ich wie benommen und schüttele seine Hand, als sich plötzlich etwas hinter ihm bewegt.

Das Ölgemälde. Es gleitet zur Seite.

Dahinter, in der Betonwand, glänzt ein polierter, fast zwei Meter breiter Edelstahlaufzug.

Darin steht ein frisch zubereiteter Cocktail.

Ein Cosmopolitan.

7

»Du willst da wirklich einziehen?«, fragt Fritz, ohne von dem Mobiltelefon in seiner Hand aufzusehen. Fritz ist mein bester Kumpel und ebenfalls Influencer. Auch wenn er den Ausdruck hasst. Er ist Buchblogger, mit Vorliebe für die *Juliette*-Liebesroman-Reihe der Achtzigerjahre von Robert Wagner sowie New-Adult-Bücher mit Farbschnitt. Wenn ich mich in seiner Wohnung umsehe, leuchtet es rosa und lila aus den Bücherregalen. Fritz ist ein Feingeist, mit einer ausgeprägten Liebe fürs Detail. Deshalb wohnt er nicht mit seinem langjährigen Partner zusammen, da ihm dessen Wohnung zu wenig Stil besitzt. Ich weiß nicht, ob das auf Dauer gut gehen wird, aber die beiden lieben sich. Und das ist das Wichtigste. Es macht mich glücklich, wenn Fritz glücklich ist.

Ich nippe an meinem Hafer Latte, den er mir zubereitet hat, und deute auf das einzige Foto, das wir im Internet über den Pramtower gefunden haben. Es zeigt die Außenansicht. Ein Pressefoto der Natasho AG. Aufnahmen aus dem Inneren des Gebäudes, der Lobby oder den Luxusapartments scheint es nicht zu geben. Wir haben eine halbe Stunde danach gegoogelt.

Ich selbst habe es versäumt, ein Foto von meinem Apartment zu machen. Weil ich einfach zu überwältigt war.

»Da wohnen außer mir wahrscheinlich nur Promis«, sage ich und stelle das Glas auf dem Couchtisch ab. »Und die wollen nicht, dass es Fotos gibt.«

»Ich finde das äußerst merkwürdig«, sagt Fritz und zoomt mit den Fingerspitzen näher heran. Das Eingangsportal wird großflächig sichtbar. Beton, Stahl und Glas, keine Menschen.

Fast so, als wäre alles Lebendige wegretuschiert worden.

»Meine Wohnung ist im zweiunddreißigsten Stockwerk. Mit direktem Blick auf den Fernsehturm.« Unwillkürlich muss ich lächeln. Ich fühle mich noch immer wie in einem wunderschönen Traum.

»Dann lass uns mal sehen«, sagt er leise und wischt das Foto nach oben. Die Fensterfronten sehen alle gleich aus.

»Es könnte vielleicht das hier sein«, sage ich und deute auf ein Fenster, hinter dem ich Apartment 66 e vermute.

»Hm«, macht Fritz und legt das Mobiltelefon beiseite. »Ich weiß nicht, Nova. Und du hast den Vertrag wirklich schon unterschrieben?«

Ich zögere kurz. »Irgendwie schon.«

»Was heißt das?«

»Das heißt, dass ich mich nicht mehr so genau daran erinnern kann«, entgegne ich und zucke mit den Schultern. Mir ist es selbst ein bisschen unangenehm. »Aber dafür darf ich dort kostenlos wohnen. Warum sollte ich das Angebot ablehnen? Ich kann ja wohl auch mal etwas Glück haben, oder?«

»Genau das macht mich ja stutzig«, sagt er nachdenklich. »Wer verschenkt denn so ein Luxusapartment?«

Ich schnappe mir ein Kissen und umklammere es. »Ich bekomme doch nichts geschenkt, Fritz. Ich wohne nur dort.«

»Ja, für ein ganzes Jahr! Weißt du, wie hoch die Monatsmiete für so ein Luxusding ist? Bestimmt 8000 Euro. Wenn nicht mehr.«

Ist Fritz eifersüchtig? Warum macht er mir meine neue Wohnung madig? Andererseits hat er natürlich recht. Wie hoch sind die Chancen, im Lotto zu gewinnen?

»Kennst du zufällig Lisette?«, fragt er. *»Life of Lisette?«*

»Klar, wer kennt die nicht?«, sage ich irritiert und frage mich, warum er plötzlich das Thema wechseln will. Lisette ist eine Berühmtheit auf Instagram, mit ihren DIY-Videos, in denen sie runtergekommene Wohnungen wieder in Schuss bringt. Ich schaue mir ihre witzigen Reels oft an, auch wenn ich sie nicht abonniert habe. Trotzdem werden mir ihre Videos durch den Algorithmus regelmäßig in den Feed gespült. In letzter Zeit waren es jedoch nicht mehr so viele. »Wieso? Was ist mit ihr?«

»Sie wohnt ebenfalls im Pramtower.«

»Echt? Lisette kommt aus Berlin?«, sage ich überrascht. Das war mir nicht bewusst. Ich dachte, die blonde Schönheit wohnt irgendwo in München oder Köln. Es gibt in der Tat gute Gründe, warum man den privaten Wohnort besser für sich behält, wenn man eine gewisse Reichweite erlangt hat. Nicht, dass Fans oder Stalker vor deiner Haustür warten. Es wäre ziemlich verrückt, wenn ich Lisette im Pramtower in der Lobby treffen würde. Vielleicht könnten wir sogar einen gemeinsamen Post machen. Mein Herz tut einen kleinen Sprung. »Na ja, durch ihren Erfolg kann sie sich den Pramtower auf jeden Fall leisten.«

Fritz sieht mich verwundert an. »Du hast also nichts davon gehört?«

»Nein, was denn?«

»Offenbar gab es in ihrem Apartment einen schrecklichen

Zwischenfall«, sagt Fritz. »Deshalb sieht und hört man nichts mehr von ihr. Ihr Insta-Account ist seit zwei Wochen verwaist.«

»O je.« Ich lege das Kissen zur Seite, beuge mich zu ihm vor. Mein Freund Fritz ist sichtlich mitgenommen. »Was denn für einen Zwischenfall? Davon stand überhaupt nichts im Netz. Vielleicht macht sie nur Urlaub?«

»Lisette hat über vierhunderttausend Follower«, sagt Fritz ernst. »Da kann sie sich nicht erlauben, plötzlich keine Posts mehr zu machen. Da verliert sie sofort Reichweite. Nein, sie ist nicht im Urlaub, Nova.«

»Woher weißt du das? Kennst du …«

»Lisette ist tot«, fällt mir Fritz ins Wort.

»Was?«

Für einen kurzen Moment schweigen wir.

Ich kann mir nicht vorstellen, dass die lebenslustige junge Frau nicht mehr am Leben sein soll. Es ist ein Schock. Auch wenn ich sie persönlich überhaupt nicht kannte. Trotzdem war sie ein Teil meines digitalen Lebens.

»Was … was ist denn passiert?«, frage ich schließlich.

»Manche behaupten, es wäre ein Unfall gewesen«, sagt Fritz. »Von einem Freund weiß ich allerdings, dass die Polizei nicht davon ausgeht.« Fritz senkt unwillkürlich die Stimme, als er weiterspricht. »Sondern von Suizid. Deshalb hat die Presse nicht darüber berichtet. Wegen der Nachahmer.«

»Warum sollte sich Lisette umbringen?«, frage ich entsetzt.

Noch vor wenigen Wochen habe ich sie auf Instagram gesehen. Wie sie strahlend vor der Kamera posierte und die neuesten Farben und Tapeten vorstellte.

»Zuerst dachten die Rettungskräfte an ein Gasleck in der

Küche«, sagt Fritz. »Denn dort haben sie Lisette bewusstlos aufgefunden. Kurz darauf setzte ihre Atmung aus.«

»Im Pramtower?«, sage ich überrascht. Augenblicklich kommt mir die hochmoderne Küchenzeile in den Sinn. »Das kann ich mir nicht vorstellen. In dem Gebäude ist alles vom Feinsten, der Pramtower hat bestimmt das beste Sicherheitssystem Deutschlands.«

»Genau, das behauptet die Leitung der Natasho AG auch. Wenig später hat die Polizei dann einen Abschiedsbrief auf Lisettes Handy gefunden«, sagt Fritz. »Damit war der Fall für die Kripo erledigt. Selbstmord durch Gasvergiftung.«

»O Gott«, sage ich leise und verspüre den Drang, mir noch einmal Lisettes Instagram-Account anzusehen, ihre letzten Fotos. Es muss doch einen Hinweis darauf geben, warum sie sich das Leben genommen hat? Wobei, man kann den Menschen nicht in den Kopf sehen. Vielleicht hat sie an Depressionen gelitten. Oder sie hat den Erfolgsdruck nicht mehr ausgehalten.

Ich kenne das aus eigener Erfahrung. Nur weil meine Follower einen Zehn-Sekunden-Ausschnitt meines Lebens sehen, in dem ich fröhlich in die Kamera lächle und meine angeblich schönsten Momente mit ihnen teile, glauben sie, bei mir wäre alles perfekt. Dabei sind die Posts nur mein Job und sagen wenig über mein übriges Leben aus. Influencerin zu sein, ist kein leicht verdientes Geld, sondern verdammt harte Arbeit. Trotzdem werden wir oft belächelt oder sogar verachtet.

Fritz blickt mich an. Er scheint zu spüren, dass mich die Geschichte erschüttert hat. Er legt seine Hand auf meine Schulter. »Ich glaube auch nicht daran, dass es Selbstmord war. Welchen Grund hätte sie dafür gehabt?«

Ich zucke mit den Schultern.

Fritz rückt näher zu mir heran. »Ich denke eher, dass die Leitung des Pramtower nicht wahrhaben will, dass vielleicht technische Probleme zu Lisettes Tod geführt haben. Schlechte Presse schreckt schließlich Investoren ab.« Er holt tief Luft. »Deshalb mache ich mir so große Sorgen, dass du da jetzt einziehen willst. Dort ist es nicht sicher, Nova!«

»Und der Abschiedsbrief?«

Fritz schweigt.

Ich sage ihm nicht, dass ich seine Meinung nicht teile. Die Geschichte klingt mir zu sehr nach Verschwörungstheorie. Ein Großkonzern, der einen Gasunfall vertuscht? Da ist es schon wahrscheinlicher, dass Lisette psychische Probleme hatte, von denen niemand etwas wusste. Das kommt leider viel zu oft vor.

Ich nehme mein Handy vom Couchtisch und öffne die Instagram-App. Ich rufe Lisettes Account auf. Ihr Profilbild strahlt mich an. Ich scrolle nach unten.

Irritiert blicke ich auf den letzten Post, der veröffentlicht wurde. Ein Schwarz-Weiß-Foto von Lisette, mit raspelkurzen Haaren. Sie blickt traurig in die Kamera.

»Was ist das?«, fragt Fritz erstaunt und reißt mir das Telefon aus der Hand. »Der Beitrag war vorhin noch nicht da!«

»Wie meinst du das?«

»Der muss erst vor wenigen Minuten gepostet worden sein«, entgegnet er leise und beginnt die Caption zu lesen. Seine Augen verziehen sich zu engen Schlitzen, seine Stirn wirft Falten.

»Was steht denn da?«

Fritz beginnt vorzulesen:

»Hallo, Leute. Vielleicht habt ihr es schon erfahren, vielleicht auch nicht. Aber dies ist mein Abschiedsbrief an euch. Mein letzter Post. Denn ich kann nicht mehr. Der berufliche Druck als Influencerin war einfach zu groß. Verschwende deine Zeit nicht mit einem Job, der dich unglücklich macht. Denn Geduld und Leidenschaft kommen ganz von selbst, wenn du tust, was du liebst. Doch ich habe das nicht getan. Es hat mich zerstört. Deshalb übernimm immer die Kontrolle über dein Leben. Schätze die Menschen um dich herum. Hinterlasse einen Eindruck in der Welt. Eine Welt, die ich nun verlassen habe.« Fritz bricht ab, muss schlucken. »Dankeschön für alles, eure Lisette.«

Es war also kein Unfall. Allerdings weiß ich nicht, ob ich darüber erleichtert oder schockiert sein soll.

8

Einen Tag vor der offiziellen Schlüsselübergabe meiner alten Wohnung habe ich meine Habseligkeiten in zwei Umzugskartons verpackt, die Möbelstücke über eBay-Kleinanzeigen verkauft und die Wohnung gestrichen, gesaugt und geputzt, den Schimmel im fensterlosen Badezimmer entfernt und den Backofen blitzeblank gereinigt. Das Ding glänzt wie ein Ausstellungsstück im MediaMarkt. Ich möchte der Vermieterin keinen Grund bieten, die Mietkaution einzubehalten.

Aber ich habe mir umsonst Sorgen gemacht. Meiner Vermieterin war es sichtlich unangenehm, dass sie mich so kurzfristig aus der Wohnung geworfen hat, damit ihre achtzehnjährige Tochter dort einziehen kann. Als Wiedergutmachung hat sie mir eine Packung Merci und hundert Euro zum Abschied geschenkt. Das war wirklich nett.

Ich habe ihr allerdings nicht erzählt, wo ich jetzt einziehen werde. Sollte sie ruhig weiterhin ein schlechtes Gewissen haben. Kaum auszumalen, wo ich gelandet wäre, wenn ich nicht das Glück gehabt hätte, für ein Jahr im Pramtower zu wohnen.

»Etage zweiunddreißig.«

Die Fahrstuhltür öffnet sich.

Ich klemme mir die Zimmerpflanze unter den Arm und

laufe mit dem Jutebeutel, in den ich meinen restlichen Kleinkram und ein paar Einkäufe gepackt habe, durch den Flur auf meine neue Wohnungstür zu.

Es ist so still wie in einem Krankenhaus bei Nacht.

»Bitte öffnen«, sage ich leise und wie erwartet gleitet die Tür zu meinem Apartment geräuschlos auf.

Ich betrete den hell erleuchteten Wohnraum und stelle die Sachen neben dem klavierlackweißen Sideboard ab. Das könnte ein perfekter Platz sein, um meine Wohnungsschlüssel in einer Schale abzulegen, denke ich, als mir augenblicklich klar wird, dass ich ab sofort keine Hausschlüssel mehr benötigen werde.

Ein ungewohntes, seltsames Gefühl.

Aber ich werde mich schon daran gewöhnen.

»Hi, hallo«, höre ich eine freundliche Männerstimme hinter mir auf dem Flur. »Du bist also die Neue?«

Ich drehe mich um.

Aus dem Apartment gegenüber strahlt mich ein junger Mann mit einem blonden, akkurat geschnittenen Oberlippenbart an. Er ist schätzungsweise um die dreißig, trägt schulterlanges blondes Haar und schiebt ein silbernes Rennrad aus seiner Wohnung heraus. Typ Surfer im aktuellen Berlin-Look.

»Hallo«, sage ich freundlich und nicke ihm zu. Der Duft seines Aftershaves zieht zu mir herüber. »Ja, ich bin heute erst hier eingezogen.«

»Das habe ich gehört«, grinst er. »Also, das Kistenschleppen.«

»Oh, war ich zu laut? Tut mir leid.«

»Nein, nein«, sagt er und lehnt das Rennrad gegen die Flurwand. Ich zucke innerlich zusammen, hoffentlich sieht das nicht Herr Miklas. »Kann ich dir vielleicht bei irgendwas helfen?«

»Nicht nötig, danke.« Ich deute auf sein Rad. »Sei lieber vorsichtig. Nicht, dass du Kratzer an die Wand machst ...« Ich spüre, wir mir die Röte ins Gesicht steigt. Habe ich ihn gerade getadelt? Nova, reiß dich zusammen! Du hast hier noch nicht einmal eine Nacht verbracht. »Also, ähm, ich meinte, ich kann mir vorstellen, dass die Vermieter ganz schön pingelig sind.«

»Hier ist keiner, der es sehen könnte, Frau Nachbarin«, flüstert er schmunzelnd und nimmt das Rennrad wieder von der Wand. Der Lenker hat tatsächlich keinen Schaden verursacht. »Außer dir natürlich.«

»Ich werde dich nicht verraten«, sage ich zwinkernd und reiche ihm die Hand. »Ich bin übrigens Nova.«

»Nova«, wiederholt er leise. Wir schütteln die Hände. Seine Haut ist weich und zart. »Freut mich. Ich bin Konrad. Konrad mit K.«

»Freut mich ebenfalls, dich kennenzulernen, Konrad mit K.« Ich deute in mein Apartment. »Ich muss dann mal weiter auspacken und einräumen.«

»Na klar, verstehe. Also dann, Nova. Man sieht sich«, sagt er und schiebt sein Rad den Flur entlang. Die Tür zu Apartment 66f schließt sich, bevor ich einen Blick hinein wagen kann.

»Schönen Abend!«, rufe ich ihm hinterher.

Konrad bleibt stehen, dreht sich zu mir um. »Dir auch. Und falls du irgendwas brauchst, du weißt schon, sag einfach Bescheid.«

»Danke, mach ich«, entgegne ich, trete einen Schritt nach vorn und grinse. »Oder ich frag einfach diese Kim.«

Er bleibt mitten in der Bewegung stehen, als hätte ich etwas Falsches gesagt. Starrt mich irritiert an. Dann sieht er verstohlen zu den leuchtenden Flurlichtern hinauf, als würde dort eine eklige Spinne krabbeln. Ich folge seinem Blick. Doch ich kann nichts Ungewöhnliches erkennen. Kurz darauf löst er sich aus seiner Schockstarre und lächelt. Es wirkt gezwungen.

»Natürlich, hab ich vergessen«, ruft er mir zu. »Du kannst natürlich auch jederzeit Kim um Hilfe bitten.«

Dann verschwindet er mit dem Rad im Fahrstuhl.

9

Ich räume eilig die Einkäufe in den Kühlschrank, rücke meine Zimmerpflanze neben den Lounge Chair und begieße sie mit Wasser. Vielleicht finde ich noch einen besseren Platz, der nicht so nah am Kamin ist. Ich gehe auf die Fensterfront zu und genieße den Ausblick. Endlich angekommen.

Ich kann es immer noch nicht glauben.

Unter mir funkeln die Häuser der Hauptstadt wie amerikanischer Christbaumschmuck. Die perfekte Kulisse für meine erste Story bei Instagram.

Ich ziehe mein Handy aus der Tasche und öffne die Kamera-App. Der lilafarbene Horizont beginnt sich langsam orange zu färben, doch auf dem Display knallen die Farben noch stärker als in echt. Trotzdem kann das Foto nicht die Realität abbilden, das unfassbare Glück, meine Erleichterung, endlich ein neues Zuhause gefunden zu haben. Und was für eins!

Ich mache ein Hochkantfoto für die Story und bearbeite es mit einem Filter, der die Lichter der Stadt zu kleinen Sternen zaubert.

#pramtower – mein neues Abenteuer beginnt, schreibe ich als Kurztext dazu, setze einen kleinen Umzugskoffer als GIF daneben und drücke auf Veröffentlichen. Der Upload beginnt.

Den Rest der Kartons werde ich morgen auspacken.

»Es ist kein Traum, kein Traum«, sage ich leise zu mir selbst, während ich darauf warte, dass das Hochladen der Story abgeschlossen ist. »Eigentlich müsste ich mit Champagner darauf anstoßen.«

Warum habe ich eigentlich keine meiner Freundinnen und Freunde dazu eingeladen? Wir hätten eine kleine Einweihungsparty feiern können.

Ich war so sehr mit der Renovierung meiner alten Wohnung und dem Umzug beschäftigt, dass ich gar nicht daran gedacht habe, irgendjemanden zu informieren. Aber das sollte ich vielleicht nachholen. Falls sich Fritz überhaupt traut, mich im Pramtower zu besuchen.

Die Story ist immer noch nicht hochgeladen.

Genervt überprüfe ich meinen Handyempfang. Vielleicht weil ich so hoch über der Stadt bin? Nein, ich habe 5G, so wie immer, alle Balken leuchten. Sehr seltsam. Sogar die Natasho-App, die bestimmt 500 MB hat, konnte ich in Sekundenschnelle downloaden. Möglicherweise liegt es einfach an Instagram.

Enttäuscht breche ich den Vorgang ab, bevor ich mir den wundervollen Moment durch blöde Technik zerstöre, und öffne die Favoriten meiner Telefonliste.

»Nova! Welch eine Überraschung!«, sprudelt es schon nach dem zweiten Klingeln aus dem Hörer. »Wie schön, dass du anrufst. Ich habe gerade an dich gedacht!«

»Hallo, Bahar«, sage ich und freue mich, die warme Stimme meiner besten Freundin zu hören. Es tut gut. Seit sie nach Frankfurt gezogen ist, um in einer internationalen Kanzlei zu arbeiten, sehen wir uns nur noch selten. Dafür telefonieren wir wie Weltmeisterinnen. »Wie geht's dir?«

»Gut, sehr gut sogar. Ich komme gerade von einem vielversprechenden Date«, antwortet sie kichernd. Bahar scheint in Weinlaune. Vielleicht ist sie aber auch nur besonders glücklich. »Ein Investmentbanker. Aber nicht so ein biederer Krypto-Typ, verstehst du? Vom Äußeren eher aus der Modebranche. Könnte vielleicht was mit uns werden, *inschallah*. Er heißt Eric und kommt aus Norwegen, aus Oslo.«

Bahar kommt immer gleich auf den Punkt, das liebe ich so an ihr. Sie hat das Herz am rechten Fleck.

»Und du?«, fragt sie, nachdem sie mir noch minutenlang aufgeregt weitere Details über den Abend mit Eric erzählt hat. »Wie geht es meiner Nova?«

»Mir? Mir geht's ebenfalls gut«, entgegne ich geheimnisvoll und betrachte den beleuchteten Fernsehturm vor mir. Von der Aussicht könnte man Postkarten drucken. »Du wirst es nicht glauben, aber ich denke, ich habe mich ebenfalls verliebt.«

»Was? Erzähl!«

»Lass uns lieber facetimen«, sage ich und tippe auf das Kamera-Symbol. »Er heißt Alex und steht direkt vor mir. Du solltest ihn unbedingt kennenlernen.«

Die Verbindung wird aufgebaut.

»Alex? Wie alt? Was macht er beruflich?«, bestürmt mich Bahar mit Fragen, als wäre sie Günther Jauch. Ich kann hören, wie sehr sie sich für mich freut. »Wo hast du ihn kennengelernt?«

»Gar nicht«, entgegne ich, als sich endlich das Bild von Bahar aufbaut. »Ich habe ihn *gewonnen*.«

»Gewonnen?«

Als Antwort richte ich die Kamera auf die Fensterfront.

Bahars Augen weiten sich, als sie den unglaublichen Ausblick auf Berlin erkennt. »Na, Chérie? Was sagst du dazu?«

»Seid ihr im *Park Inn*?«, fragt sie erstaunt. »Habt ihr euch etwa gleich ein Hotelzimmer genommen? Dein Alex ist hoffentlich noch angezogen?« Sie lacht. »Oder willst du ihn mir nackt vorstellen?«

»Viel besser«, sage ich schmunzelnd und bringe die Kamera wieder in den Selfie-Modus. »Ich bin alleine, aber ein Gebäude weiter.«

»Sag mir nicht, du bist im Pramtower?«

»Ganz genau«, sage ich stolz. »Das bin ich.«

»Nicht wahr!« Für einen kurzen Moment stutzt sie. Dann runzelt sie die Stirn. »Ach, *den* Alex meinst du! Wie hast du das denn geschafft? Der Pramtower, das begehrteste Gebäude Berlins! Erzähl! Und da bist du gerade zu Besuch?«

»Nicht zu Besuch. Ich wohne hier«, erkläre ich. »Für ein ganzes Jahr.«

Zum ersten Mal, seit wir uns kennen, fehlen meiner Freundin Bahar die Worte. Wieder und wieder schüttelt sie ungläubig den Kopf.

»Deswegen rufe ich dich an. Ich bin gerade eben eingezogen«, sage ich und schlendere in die Küche hinüber, um mir ein Glas Wasser einzugießen. Als ich den Raum betrete, schalten sich automatisch die indirekten Wandleuchten an und tauchen die Küchenzeile in warmes Licht. »Ich habe das Apartment mehr oder weniger gewonnen. Dafür muss ich wohl einen Vertrag unterzeichnet haben, also online. Ich kann mich allerdings nicht daran erinnern, dass es überhaupt ein Vertrag war.«

»Hm, aha«, sagt Bahar, die ihre Sprache noch immer nicht wiedergefunden zu haben scheint.

»Ich dachte anfangs, es wäre eine Verschwiegenheitserklärung oder so was. Dutzende Seiten von Kleingedrucktem.« Ich greife mir ein Glas und halte es unter den Wasserhahn. Das Wasser beginnt aus der Leitung zu strömen. Es stoppt von alleine, als das Glas voll ist. »Die Bestätigung für die Warteliste kam noch per E-Mail, nachdem ich mich dort angemeldet hatte. Danach habe ich nie mehr was von der Natasho AG gehört. Bis vor ein paar Tagen.«

»Das ist sonderbar«, sagt Bahar leise.

Ich trinke einen Schluck. »Ja, irgendwie schon. Deshalb dachte ich, du als Anwältin könntest doch mal über meinen Mietvertrag gucken und überprüfen, was ich da überhaupt unterzeichnet habe? Nicht, dass es da versteckte Klauseln gibt, die mich … Bahar? … Hallo?«

Das Video meiner Freundin ist eingefroren.

»Bahar? Bist du noch da?«, frage ich irritiert und tippe mehrmals auf das Display. Doch unsere Verbindung bleibt unterbrochen, das Fenster schließt sich.

Ich versuche, sie erneut anzurufen. Erst per Facetime, dann per Telefon. Doch es ist kein Durchkommen.

Ich beschließe, morgen Herrn Miklas zu fragen, ob es eventuell hausinternes WLAN gibt, in das ich mich kostengünstig einloggen kann. Ansonsten muss ich mir ein eigenes über meinen Telefonanbieter installieren lassen.

»Guten Abend, Nova.«

Erschrocken zucke ich zusammen. Es ist Kim, die künstliche Intelligenz des Pramtower. Die Stimme ertönt aus allen Ecken, obwohl ich nirgends Lautsprecher erkennen kann.

»Ja?«, frage ich nervös in den leeren Raum.

»Es tut mir leid, ich wollte dir keinen Schrecken einjagen.«

Mein Magen krampft sich zusammen. Woher weiß dieses Ding, dass ich mich erschreckt habe?

»Das … das hast du nicht«, stottere ich.

»Wunderbar, Nova. Ich wünsche mir, dass du deinen ersten Abend im Pramtower in guter Erinnerung behältst. Die erste Nacht ist immer etwas ganz Besonderes, nicht wahr?«, haucht Kim und kurz darauf beginnt Jazzmusik über die versteckten Boxen zu spielen.

Ich erkenne den Song sofort, es ist *Too Young To Go Steady* von John Coltrane. Eins meiner Lieblingsstücke. Das Lied lief auch in der Empfangshalle, als ich den Pramtower das erste Mal betreten hatte. Ganz so, als wüsste dieses Gebäude, welche Musik ich mag.

»Ich habe mir erlaubt, eine Playlist aus deinen Spotify-Lieblingssongs zusammenzustellen«, sagt Kim. »Ich hoffe, das ist in Ordnung, Nova?«

»Ja, also …«, sage ich, doch weiter komme ich nicht. Denn in diesem Moment gleitet vor mir das Ölgemälde aus dem 17. Jahrhundert zur Seite. Ich gehe auf den Aluminiumkasten in der Sichtbetonwand zu. Im Aufzug erkenne ich ein geschliffenes Kristallglas sowie eine dunkelgrüne Flasche. Das muss Champagner sein. Er sieht teuer aus.

»Was ist das?«, sage ich. »Das habe ich nicht bestellt.«

»Aber du hast es dir gewünscht«, erklärt die künstliche Intelligenz. »Für dich nur das Beste, Nova. Ein Dom Pérignon aus dem Jahr deiner Geburt.«

Ich wollte Champagner trinken?

Hatte ich das laut ausgesprochen?

Irritiert nähere ich mich dem Aufzug und entnehme ihm das Glas und die Flasche.

»Zum Wohl«, sagt Kim mit warmer, freundlicher Stimme

und stellt die Jazzmusik leiser. »Auf die erste Nacht in deinem neuen Zuhause!«

»Danke«, entgegne ich und will mir gerade ein Glas einschenken, als es an der Wohnungstür klingelt.

10

Die Türklingel ist eine musikalische Abfolge von Tönen. Die Melodie kenne ich. Ich summe die ersten Takte von Smetanas *Moldau* mit.

Kim meldet sich zu Wort: »Jemand steht vor deiner Tür. Du hast Besuch, Nova.«

Verwundert stelle ich die Champagnerflasche auf dem weißen Marmortresen ab. »Wer weiß denn, dass ich hier wohne?«, murmele ich vor mich hin. Außer Fritz und Bahar habe ich niemandem von meinem Glück erzählt.

Die Antwort über die versteckten Lautsprecher kommt prompt: »Es ist Konrad, Konrad mit K.«

Ich gehe auf die Wohnungstür zu.

Ich blicke auf den farbigen Bildschirm neben der Wohnungstür. Es zeigt tatsächlich meinen neuen, langhaarigen Nachbarn, der nervös zu Boden starrt. Das Rennrad hat er nicht dabei.

»Bitte Tür öffnen«, sage ich.

»Hi, hallo.« Konrad sieht mich verlegen an, die Hände hinter dem Rücken verschränkt. Erneut zieht sein Aftershave-Duft zu mir herüber. »Ähm, ich bin's noch mal.«

»Hab ich schon vorher gewusst«, sage ich zwinkernd und lehne mich gegen den Türrahmen. »Kim hat es mir verraten.«

»Ja … ist gewöhnungsbedürftig, oder?«, sagt er.

»Ich finde es eigentlich ganz gut«, entgegne ich. »Wie bei einem Anruf. Wenn man auf dem Handy-Display sieht, wer es ist, da kann man ja auch entscheiden, ob man rangeht oder nicht.«

»Wenn du meinst ...« Er tritt von einem Fuß auf den anderen. »Dann hab ich ja Glück, dass du rangegangen bist.«

Wir müssen beide schmunzeln.

»Hm, ach so ...«, sagt er und holt etwas hinter dem Rücken hervor, das er bislang dort versteckt hat – einen Brotlaib und ein dekoratives Säckchen mit Salz. »Hab ich dir mitgebracht, zum Einzug. Soll Glück bringen.«

»Danke schön«, sage ich und nehme das Geschenk entgegen. Das ist wirklich sehr lieb von ihm. Mir wird wieder bewusst, wie ungewöhnlich es ist, dass ich zum ersten Mal meinen Umzug ganz alleine organisiert habe. Mir fehlen meine Freundinnen und die leeren Pizzaschachteln und Bierflaschen auf den Umzugskartons. »Sag mal, willst du nicht kurz reinkommen? Kim hat mir eine Flasche Champagner spendiert.«

Konrad zögert, schüttelt dann den Kopf. »Vielen Dank für die nette Einladung. Aber das geht nicht, meine Arbeit beginnt gleich ...«

Ich blicke auf meine Armbanduhr.

»Um diese Zeit?«, frage ich verwundert. Es ist 22.37 Uhr. Vielleicht jobbt er in einer Bar? Nein, dann wird er sich kaum die Miete im Pramtower leisten können. Oder er ist Arzt. Und gleich beginnt seine Nachtschicht. Hm, wie ein Mediziner sieht er allerdings nicht aus. Ich mustere seinen Oberlippenbart, das schwarze T-Shirt, die verwaschene Jeans. Vielleicht hat er das Apartment aber auch genauso gewonnen wie ich, als glücklicher Beta-Tester. Ja, das wäre möglich.

»Ich arbeite für Kim«, sagt Konrad in diesem Moment und sieht wieder zu Boden.

Ich sehe ihn verdutzt an. »Für Kim?« Ich habe keine Vorstellung davon, was er damit meint. Ist es nicht eher so, dass eine künstliche Intelligenz für *uns* arbeiten sollte? »Und was genau arbeitest du da?«

Er will mir gerade antworten, da rauscht auf der anderen Seite des Flurs eine Tür auf. Es ist das Apartment rechts neben dem von Konrad.

Konrad wendet sich um. »Guten Abend, Miri!«, ruft er.

Ich beuge mich vor, um meine neue Nachbarin zu sehen. Doch es dauert eine ganze Weile, bis eine kleine, alte Dame aus Apartment 66 d tritt. Die korpulente Rentnerin hat violett gelockte Haare und ein kleines grünes Hütchen auf. Es sieht lustig aus. Auf einen schwarzen Gehstock mit goldenem Griff gestützt, humpelt sie auf den Flur hinaus.

Sie sieht zu Konrad hinüber und hebt gequält den Arm.

»Das ist Nova«, ruft er und deutet auf mich. »Sie ist die neue Mieterin in 66 e! Willst du ihr nicht Hallo sagen?«

Die Alte mustert mich aus schmalen Äuglein. Dann dreht sie sich wortlos um und humpelt auf den Fahrstuhl zu.

»Nicht gerade gesprächig«, sage ich, während ich sie dabei beobachte, wie sie am anderen Ende des Flurs im Fahrstuhl verschwindet.

»Das ist Miranda«, flüstert mir Konrad zu, obwohl die Dame schon längst verschwunden ist. »Sie war eine der ersten Bewohnerinnen im Pramtower.«

»Tatsächlich?«, sage ich. »Ich hätte sie gerne kennengelernt.«

»Das wirst du noch, keine Sorge«, sagt Konrad und deutet auf die restlichen Apartmenttüren, die vom Flur abgehen.

»So wie all die anderen, die auf diesem Stockwerk leben. Freitagabends ist immer unser Etagentreffen.«

»Etagentreffen?«

»Ja, wusstest du das nicht?«, fragt er irritiert. Er streicht sich über den blonden Oberlippenbart. »Jeden Freitagabend, immer bei jemand anderem im Apartment.«

»Aha«, sage ich. Stand das auch im Mietvertrag? Ich sollte Bahar so schnell wie möglich die Unterlagen zumailen.

»Das ist eigentlich ganz nett.« Konrad zuckt mit den Schultern. »Kim spendiert uns allen ein Fünfgängemenü mit Weinbegleitung. Weil man sich beim Essen besser kennenlernt. Kim will damit erreichen, dass unter den Bewohnern des Pramtower eine Art eingeschworene Gemeinschaft entsteht. Deshalb duzen sich auch alle.«

»Bis auf Herrn Miklas«, entgegne ich.

»Das liegt nur daran, dass niemand seinen Vornamen aussprechen kann«, lacht Konrad. »Er ist der Einzige, den wir beim Nachnamen nennen.«

»Auf jeden Fall eine schöne Idee, so ein gemeinsames Treffen«, sage ich und plötzlich fällt mir wieder Lisette ein, die ebenfalls im Pramtower gelebt hat. »Sag mal, Konrad, kommen zu diesen wöchentlichen Essen alle aus dem Haus zusammen?«

»Nein, dann wäre es ja kein Etagentreffen«, sagt er und lächelt. »Wieso fragst du?«

»Hier hat, glaube ich, mal eine berühmte Influencerin gewohnt«, sage ich zögernd. »Sie hieß Lisette. Angeblich gab es einen Unfall. Hast du sie vielleicht mal gesehen?«

Mit einem Schlag wirkt Konrad verändert. Das Lächeln verschwindet aus seinem Gesicht. Er starrt an die Decke und räuspert sich. »Ähm, Lisette. Ja, also, ich …« Dann blickt er auf seine Apple-Watch. »Also, tut mir leid, Nova. Aber ich muss jetzt wieder zurück … Ich wünsche dir eine gute Nacht.«

Er dreht sich um und geht auf seine Wohnungstür zu.

»Hey, warte! Habe ich was Falsches gesagt?«, rufe ich und blicke ihm verwundert hinterher. »Konrad?«

Wortlos verschwindet er in seinem Apartment.

11

»Eingangstür verriegeln!«, rufe ich in meinen stillen Wohnraum hinein und mache es mir mit einem Glas Dom Pérignon in dem weißen Lounge Chair bequem. Was für ein Tag. Ich sinke tiefer in den butterweichen Sessel hinein, das edle Leder fühlt sich wie eine zweite Haut auf meinen Unterarmen an. Mein Blick schweift zur meterlangen, bodentiefen Fensterfront, auf die unbeschreibliche Aussicht über Berlin, an der ich mich nicht sattsehen kann. Das Licht im Raum ist angenehm gedimmt. Im Kamin knistert ein Feuer. Dafür ist Kim verantwortlich. Die künstliche Intelligenz hatte mich vor wenigen Minuten danach gefragt. Erschöpft lege ich meine Beine auf der Ottomane ab und genieße den Duft zarter Rosenblätter. Die Form des Designersessels umhüllt mich wie eine schützende Hand. Ich fühle mich geborgen. Meine erste Nacht im Pramtower. Ich nippe einen kleinen Schluck am Kristallglas, der Champagner schmeckt fantastisch.

Es könnte alles so traumhaft sein, wäre da nicht Lisette.

Was ist wirklich mit ihr passiert?

Warum hat Konrad so seltsam reagiert, als ich nach ihr gefragt habe? Es war eindeutig, dass er etwas darüber weiß. Ich trinke einen weiteren Schluck. War ein Gasleck für ihren Tod verantwortlich?

Nein, Lisette hatte einen Abschiedsbrief geschrieben. Sogar zwei, wenn man den Instagram-Post mitzählt. Sie muss die Veröffentlichung schon Wochen vorher geplant haben. Es ist furchtbar. Ich nippe erneut am Glas, es ist schon halb leer. Der Alkohol beginnt, seine Wirkung zu entfalten. Ich lasse die Gedanken schweifen.

Ich muss an die Etagentreffen denken, von denen mir Konrad erzählt hat. An die Freitagabende, an denen alle Bewohner und Bewohnerinnen aus diesem Stockwerk zusammenkommen, um gemeinsam zu essen.

Ich führe das Glas zum Mund, doch halte mitten in der Bewegung inne. Moment. Ich stelle das Glas auf dem runden Couchtischchen ab.

Wenn Konrad Lisette kannte – und das muss er, ansonsten hätte er nicht so seltsam reagiert –, kann die tote Influencerin nur hier auf dem zweiunddreißigsten Stockwerk gewohnt haben!

War sie vielleicht meine Vormieterin? Ist sie in diesem Apartment gestorben? Hatte Herr Miklas nicht davon gesprochen, dass es mit meinem Vorgänger oder meiner Vorgängerin »Probleme« gegeben habe? Meine Hände beginnen zu zittern.

Beruhige dich, Nova, beruhige dich. Es kann auch einen anderen Grund geben, warum Konrad sie kennt. Vielleicht hat es sich nur im Pramtower herumgesprochen?

Das Mobiltelefon vibriert in meiner Jeans.

Hat mir jemand eine WhatsApp geschrieben?

Ich ziehe es heraus, blicke auf das Display.

Nova, bitte fülle die Daten aus!

Die Aufforderung kommt von Natasho, der neuen App, die ich installiert habe. Ich hatte gar nicht mehr an sie gedacht.

Das hat bestimmt auch noch bis morgen Zeit, denke ich und schalte das Handy wieder aus. Sicherheitshalber schalte ich den Flugmodus ein. Es war ein langer Tag und ich bin zu müde, um irgendwelche blöden Daten auszufüllen.

Ich erhebe mich aus dem Sessel und schwanke auf mein Schlafzimmer zu, während das lodernde Kaminfeuer von alleine ausgeht. Sicherlich ein elektrischer Ethanolkamin ohne Schornstein.

Die künstliche Intelligenz scheint zu ahnen, dass ich schlafen gehen will. Hinter mir wird das Licht gelöscht.

Das gigantische, schwedische Rosshaarbett sieht sehr verlockend aus. Am liebsten würde ich mich einfach auf die dicke Matratze fallen lassen, der Champagner ist mir ziemlich zu Kopf gestiegen. Doch ich muss mich noch abschminken.

Nachdem ich im Badezimmer mein Make-up entfernt und die Zähne geputzt habe, betrete ich das erleuchtete Schlafzimmer.

Ich blicke zur breiten Fensterfront hinüber und betrachte mein Spiegelbild in der Scheibe. Ich strecke beide Arme von mir und lasse sie wie Vogelschwingen auf und abgleiten. Es sieht aus, als würde ich wie ein Engel über Berlin schweben.

»Kim. Bitte schalte den Sichtschutz an!«

Augenblicklich verfärbt sich das Glas. Der Stadtblick verschwindet hinter einer glänzend schwarzen Wand.

Ich befreie mich von meiner Kleidung und dem BH, schlüpfe in mein Nachthemd und lege mich ins Bett. Die Matratze ist angenehm weich, auch das Kopfkissen hat genau die richtige Stärke. Zufrieden kuschle ich mich unter die kühle Satindecke.

Ich spüre, wie mir die Augen zufallen.

Mit Mühe beuge ich mich zum japanischen Nachttischchen hinüber und lege mein Handy auf der Ladestation der Designerlampe ab.

»Bitte schalte das Licht aus.«

Das Deckenlicht dimmt sanft herunter, bis mich völlige Dunkelheit umschließt.

Auch die Stille ist ungewohnt.

In meiner alten Wohnung konnte ich zu dieser Uhrzeit noch grölende Jugendliche hören, die unter meinem Fenster vor dem Späti feierten. Doch hier in diesem Raum ist es so still, als hätte ich Ohrstöpsel im Ohr.

Gähnend drehe ich mich zur Seite, ziehe die Beine an den Bauch und lasse den aufregenden Tag hinter mir.

Ein anhaltendes Piepen weckt mich.

Es ist mein Smartphone neben dem Bett. Verschlafen rolle ich mich zur Seite. Wer verdammt schreibt mir mitten in der Nacht? Ich fingere blind nach meinem Telefon auf dem Nachttisch.

Wie geht das überhaupt? Ich hatte doch vor dem Zubettgehen den Flugmodus eingeschaltet.

Das Display blendet mich.

Ich kneife die Augen zusammen. Es ist 3.17 Uhr.

Hastig drücke ich die Stummtaste herunter und will es gerade wieder zurück auf die Ladestation legen, als das lästige Piepen von Neuem beginnt.

Wütend richte ich mich im Bett auf und betrachte das Display genauer. Das ist doch nicht wahr, oder? Es ist eine Textnachricht der Natasho-App. Wieder mit der Botschaft:

Nova, bitte fülle die Daten aus!

Ich reibe mir die Augen. Ist das ein schlechter Scherz? Wieso kann ich den penetranten Warnton nicht ausschalten?

»Du kannst mich mal!«, zische ich das verfluchte Gerät an und drücke verzweifelt den Ausschalter des Handys. Ich knalle es auf die Station zurück.

Der Dauerton hat endlich aufgehört.

Doch ich bin hellwach.

12

»Guten Morgen, Nova.« Die sanfte Stimme von Kim.

Ich öffne die Augen. Doch es bleibt stockfinster. Wie spät ist es? Es hat lange gedauert, bis ich wieder einschlafen konnte. Meine Gedanken sind immer wieder um Lisette und ihren mysteriösen Tod gekreist. Irgendwann habe ich sogar angefangen, Schäfchen zu zählen.

Ich taste nach dem Handy und blicke auf die Uhr. Es ist 9.13 Uhr. »Bitte Licht anschalten.«

Augenblicklich wird der Raum heller.

»Hast du gut geschlafen?«, fragt Kim aus allen Ecken.

»Nicht wirklich«, antworte ich mürrisch und werfe die durchgeschwitzte Bettdecke zur Seite. »Ich könnte jetzt eine Dusche gebrauchen.«

Aus dem Badezimmer ist das Rauschen von Wasser zu hören.

Hat die künstliche Intelligenz die Dusche angestellt?

Ich schlurfe Richtung Bad.

Die Tür öffnet sich automatisch. Tatsächlich, aus der Regendusche strömt Wasser. Feiner Nebel wabert durch den Raum. Der Fernseher im Spiegel überträgt die Nachrichten von Euronews. Elon Musk gibt eine Pressekonferenz zu *Neuralink*.

Ich entkleide mich und stelle mich in den Glaskasten.

Das Wasser ist lauwarm. Irritiert suche ich die Duschwand nach einer Armatur ab.

Doch da ist nichts. Natürlich.

»Kim. Bitte etwas heißer«, versuche ich es und trete vorsichtshalber einen Schritt aus dem Duschstrahl zurück, halte die Hand unter das Wasser.

Augenblicklich wird das Wasser wärmer. »Danke!« Ich fühle mich wie Ryan Gosling in *Blade Runner 2049*. Doch das hier ist kein Science-Fiction-Film.

Nachdem ich mich abgetrocknet habe, setze ich mich auf die Toilette und scrolle durch TikTok. Über versteckte Lautsprecherboxen ertönen leise Waldgeräusche mit Vogelstimmen.

Ich drücke die Spülung.

»Der pH-Wert deines Urins beträgt 5,9. Azidotisch, leicht sauer«, ertönt die Stimme von Kim über mir. »Hervorragend, Nova. Das ist ein gesunder Wert. Weiter so!«

Kommentarlos verlasse ich das Badezimmer und ziehe mich an. Ich weiß nicht, was ich mit der Information meines pH-Werts im Urin anfangen soll. Ich bin doch keine Spitzensportlerin.

In der Küche bereite ich mir einen Latte macchiato mit Hafermilch zu. Der Vollautomat ist ein Edelstahlmonstrum einer mir unbekannten Marke. Der Kaffee tut gut, macht wach.

Mit dem heißen Glas in der Hand stelle ich mich an die Fensterfront und blicke auf den Alexanderplatz hinunter. Wie Ameisen wimmeln die Menschen über den Platz.

Ob ich mich an das Zusammenleben mit einer künstlichen Intelligenz gewöhnen werde?

Ich nippe am Kaffee und betrachte den Sekundenzeiger

meiner Armbanduhr, die ich mal auf einem Flohmarkt erstanden habe.

Um elf Uhr bin ich mit Fritz in Kreuzberg verabredet.

Freitags treffen wir uns regelmäßig im *Mokka Me*, unserem Lieblingscafé, und tauschen uns über die Woche aus. Mir bleiben noch gut zwei Stunden, um mit der U-Bahn hinzufahren.

Das Handy vibriert in meiner Stoffhose.

Fritz wird doch nicht kurzfristig absagen?

Ich blicke auf das Display.

Nova, bitte fülle die Daten aus!

Nicht schon wieder, denke ich und spüre, wie mir bittere Magensäure den Hals hinaufwandert.

Doch bevor ich erneut schlechte Laune bekomme, setze ich mich kurzerhand in den Lounge Chair und öffne die App. Wer weiß, wie lange mich dieses Ding ansonsten noch nervt.

Es scheint ein längerer Fragenkatalog zu sein. Durch einen »Fortschrittsbalken« wird mir angezeigt, dass es zirka fünf Minuten beanspruchen wird. Ich kenne das Prozedere von Umfragemails großer Firmen. Manchmal nehme ich mir sogar die Zeit dafür, wenn es mir wichtig erscheint.

Heute *muss* ich es wohl tun.

Ich gebe meinen Namen, mein Geburtsdatum und die neue Adresse im Pramtower ein.

Dann werde ich nach möglichen Allergien gefragt.

Ich gebe *keine* an, obwohl ich Zwiebeln nicht gut vertrage.

Meine Größe, das aktuelle Gewicht, die Haar- und Augenfarbe, sowie meine Konfektionsgröße sind schnell eingetragen, auch wenn ich mich darüber wundere, für was das benötigt wird. Schließlich bewerbe ich mich hier nicht für einen Kooperationspartner von fairen Öko-Textilien, für die ich manchmal auf Instagram Werbung mache.

Die vorletzte Frage, laut Fortschrittbalken, dreht sich um Medikamente, die ich einnehmen muss. Ich stutze. Was geht es diese blöde App an, welche Krankheiten ich habe?

Ich verschweige meine Bluthochdruck-Tabletten, die ich seit sechs Monaten von meinem Hausarzt verschrieben bekomme, und skippe zum allerletzten Fenster:

Deine aktuelle Verhütungsmethode?
(a) Pille (b) Hormonspirale
(c) Diaphragma (d) Kupferball
(e) Kondom (f) Sterilisation (g) Verhütungsring
(h) Verhütungsspritze (i) Kupferkette
(j) Verhütungspflaster
(k) Temperaturmethode (l) keine

Bitte *was*? Das geht jetzt wirklich zu weit!

Verärgert klicke ich auf *Weiter*. Doch nichts passiert. Ich drücke erneut. Die Eingabemaske bleibt. Was verdammt …?

»Bitte fülle die letzte Frage aus«, ertönt es um mich herum. Kims Stimme ist übertrieben freundlich. »Bitte, Nova. Die allerletzte Frage. Wie verhütest du?«

»Das geht dich überhaupt nichts an!«, rufe ich in den leeren Raum hinein, knalle das Kaffeeglas auf den Couchtisch und springe auf.

»Ich bin für dein Wohlergehen zuständig.«

»Bist du nicht!« Es ist absurd, mit einem unsichtbaren

Gegenüber zu streiten. »Du kannst mich mal! Was willst du denn machen, wenn ich es nicht tue?«

Kim schweigt.

Ich renne zur Garderobe, ziehe mir eine leichte Jacke über, schultere meine Tasche und verlasse fluchtartig das Apartment.

13

Mit klopfendem Herzen warte ich auf den Fahrstuhl.

Eine Minute vergeht, dann zwei. So lange muss man normalerweise nicht warten. Ungeduldig beiße ich mir auf die Unterlippe. Wo bleibt das blöde Ding? Üblicherweise ist der Fahrstuhl innerhalb von Sekunden auf meinem Stockwerk.

»Bitte Aufzug!«, stammele ich und klopfe gegen das Aluminium, als hinter mir eine Wohnungstür geöffnet wird.

Es ist Miranda. Die alte Frau mit dem grünen Hütchen aus Apartment 66 d. Sie humpelt mit ihrem Gehstock auf mich zu.

»Guten Morgen«, sage ich knapp und zwinge mich zu einem Lächeln. Sie stellt sich stumm neben mich. Ihr aufdringlich würziges Parfüm beginnt, mich in der Nase zu jucken.

Sie blickt starr auf die Fahrstuhltür.

»Möchten Sie auch nach unten?«, frage ich, um irgendetwas zu sagen. Die Stille macht mich kirre. »Irgendwie scheint der Fahrstuhl nicht zu kommen.«

Sie dreht sich zu mir um, mustert mich von oben bis unten, legt den Kopf schief. Ich fühle mich wie ein Turnierpferd auf einer Versteigerung. Dann haucht sie etwas, das ich nicht verstehe. Mirandas Mund hat sich kaum bewegt.

»Wie bitte?«, sage ich und beuge mich zu ihr vor.

»Du«, sagt sie mit schwacher Stimme. »Es heißt *du*. Im Pramtower duzen wir uns. Schon vergessen?«

»Ähm, ja. Natürlich«, sage ich irritiert und strecke ihr die Hand hin. »Hallo, ich bin Nova. Schön, Sie …« Ich räuspere mich. »Schön, *dich* kennenzulernen, Miranda.«

Sie betrachtet meine ausgestreckte Hand, als wäre sie mit einem Ausschlag überzogen.

Die Fahrstuhltür gleitet überraschend auf.

Miranda betritt die Kabine, ich folge ihr.

»Erdgeschoss«, sagt sie und im nächsten Moment rauschen wir die Stockwerke nach unten. Sofort spüre ich den Druck in Ohren und Magen.

Ich sehe verstohlen zu Miranda, die sich im Spiegel das grüne Hütchen zurechtrückt. Die wortkarge Dame wird Ende sechzig sein, doch ihre altertümliche, grünkarierte Kleidung lässt sie um zehn Jahre älter aussehen. Die dünnen Lippen hat sie mit knallrotem Lippenstift gefärbt, einen viel zu dicken Lidstrich aufgetragen und die Wangenknochen bis zu den Schläfen mit Rouge bestrichen. Das orientalische Parfüm, das sie benutzt, riecht nach Patschuli, Orange und ungewöhnlichen Kräutern.

Sie bemerkt im Spiegel, dass ich sie anstarre.

Mist.

Miranda dreht sich um und humpelt einen Schritt auf mich zu. Dabei stützt sie sich schwerfällig auf ihrem Gehstock ab, betrachtet mich aus zusammengekniffenen Äuglein. »Willst du Kinder, Nova?«

»Wie … bitte?«

»Was ist an der Frage nicht zu verstehen?«, sagt sie unwirsch. Unnatürlich weiße Zahnreihen strahlen mich aus ihrem schiefen Mund an. »Ob du schwanger werden willst!«

Ich starre die alte Frau an. Ist sie dement? Oder vielleicht irre?

Miranda schlägt mit dem Gehstock gegen meine Beine. »Hey, du! Ich habe dich was gefragt!«

»Was?«, ich tue so, als hätte ich sie nicht gehört. Wann kommen wir endlich in der Lobby an? Ich will hier raus. Aus dem Aufzug, aus dem Pramtower. Weg von dieser Verrückten.

»Kinder?«, wiederholt sie zischend. »Babys?«

»Ich … ich habe die Wohnung nur gewonnen«, entgegne ich reflexartig, weil ich nicht weiß, wie ich auf ihre absonderliche Frage reagieren soll. Augenblicklich muss ich an die Natasho-App denken, die mich über meine Verhütungsmethode aushorchen wollte. Was geht hier vor? »Warum wollen Sie wissen, ob ich irgendwann mal Kinder will?«

»Nicht irgendwann, Nova«, flüstert die Alte. »Wenn du hier wohnen bleiben willst, dann solltest du dich besser für ein Baby entscheiden. Das hat leider nicht jede hier getan.«

Sie zieht sich wortlos in ihre Ecke zurück und schielt in die obere Ecke des Fahrstuhls.

Was will sie damit sagen?

Spricht sie etwa von Lisette?

Mir wird übel. Es liegt nicht an der Geschwindigkeit des Fahrstuhls. Auch nicht an ihrem strengen Parfüm.

Endlich gleitet die Tür auf, ich eile auf den Ausgang zu.

14

»Ich glaube, ich werde wieder ausziehen, Fritz.«

Wir sitzen im *Mokka Me* in Kreuzberg, auf zwei alten Clubsesseln unter den Schatten spendenden Bäumen auf dem Bürgersteig. Um uns herum auf den Nachbartischen wird aufgeregt Amerikanisch, Französisch und Spanisch gesprochen. Vor uns auf dem Bistrotisch stehen zwei Teller mit Elifs berühmtem veganem New-York-Cheesecake. Ich habe kaum etwas angerührt.

»Endlich kommst du zur Vernunft«, sagt Fritz und nippt an seinem Hafer Latte. »Du hättest gar nicht erst im Pramtower einziehen sollen, das sage ich doch die ganze Zeit.«

»Ich weiß«, entgegne ich. »Aber was hätte ich denn tun sollen? Es gab einfach keine Möglichkeit, so schnell an eine andere Wohnung zu kommen. Sobald die Vermieter hören, dass ich als Content Creatorin arbeite, bin ich sofort raus. Als Galeristin hatte ich mehr Chancen.« Ich spiele mit der Kuchengabel, picke ein paar Krümel auf. »Es ist zum Verzweifeln.«

»Vielleicht hättest du doch deinen Mund halten sollen«, sagt Fritz und sieht mich mitleidig an. »Und mehr an dich denken.«

»Was? Er hat sie fast vergewaltigt«, sage ich und spüre, wie die Wut wieder in mir hochkommt. »Da kann ich nicht einfach schweigen. Ich musste es melden. Das war ein klarer Fall von Me-too!«

»Aber er war dein Chef. Und deine Kollegin hätte ihn selbst anzeigen können.«

»Wie kannst du so etwas sagen?« Ich weiß, dass Fritz eigentlich dieselbe Einstellung zu sexuellen Belästigungen hat wie ich. Am Tag meiner Kündigung in der Galerie hat er mir beigestanden und gesagt, wie stolz er auf mich sei. »Woher der plötzliche Sinneswandel?«

Fritz zögert. »Na ja, ich dachte, du würdest sofort eine andere Stelle bekommen, so gut, wie du in deinem Job bist. Ich war mir sicher, dass dich jede Galerie in Berlin mit Kusshand übernehmen würde. Nur wenige haben so ein Gespür für Kunst wie du.«

Und für Gerechtigkeit, denke ich. Leider ist es mir zum Verhängnis geworden. Der Vorfall in der Galerie hat sich schnell in der Branche herumgesprochen. Doch da sich meine Kollegin außergerichtlich mit meinem Ex-Chef geeinigt hat, ist die Sache schnell unter den Tisch gekehrt worden. Und plötzlich war *ich* die Schuldige, die ihren Chef angeklagt hat. Angeblich aus Eifersucht. Ich bin sicher, dass er alle Galeristen vor mir gewarnt hat. Beweisen kann ich es natürlich nicht.

»Aber jetzt erzähl schon«, sagt Fritz und steckt sich ein Stück Käsekuchen in den Mund. »Warum willst du da wieder raus? Was zum Teufel ist denn passiert?«

Ich denke an die künstliche Intelligenz mit ihrer Frage nach meiner Verhütungsmethode und an Miranda, die mich über Babys ausgehorcht hat. »Ich habe das Gefühl, in dem Gebäude stimmt was nicht. Die benehmen sich dort alle so seltsam.«

»Inwiefern seltsam?«

»Als würde die KI alle Bewohnerinnen und Bewohner des Pramtower abhören. Ja, fast schon kontrollieren«, erkläre ich und trinke einen Schluck Latte. Mein Mund ist trocken. »Ich weiß, das klingt verrückt. Ich habe zum Beispiel einen Nachbarn, sein Name ist Konrad. Er ist so alt wie wir.« Augenblicklich sehe ich ihn vor mir. Mit seinen langen blonden Haaren und dem sympathischen Lächeln. »Ein netter Typ, wohnt gleich im Apartment gegenüber.«

»Aha«, sagt Fitz grinsend. »*Wie* nett?«

Ich weiß, worauf er anspielt. Fritz hofft seit einem Jahr, dass ich endlich mal wieder eine neue Beziehung eingehe, nachdem mich mein letzter Freund mit einer angesagten Fotografin betrogen hat. Seit zwölf Monaten habe ich niemanden mehr gedatet. »Er hat mir nur Brot und Salz vorbeigebracht, zum Einzug. Mehr nicht.«

»Mehr nicht.«

»Wir sind nur Nachbarn.« Obwohl ich nicht abstreiten kann, dass er mir gefällt. Ich beuge mich zu Fritz vor und senke die Stimme. »Ich hab ihn beiläufig über Lisette befragt. Und ab diesem Moment war er wie verändert. Fast verängstigt. Ich bin mir sicher, er hat sie gekannt.«

»Echt?«

»Das habe ich gespürt.«

»Hm.«

»Vielleicht waren sie sogar zusammen«, sage ich leise und beobachte die junge Frau, die zwei Tische hinter uns Platz nimmt. Sie kommt mir bekannt vor. »Wäre doch möglich?«

Fritz lehnt sich zurück, sieht mich nachdenklich an. »Könnte sein, ja. Warum nicht? Lisette war sehr attraktiv.« Er streicht sich über das Kinn. »Dieser Konrad weiß bestimmt mehr, als er zugibt. Du solltest die Chance auf jeden Fall nutzen, Nova.«

»Welche Chance?«

»Na, du könntest ihn das nächste Mal in ein Gespräch verwickeln«, erklärt er. »Wenn du ihn im Flur triffst. Vielleicht verrät er dir dann mehr? Über ihren mysteriösen Tod?«

»Es wird kein nächstes Mal geben«, sage ich und verschränke die Arme vor der Brust. »Ich habe dir doch gesagt, dass ich wieder ausziehen will.«

»Sag mal, wo starrst du eigentlich die ganze Zeit hin?«, fragt Fritz irritiert und dreht sich ruckartig auf seinem Stuhl um. Er zuckt zusammen, als er die junge Frau am Nachbartisch erblickt. »Oh, mein Gott! Ist das etwa ...?« Aufgeregt beugt er sich wieder zurück und flüstert: »Das ist Mia Richter! *Die* Mia Richter!«

»Wer?«

»Warum sagst du denn nichts?« Fritz wirkt aufgedreht. Als hätte er Harry Styles nackt gesehen. »Die berühmte Schauspielerin aus *Die Angst bleibt*? Hast du den nicht gesehen?«

»Nee«, sage ich und verstehe nicht, warum er sich wie ein Teenie aufführt. Filme interessieren mich nicht.

»Oder *Endstation Liebe*?«, setzt er nach. Als würde das meinem Gedächtnis auf die Sprünge helfen. Möglicherweise habe ich sie mal auf einem Kinoplakat gesehen. »Meinst du, ich könnte sie nach einem Autogramm fragen? Oder wäre das übergriffig?«

»Fritz«, sage ich mit Nachdruck, während er gedankenverloren immer wieder zur Schauspielerin hinüberschielt. »Kann ich vielleicht spontan bei dir unterkommen? Ich muss raus aus dem Pramtower. Und zwar schnellstens!«

»Wie? Was meinst du?«

»Kann ich für kurze Zeit bei dir wohnen?«, frage ich erneut und lächle ihn bittend an. »Nur für ein paar Tage? Zumindest bis ich eine neue Wohnung oder eine andere Möglichkeit gefunden habe?«

»Ab heute?«

»Wenn das möglich wäre?«

»Tut mir leid, Nova, das ... das geht nicht«, sagt Fritz und zuckt bedauernd mit den Schultern. »Normalerweise gern. Aber über das Wochenende kommt Colin zu mir. Wir wollen es uns ein bisschen gemütlich machen. Nur wir zwei ...«

»Klar.«

Fritz zögert. »Aber wenn du wirklich Angst hast, dann ...«

»Nein, nein, verstehe«, gehe ich schnell dazwischen. Ich möchte nicht, dass er meinetwegen auf sein romantisches Wochenende mit Colin verzichtet. Ich hatte schon an Anne gedacht, aber die ist seit zwei Wochen in Thailand auf einem Yoga-Retreat. »Ist gar kein Problem. Ich ... ich werde einfach in ein Hotel gehen.«

»Es ist Messe, Nova«, sagt er mitleidig. »Da kosten die Zimmer pro Nacht fünfhundert Euro aufwärts. Also, wenn du überhaupt etwas kriegst.«

»Mist.« Daran hatte ich nicht gedacht.

»Aber ab Montag gerne«, sagt er und ergreift meine Hände. »Da kannst du bei mir unterkommen. Ich habe ein aufblasbares Gästebett.«

»Wirklich?«, entgegne ich erleichtert. »Du bist ein Schatz!«

»Schaffst du denn noch drei Nächte im Pramtower?«, fragt er und legt besorgt den Kopf schief.

»Na klar«, sage ich mit fester Stimme. Es soll überzeugt klingen. Ich möchte nicht, dass er sich Sorgen um mich macht. »Was sind denn schon drei Tage?«

»Sehr gut!«, sagt er und trommelt mit den Händen auf den Tisch. »Dann hole ich mir jetzt mein Autogramm!«

15

Während ich an der Kasse unsere beiden Getränke bezahle, fällt mein Blick auf den Aushang, der direkt neben der Kuchentheke an der Wand hängt. *Babysitter gesucht!*, steht in dicken Lettern auf dem fotokopierten Zettel. Ich notiere mir die angegebene Telefonnummer und verabschiede mich von Elif.

Fritz tänzelt immer noch um die berühmte Schauspielerin herum und winkt mir aus der Ferne zu. Ich winke zurück und trete den Heimweg an.

Die U8 in der Schönleinstraße ist überraschend leer, als ich zum Alexanderplatz fahre. Ich setze mich an die Tür und genieße den Fahrtwind, der durch die geöffneten Fenster hereindringt. Die U-Bahn quietscht bedrohlich bei jeder Kurve und ich schließe die Augen und lausche den Lautsprecheransagen der verschiedenen Stationen.

Noch drei Nächte im Pramtower.

Das müsste auszuhalten sein, versuche ich mich zu beruhigen. Vielleicht bilde ich mir das alles auch nur ein. Es kann alle möglichen Gründe haben, warum Konrad so seltsam reagiert hat, als ich ihn nach Lisette gefragt habe. Vielleicht war er in sie verknallt und sie hat ihm einen Korb gegeben?

Und Miranda mit ihrem seltsamen Hütchen? Die Alte aus

dem Fahrstuhl scheint einfach nicht ganz richtig im Kopf zu sein.

»Alexanderplatz«, wird die nächste Station angekündigt.

Ich stehe auf und stelle mich an die Waggontür.

Okay, was die App angeht, das ist schon etwas verstörend. Keine Ahnung, warum es so wichtig ist, ob und wie ich verhüte. Es ist mir ja selbst total egal. Ich hatte schließlich seit über einem Jahr keinen Sex mehr. Warum sollte ich da die Pille nehmen? Außerdem schützt mich ein Kondom auch vor Krankheiten. Deshalb habe ich immer eins in der Tasche, man weiß ja nie. Können die eigentlich porös werden? Gibt es ein Haltbarkeitsdatum für Kondome? Darüber habe ich mir noch nie Gedanken gemacht. Vielleicht sollte ich mir sicherheitshalber eine neue Packung kaufen. Aber für was? Für wen?

»Für Konrad«, flüstert eine leise Stimme in meinem Ohr.

Die Türen schwingen auf und reißen mich aus meinen Tagträumen.

Auf dem Bahnsteig herrscht Hochbetrieb. Ich wühle mich durch die Menschenmassen die Treppenstufen nach oben, haste ins Freie. Über mir zwitschern die Schwalben in einem wolkenfreien Himmel. Auf dem Alexanderplatz, vor Galeria Kaufhof, steht ein Musiker mit Gitarre und spielt einen sommerlichen Reggae-Song. Ein kühler Wind streicht mir durch die offenen Haare.

Ich blicke den Pramtower empor.

Nur drei Tage, Nova.

»Ist alles zu deiner Zufriedenheit?«, fragt mich Isadora überfreundlich hinter ihrem marmornen Tresen, als sie mich in der Lobby erkennt. Der Pagenkopf der Empfangsdame ist so akkurat frisiert wie immer. Im Hintergrund läuft leise Jazzmusik. »Wie war deine erste Nacht?«

»Oh … gut«, sage ich und überlege kurz, ob ich sie auf die Natasho-App ansprechen sollte. Ob die seltsamen Fragen jede Bewohnerin beantworten muss? Doch ich entscheide mich dagegen. Ich habe keine Lust, mit ihr über Verhütungsmethoden zu plaudern. Dafür brennt mir eine ganz andere Frage unter den Nägeln. »Es ist alles ganz toll. Danke, Isa. Aber sag mal …«

»Ja?«

»Hat vor mir in Apartment 66e zufällig eine Lisette gewohnt?«

Sie sieht mich überrascht an. »Woher …?«

»Ich kannte sie«, sage ich. »Von Instagram.«

Isadora fährt sich nervös durch die Haare. Als sie die Hand wieder senkt, steht ihr eine Strähne wie eine Antenne vom Kopf ab. »Ja … das ist richtig.«

Es ist also wahr. Lisette war meine Vormieterin. Ihre Leiche wurde in *meinem* Apartment gefunden. Augenblicklich stellen sich meine Nackenhaare auf. Ich muss mich schütteln.

Isadora bemerkt es. »Aber keine Sorge, Nova.« Sie beugt sich zu mir vor. »Es war kein Unfall, keine kaputte Gasleitung oder Ähnliches. Das Gebäude ist sicher.«

Merkwürdig. Sie scheint schon zu wissen, dass ich über Lisettes Tod informiert bin. »Sondern?«

»Sie hat sich das Leben genommen«, flüstert sie und sieht mich betrübt an. Es wirkt gespielt. »Das war wirklich furchtbar. Die Polizei hat ihren Abschiedsbrief gefunden, auf ihrem Handy.«

»Aha«, entgegne ich knapp.

»Aber es gab kein Blut oder so«, schiebt sie schnell hinterher, weil ich wahrscheinlich so bleich wie die Marmorwand bin. »Trotzdem ist das Apartment komplett professionell gereinigt worden.«

Ich weiß nicht, ob mich das beruhigt.

Sie legt den Kopf schief, wirkt ebenfalls nervös. »Du willst deswegen aber nicht wieder ausziehen, oder?«

»Nein, nein«, lüge ich und presse meine Fingernägel in die Handinnenfläche. »Ich kannte sie ja nicht persönlich. Hat mich nur interessiert, weil Herr Miklas so etwas angedeutet hatte.«

»Dann ist ja gut«, sagt Isadora erleichtert und beginnt wieder zu lächeln. »Es wäre eine Tragödie, wenn du deinen Gewinn ablehnen würdest.« Sie streicht die abstehende Strähne wieder glatt. »Du kennst ja den Vertrag, den du unterschrieben hast.«

Ich spüre einen Kloß im Hals.

Bevor ich sie fragen kann, was sie damit andeuten will, klingelt Isadoras Telefon. Sie nimmt den Hörer ab und lächelt mir bedauernd zu. Unsere Unterhaltung ist beendet.

Zitternd hebe ich die Hand zur Verabschiedung und gehe zu den Fahrstühlen.

Ich stehe vor meinem Apartment im zweiunddreißigsten Stockwerk und warte darauf, dass sich die Wohnungstür öffnet. Der beleuchtete Flur ist menschenleer. Keine Miranda, kein Konrad mit K.

»Bitte öffnen«, wiederhole ich etwas lauter, doch die Tür bleibt verschlossen. Was ist hier los? In der Luft schwebt immer noch das würzige Parfüm meiner alten Wohnungsnachbarin. Wieso komme ich nicht in mein Apartment?

Ich ziehe das Handy aus der Tasche und öffne die Natasho-App. Vielleicht kann ich sie wie bei Elektroautos über das Programm entriegeln. Einen Versuch ist es wert.

Auf dem Display erwartet mich der geöffnete Umfragekatalog, den ich bis zur letzten Frage ausgefüllt habe.

Deine aktuelle Verhütungsmethode?

Ich sehe mir die App genauer an. Doch es gibt keine Möglichkeit, zurück ins Hauptmenü zu kommen. Nirgends sind drei kleine Punkte oder Ähnliches zu sehen. Und überspringen kann man die Frage ebenfalls nicht. Verdammt!

Ach, was soll's, denke ich genervt und klicke auf *keine*.

»Danke, Nova«, ertönt Kim freundlich über die versteckten Lautsprecher im Flur. »Du hast gewählt: *Keine Verhütung*. Du bist jetzt startbereit.«

Vor mir öffnet sich die Apartmenttür.

16

Ich setze mich mit einer Tasse Kaffee an den riesigen Eichentisch in der Küche und scrolle durch meine E-Mails.

Irgendwo muss doch diese Bestätigungsmail der Natasho AG sein. Der angebliche Mietvertrag, den ich digital unterzeichnet habe. Ich will ihn an Bahar weiterleiten, damit sie ihn schnellstens überprüfen kann.

Ich scrolle weiter und immer weiter, die Tage werden zu Wochen, zu Monaten. Als ich im November des letzten Jahres ankomme, habe ich die Mail noch immer nicht gefunden. Wie ist das möglich? Ich weiß, dass ich sie erhalten habe.

Ich klicke ins Suchfeld und gebe *Natasho* ein.

Das einzige Ergebnis ist eine Mail im Spam-Ordner, in der es um *Pastéis de Nata* geht, eine portugiesische Köstlichkeit im Sonderangebot.

Auch im Papierkorb werde ich nicht fündig.

Die Mail ist verschwunden!

Es gibt nichts, das ich an Bahar weiterleiten kann. Nichts, das mir zeigen könnte, zu welchen sonderbaren Konditionen ich hier wohne.

Gedankenverloren nippe ich an meinem brühheißen Kaffee, als mir plötzlich eine Idee kommt. Vielleicht finde ich die AGBs auf der Webseite von Natasho?

Der Browser öffnet sich und ich gebe *Pramtower* ins Suchfeld ein. Sofort werde ich fündig.

Auf der offiziellen Website wird ein großflächiges Foto sichtbar: die Außenansicht des Gebäudes am Alexanderplatz, das einzige Bild, das ich mit Fritz im Internet gefunden hatte. Darunter finden sich mehrere Textblöcke, die die Vorteile des Pramtower anpreisen: großzügige Apartmentwohnungen in exklusivem Ambiente, zukunftsweisende Technik, bester Blick über Berlin, bla, bla, bla.

Ich scrolle die minimalistische Webseite nach unten und suche im Footer nach den Allgemeinen Geschäftsbedingungen.

Ein elend langer Text erscheint. Ich überfliege ihn nach Besonderheiten. Doch ich stelle schnell fest, dass sich die Bedingungen nur auf die Website beziehen – gewöhnliche AGBs und Datenschutzerklärungen.

Verärgert knalle ich das Handy auf den Tisch und blicke zum Fernsehturm hinüber.

Mach dir keine Sorgen, Nova. Am Montag bist du hier wieder weg. Was interessiert dich da der blöde Mietvertrag?

Ich trinke einen Schluck Kaffee und kratze mit den Fingernägeln über die Rillen im Eichenholz. Ich weiß noch nicht einmal, an wen ich mich mit meiner Kündigung wenden muss. Wer für meine Bewerbung zuständig oder wer der Vermieter des Pramtower ist.

Vielleicht sollte ich direkt die Natasho AG anschreiben und mein Problem schildern?

Ich greife nach meinem Handy und klicke auf das Impressum. Dort müsste doch stehen, wem das Pramtower Building gehört? Zumindest ein Ansprechpartner.

Tatsächlich steht dort ein Name:

Alex C. Duncan

Ein Engländer? Oder Amerikaner? Wer ist das? Das sollte ich besser vorher herausfinden, bevor ich ihn mit meinem Anliegen behellige.

Ich google den Namen und finde einen kurzen, fünf Jahre alten Artikel im *Handelsblatt* über Alex C. Duncan.

> *Nur wenige haben die jüngere Technologiegeschichte so geprägt wie Alex C. Duncan. Mit seinen innovativen KI-Softwareprogrammen »Strawberry Light« und »Ants Street X« ist ihm ein großer Sprung in die Zukunft gelungen. Sein nächstes Projekt allerdings, das umstrittene Bauprojekt mit dem Namen »Pramtower« in Berlin, wird laut Duncan im KI-Bereich alles bisher Dagewesene übertreffen. Wie er das anstellen will, darüber schweigt sich der Erfinder wie üblich aus. Duncan ist nicht nur eine Lichtgestalt im internationalen IT-Olymp, sondern auch ein Mysterium – ein notorischer Eigenbrötler. Das Genie gibt keine Interviews, verweigert Fotos und verliert kein Wort über seine Herkunft oder Vergangenheit. Wir können nur gespannt abwarten, ob er auch dieses Mal Investoren für sein ehrgeiziges Bauvorhaben gewinnen kann.*

Nach dem fünften Klingeln hebt sie endlich ab.

»Hallo, Nova!«, sagt Bahar gehetzt. Wahrscheinlich ist sie gerade auf dem Sprung zu einem Klientengespräch. Im Hintergrund höre ich Menschen in einem Großraumbüro, die telefonieren. »Wolltest du mir nicht den Mietvertrag schicken? Ich habe noch nichts erhalten.«

»Deswegen rufe ich an«, sage ich und lehne meinen Kopf an die Fensterscheibe, blicke auf die Häuserschluchten Berlins hinab. Alles sieht so fern aus von hier oben. »Der Vertrag ist verschwunden, einfach weg. Als hätte es ihn niemals gegeben.«

»Aha«, entgegnet sie knapp, dann hält sie die Hand über den Hörer und ruft einer Mitarbeiterin etwas zu. Ich kann nicht verstehen, um was es geht. »Hör mal, Nova. Ich muss auflegen, lass uns später telefonieren ...«

»Nur eine kurze Sache, bitte«, sage ich schnell und gehe wieder an den Küchentisch zurück. »Dein neuer Freund ist doch Investmentbanker, richtig?«

»Eric?«

»Genau, der Norweger«, bestätige ich und streiche mit den Fingern über eine Zitrone im Obstkorb. »Sag mal, könntest du ihn nicht mal fragen, ob er irgendwas über den Hintergrund von einem gewissen Alex C. Duncan herausfinden kann?«

»Wer ist das?«

»Der Mann, der den Pramtower konzipiert hat. Lebt offenbar sehr zurückgezogen. Vielleicht stößt dein Freund in irgendeiner Börsen-Pressemappe auf irgendwelche Statements von ihm oder ein Foto. Im Netz habe ich kaum etwas über ihn gefunden. Duncan ist wie ein Phantom.«

»Na klar, kann ich gern machen«, sagt Bahar. Sie scheint sich das Telefon zwischen die Schulter zu klemmen. »Alex C. Duncan, hab ich mir notiert ... Okay, ich muss mich jetzt wirklich ...«

Das Gespräch ist beendet.

Hat Bahar etwa einfach aufgelegt?

Oder gibt es wieder Verbindungsprobleme?

Das Handy vibriert in meiner Hand. Es ist eine SMS von Bahar:

Sorry! Musste los! B.

Ich sende ein knappes *Kein Problem, bis später* mit einem Kuss-Smiley zurück und blicke auf den ultramodernen Küchenblock hinüber.

Lisette.

Hier, nur wenige Meter vor mir auf dem edlen Fischgrätparkett, muss die junge Influencerin gelegen haben. Vor dem Betontresen, verzweifelt und allein. Bis ihre Atmung aussetzte.

Kälte kriecht meinen Rücken hinauf.

Warum bist du tot, Lisette?

17

Ich sitze in einem Liegestuhl am Museumsufer, beobachte den violettfarbenen Sonnenuntergang über der Alten Nationalgalerie und trinke ein kühles Bier. In meinem Luxusapartment habe ich es nicht mehr ausgehalten. Immer wieder bin ich in der Küche um die Stelle herumgetigert, wo Lisettes Leiche gelegen haben könnte.

Um mich herum flanieren Touristen über die Grünfläche unter den Bäumen, lachen ausgelassen und machen Selfies. Ein Straßenmusiker spielt auf seiner E-Gitarre. Von irgendwo zieht der Duft von Marihuana zu mir her.

Der Ort hilft mir, mich zu beruhigen.

Die letzte halbe Stunde habe ich erneut alle Online-Jobbörsen nach einer freien Stelle für eine Galeristin durchsucht. Wie immer vergeblich.

Es wird noch nicht einmal eine Assistentin gesucht. Auch nicht in Museen oder am Theater. Doch ich brauche Geld für die neue Wohnung. Schließlich kann ich Fritz nicht ewig belästigen.

Ich wähle die Nummer des Aushangs – *Babysitter gesucht!* –, die ich in Elifs Café notiert hatte.

»Ja, hallo?«, meldet sich eine tiefe freundliche Männerstimme. Ich hatte unwillkürlich eine Frau erwartet.

»Guten Tag, mein Name ist Nova Niehaus«, stelle ich

mich höflich vor. »Ich habe Ihren Aushang im *Mokka Me* gesehen. Suchen Sie noch eine Babysitterin?«

»Ja. Das tun wir tatsächlich«, sagt der Mann und lacht. »Ich hätte nicht gedacht, dass sich so schnell jemand meldet. Ich habe den Zettel erst heute bei meiner Schwester aufgehängt.«

»Ach, das ... das ist ja wunderbar.«

»Mein Name ist übrigens Tarik Ünal«, sagt er. »Unser Sohn Ufuk ist vier Jahre alt. Wir wohnen im Wedding. Wäre das überhaupt für Sie möglich?«

»Natürlich. Das ist für mich kein Problem.«

»In welchem Kiez wohnen Sie, wenn ich fragen darf?«, sagt er freundlich.

Ich will gerade »am Alexanderplatz« antworten, als mir klar wird, dass ich schon nächste Woche keinen festen Wohnsitz mehr habe. Mein Bauch grummelt. Ich versuche, das Gespräch auf ein anderes Thema zu lenken. »Dürfte ich vorher fragen, wie hoch der Stundenlohn wäre? Das stand nicht auf dem Aushang.«

»Ja, natürlich«, sagt Tarik Ünal. »Meine Frau und ich hatten uns fünfzehn Euro vorgestellt. Wäre das für Sie in Ordnung? Wir bräuchten Sie bestimmt zwei- oder dreimal in der Woche. Ich bin beruflich viel unterwegs.«

Ich rechne schnell im Kopf zusammen, was ich an einem Abend verdienen würde. Nicht ausreichend für eine Wohnung. Aber ein Anfang. »Ja, das ist für mich okay.«

»Sehr schön. Dann würde ich vorschlagen, dass wir uns vorher mal kennenlernen, oder? Unser kleiner Ufuk würde sich sicherlich sehr darüber freuen.«

»Klar! Ich mich auch.«

»Wunderbar. Passt Ihnen morgen Vormittag, elf Uhr?«

Ich bestätige den Termin und Tarik Ünal gibt mir seine Adresse durch.

Es ist der erste Schritt aus dem Pramtower heraus.

Doch jetzt muss ich erst einmal wieder zurück.

18

Ich trete aus dem Fahrstuhl und gehe durch den Flur auf mein Apartment zu. Der purpurfarbene Teppichboden unter meinen Füßen gibt sanft nach, als würde ich über Moos laufen. Das warmweiße Licht im Gang ist gedimmt, nur die gerahmten Kunstwerke im Neo-Rauch-Stil an den Sichtbetonwänden sind von kleinen Spotstrahlern hell erleuchtet.

Am Ende des Flurs gleitet eine Tür auf.

Es ist das Apartment von Konrad.

Er tritt heraus und blickt mich hocherfreut an. Als ich näher komme, rieche ich den Sandelholz-Orangen-Duft, den er verströmt. Er hat die feuchten Haare zu einem Man Bun gebunden, wahrscheinlich kommt er gerade aus der Dusche, und trägt einen dunkelblauen Anzug, ein weißes Hemd, dazu weiße Nike-Sneaker. Die Kombination steht ihm außerordentlich gut.

»Hi!«, sage ich und bemerke erst jetzt den Blumenstrauß, den er in der Hand hält. Es versetzt mir einen kleinen Stich.

»Nova«, sagt er und geht auf mich zu. »Schön, dass du es noch geschafft hast. Kommst du auch gleich?«

Ich sehe ihn irritiert an. »Was? … Wohin?«

»Unser wöchentliches Etagentreffen?«, entgegnet er überrascht und deutet auf Apartment 66b. »Heute findet es bei Adrian statt. Hat dir Kim nicht Bescheid gegeben?«

Ich schüttle den Kopf. »Ich war am Museumsufer.«

»Jeden Freitag um zwanzig Uhr«, sagt er und blickt auf seine Smartwatch. »Aber das ist kein Problem. Wir haben noch fünf Minuten Zeit. Zieh dich doch einfach schnell um, ich warte so lange hier. Dann musst du nicht alleine kommen. Das ist beim ersten Mal immer blöd.«

»Ich ... ich weiß nicht«, sage ich. Ich fühle mich völlig überrumpelt. »Eigentlich wollte ich früh schlafen gehen. Es war ein langer Tag, Konrad. Danke, aber lieber nicht.«

»Die Treffen sind leider Pflicht«, sagt er leise und sieht kurz zur Deckenlampe hinauf. »Es wäre besser, wenn du die anderen Bewohnerinnen und Bewohner kennenlernen würdest.« Dann lächelt er mich aufmunternd an. »Und es gibt wirklich ausgezeichnetes Essen.«

Ich weiß nicht, was ich darauf sagen soll.

Was meint er mit *Pflicht*?

Und außerdem – will ich überhaupt noch die anderen auf meinem Stockwerk kennenlernen? Schließlich bin ich nur noch das Wochenende hier. Es sind insgesamt sechs Apartments, also viele fremde Menschen. Wäre gut möglich, dass sie genauso verrückt sind wie Miranda.

Ein netter Abend mit Konrad allerdings, das wäre was anderes ...

»Und?«, fragt er und strahlt mich ungeduldig an. »Soll ich auf dich warten? Oder schon vorgehen?«

Ich gebe mir einen Ruck. »Also gut. Bin gleich wieder da.«

Für eine Dusche bleibt mir keine Zeit.

Hastig schlüpfe ich aus meinen Klamotten, ziehe mir das hellblaue Sommerkleid mit den gelben Streifen über, das ich letztes Jahr bei Zara entdeckt habe, schminke mich dezent, binde mir die Haare zu einem Zopf und gönne mir die letzten Sprüher *Chance* von Chanel aus dem fast leeren Flakon.

In weißen Chucks eile ich in die Küche, um noch schnell meine Bluthochdruck-Tablette zu nehmen, die ich heute Morgen vergessen habe. Der Vormittag hat mich völlig aus dem Konzept gebracht.

Ich fülle das Glas unter dem Wasserhahn auf und schlucke die Tablette. Mein Blick fällt auf den geöffneten Warenaufzug in der Wand. Dort steht eine Flasche gekühlter Weißwein, um den eine rote Schleife gebunden ist.

»Ich wünsche dir einen schönen Abend, Nova«, ertönt Kim freundlich über die versteckten Lautsprecher.

»Danke«, sage ich unwillkürlich und greife mir die Flasche.

Konrad erwartet mich lächelnd im Flur.

»Wow, du siehst … toll aus«, sagt er leise.

»Ähm, danke«, sage ich, während ich vergeblich dagegen ankämpfe, rot zu werden. »Du aber auch.«

Dann schlendern wir gemeinsam zu Apartment 66 b.

19

»Das wäre aber nicht nötig gewesen«, empfängt uns Miranda im Türrahmen und nimmt Konrad den Blumenstrauß ab. Die Alte hat sich für den Abend rausgeputzt, als wäre sie auf einen Filmempfang geladen. Sie trägt ein türkisfarbenes Cocktailkleid, dazu ein passendes rosa Hütchen, knallroten Lippenstift und braune Smokey Eyes.

Konrad beugt sich zu ihr hinunter, sie umarmen sich.

Ich will Miranda die Flasche Weißwein als Gastgeschenk überreichen, doch sie winkt ab.

»Der Wein ist sicherlich für Adrian gedacht, nicht wahr?«

»Ähm, ja«, entgegne ich. »Natürlich.« Ich hatte mich schon darüber gewundert, dass *sie* uns an der Tür empfängt.

Sie scheint meine Irritation zu bemerken und nickt in den Flur. »Adrian ist in der Küche und kümmert sich um den Champagner. Damit unsere Gäste nicht verdursten. Kommt rein!«

Sie dreht sich um die eigene Achse und stolziert mit ihrem Gehstock in den Wohnraum. Sie wirkt wacher als sonst.

Konrad sieht zu mir herüber und verdreht die Augen. Wir müssen beide über die schrullige Alte lachen.

Wir folgen ihr ins Wohnzimmer.

Sofort fällt mir auf, dass die Wohnung haargenau denselben Schnitt hat wie meine. Breite Fensterfronten mit Blick auf den Fernsehturm, rechts der Kamin, links muss es in die Wohnküche gehen. Doch die Ausstattung ist überraschenderweise ganz anders als meine.

Der Raum ist vollgestellt mit antiken Möbeln, überall stapeln sich Bücher, die Sichtbetonwände sind mit safranfarbenen Ornamenttapeten zugekleistert. Von der Decke baumeln Kristallleuchter. Das Fischgrätparkett zieren handgeknüpfte Orientteppiche wie dunkelrote Seerosen auf einem Teich. Die bronzefarbenen zweiarmigen Wandleuchter verwandeln den Raum in ein jazzclubartiges Ambiente.

Wir kämpfen uns zwischen den schweren Vintage-Ledersesseln hindurch und betreten die Küche.

Das ausgelassene Gelächter der Gäste, das man schon von Weitem hören kann, verstummt augenblicklich.

Ein halbes Dutzend Augenpaare starrt uns an.

Nervös blicke ich in ihre Gesichter. Es sind Männer und Frauen unterschiedlichen Alters, in feinster Garderobe. Sie sitzen an einer festlich gedeckten Tafel, die mit teurem Porzellan und Silberbesteck eingedeckt ist, und halten Sektgläser.

Am Ende des Tisches sitzt ein etwa dreißigjähriger Mann im Rollstuhl, eine Flasche Champagner auf dem Schoß. Könnte das Adrian sein, der Gastgeber?

»Hallo, guten Abend«, bricht Konrad das Schweigen. »Darf ich euch unsere neue Mitbewohnerin vorstellen? Das ist Nova aus Apartment 66 e.«

Bis auf den Mann im Rollstuhl springen alle wie auf ein geheimes Kommando von ihren Stühlen auf und beginnen zu applaudieren.

Ich fühle mich, als würde ich nackt auf einer Bühne stehen. Es ist mir unangenehm. Ich presse die Flasche Weißwein an meine Brust.

»Herzlich willkommen, Nova«, sagt der Mann im Rollstuhl freundlich, stellt den Champagner auf dem Tisch ab und rollt zu mir her. Er streckt mir die Hand hin. »Schön, dass du es einrichten konntest. Ich bin Adrian. Der heutige Gastgeber.«

Wir schütteln uns kurz die Hände, dann überreiche ich ihm das Gastgeschenk.

»Danke für die Einladung«, sage ich schüchtern.

»Das ist aber nett«, entgegnet er und hebt die Flasche mit der roten Schleife in die Höhe. »Seht mal, was Nova uns für den Abend mitgebracht hat.«

Wieder wird Beifall geklatscht.

Ich werfe Konrad einen Blick zu, dem die Situation anscheinend ebenfalls peinlich ist.

»Am besten stelle ich dir unsere Gäste vor«, sagt Adrian und deutet in die Runde. »Dann können wir mit dem Abendessen beginnen. Beginnen wir doch gleich hier links.«

Ich blicke zu Miranda, die mich mit ihren perfekten Zahnreihen angrinst.

»Also, das ist die zauberhafte Miranda aus Apartment 66 d. Miri ist die gute Seele unserer Etage.«

»Wir haben uns bereits kennengelernt«, ergänzt Miranda und lässt sich schwerfällig auf dem Stuhl nieder.

»Ach, wirklich?«, sagt Adrian und deutet einen Stuhl weiter. »Gut. Das neben ihr sind Alfred und Tina. Das liebenswürdige Architekten-Ehepaar wohnt schräg gegenüber in 66 c. Habt ihr euch auch schon kennengelernt?«

Ich schüttle den Kopf.

Das Pärchen nimmt sich an den Händen und sieht mich verträumt an. Beide sind betongrau gekleidet. Alfred, ein grauhaariger Mann Mitte sechzig, trägt einen Rollkragenpullover und ein überdimensionales Brillengestell auf der schmalen Nase. Seine etwas jüngere Frau Tina hat eine französische Kurzhaarfrisur. An ihren Ohren baumeln goldene Creolen mit Perlen-Anhängern.

»Hallo«, sage ich leise.

Sie nicken mir wortlos zu und setzen sich ebenfalls.

»Und ihnen gegenüber stehen Roman und Franklin«, sagt Adrian und dreht seinen Rollstuhl nach rechts. »Die beiden wohnen in Apartment 66 a, gleich neben dem Fahrstuhl.«

Es fällt mir jetzt schon schwer, mir die Namen zu merken.

Die beiden Männer geben sich einen Kuss.

»Hallo, Nova«, sagt der gut aussehende, etwa vierzigjährige Mann mit den braunen Locken, nachdem er sich von seinem Partner gelöst hat. »Ich bin Roman. Schön, dich kennenzulernen. Darf ich dir meinen Ehemann vorstellen?«

»Hi, willkommen im Pramtower«, fügt sein gleichaltriger Lebenspartner, ein Schwarzer, mit leicht amerikanischem Akzent hinzu. Seine Haare sind kurz geschoren, sein Gesicht ziert ein gepflegter Dreitagebart. Er trägt einen stilvollen Anzug mit Einstecktuch. »Mein Name ist Franklin, ich bin seine bessere Hälfte.«

Ich hebe höflich die Hand. »Hi.«

Die beiden setzen sich ebenfalls wieder an den gedeckten Tisch.

»Ach ja, das habe ich total vergessen …«, sagt Adrian und dreht sich mit dem Rollstuhl in meine Richtung. »Franklin und Roman eröffnen in wenigen Wochen eine Galerie für zeitgenössische Kunst. Aber nicht irgendwo, nicht in Kreuzberg oder Mitte, sondern hier – exklusiv im Pramtower!«

»Wirklich?«, rufe ich überrascht aus.

Wieder brandet Applaus auf.

Das Galeristen-Pärchen bedankt sich bei jedem einzelnen Gast mit einem kurzen Kopfnicken, Roman legt sich theatralisch eine Hand aufs Herz.

»Und der junge hübsche Mann neben dir, das ist Konrad«, sagt Adrian und grinst. »Konrad mit K aus Apartment f. Ihr zwei habt euch ja schon kennengelernt.«

Mein Nachbar sieht verlegen zu Boden.

Auch mein Herz beginnt zu klopfen.

»Gut«, sagt Adrian und klatscht in die Hände. »Dann können wir ja endlich mit dem Essen beginnen.«

Er greift nach dem Glas Champagner und streckt es in die Höhe. »Hiermit eröffne ich feierlich unser wöchentliches Etagentreffen … Nova, wo möchtest du dich hinsetzen? Es sind genug Plätze frei.«

Aufgewühlt wandert mein Blick zwischen Konrad und dem Galeristen-Pärchen hin und her.

»Du musst dich schon entscheiden«, krächzt Miranda ungeduldig. »Wir haben Hunger.«

»Bitte dort«, sage ich zaghaft und nehme den Stuhl entgegen, der mir gereicht wird.

20

Ich setze mich zu Roman und Franklin an den Tisch.

Die beiden Männer sind sehr erfreut über meine Entscheidung und nehmen mich mit offenen Armen in ihrer Mitte auf. Franklin rutscht etwas auf, damit ich mehr Beinfreiheit habe. Roman gießt mir Champagner in ein Glas.

Ich sehe zu Konrad hinüber, der neben Miranda Platz nehmen muss. Er scheint über meine Wahl betrübt. Wenn er wüsste! Hätte ich auf mein Herz gehört, würde ich natürlich bei ihm sitzen. Aber ich brauche einen Job, unbedingt. Und dieser Abend könnte vielleicht meine Chance sein.

»Du bist also die Neue in 66e?«, fragt Roman lächelnd, während an der Wand neben uns ein antikes Gemälde zur Seite gleitet. Dahinter erscheint ein prachtvolles Büfett im Aufzug. Das Architekten-Pärchen nimmt sich des Essens an und verteilt die verschiedenen Platten auf dem Tisch. Ich erkenne gebratenen Truthahn, allerlei Fisch und zum Glück auch vegetarische Speisen.

»Ja«, sage ich. »Bin gestern erst eingezogen.«

»Wunderbar! Wir freuen uns sehr, dass wir eine so nette Nachbarin haben«, sagt Franklin und deutet auf die Schüsseln. »Was möchtest du gerne essen?«

»Gemüse, bitte.«

»Ich esse ebenfalls kein Fleisch«, sagt Franklin und zwinkert mir zu. Er stellt mir einen bunten Teller mit Köstlichkeiten zusammen. »Ich liebe Tiere.«

»Ich auch«, kichert sein Ehemann Roman und legt sich einen dicken Truthahnschenkel auf den Teller.

»Er ist unmöglich.« Franklin schüttelt den Kopf und lacht. »*Really?* Wie halten wir es nur schon seit sieben Jahren miteinander aus?«

»Liebe überwindet alle Widerstände«, schmunzle ich.

»Da hast du recht, Baby«, sagt Franklin. »Verdammt recht.«

»Danke«, sage ich, als er den prall gefüllten Teller vor mir abstellt. Gebratene Auberginen, etwas Hummus, Röstkartoffeln, Rosenkohlauflauf und irgendwas mit Tofu. Er hat es wie ein modernes Kunstwerk arrangiert.

Adrian rollt seinen Rollstuhl ein Stück vom Esstisch zurück und erhebt sein Glas. »Liebe Freundinnen und Freunde, schön, dass ihr alle gekommen seid ...«

Wir erheben alle unsere Gläser.

»Ich wünsche uns allen anregende Gespräche. Möge der Abend beginnen. Auf Kim!«

»Auf Kim!«, rufen alle, dann stoßen wir miteinander an.

Der Champagner schmeckt fantastisch. Doch schon nach dem ersten großen Schluck merke ich, dass ich etwas essen muss. Auf leeren Magen vertrage ich keinen Alkohol.

»Und was machst du so beruflich?«, fragt Roman, nachdem wir eine Weile still vor uns hin gegessen haben. Die Speisen sind unglaublich lecker, als hätte Tim Raue sie gekocht. Roman schenkt mir erneut Champagner nach. Schon zum zweiten Mal. Mir soll es recht sein, ich kann etwas Mut gebrauchen. Schließlich möchte ich nicht mit der Tür ins Haus fallen.

»Ich?«, sage ich, um Zeit zu gewinnen, und wische mir mit der weichen Stoffserviette über den Mund.

Roman und Franklin nicken mir neugierig zu. Auch die anderen am Tisch verstummen und blicken zu mir herüber.

»Also, ich ... ich bin Content Creatorin«, erkläre ich.

»Aha. Influencerin?«

»In meinen Posts auf Instagram geht es hauptsächlich um Nachhaltigkeit und Gewalt gegen Frauen.« Ich trinke einen weiteren Schluck und sage dann so beiläufig wie möglich: »Aber auch um Design und Kunst, insbesondere zeitgenössische Kunst.«

»Um Kunst?«, wiederholt Franklin überrascht.

»Genau«, sage ich zögernd und winke ab. »Deshalb habe ich noch nicht so viele Follower. Das Thema zieht leider nicht die Massen an.« Ich muss lachen, der Alkohol zeigt seine Wirkung. »Vielleicht sollte ich meinen Schwerpunkt eher auf Beauty oder Bademode verlagern.«

»Das Aussehen dazu hättest du auf jeden Fall«, sagt Roman und streicht mir eine Strähne von der Wange. »Eine klassische Schönheit, passend zur Kunst.«

Konrad sieht verstohlen zu mir herüber.

»Wieso Kunst, Nova?«, fragt Franklin neben mir. Er stützt das Kinn auf der Hand ab und sieht mich erwartungsvoll an. »Das interessiert uns.«

»Nun ja, ich ... ich war eigentlich schon immer von Kunst fasziniert. Als Kind war meine Mutter mit mir regelmäßig in Museen. Sie war alleinerziehend, Verkäuferin im Kaufhof. Wir hatten nicht das nötige Geld für Kino oder den Zoo. Doch ins Museum durfte ich kostenlos rein. Also wurde der Sonntag zu unserem gemeinsamen Tag. Besonders beeindruckt haben mich damals die Meisterwerke von Picasso, Vermeer, van Gogh, Klimt, Frida Kahlo und so.«

»Oh, ich liebe Frida!«, sagt Franklin und klatscht in die Hände.

»Was ist dein Lieblingsgemälde?«, fragt Roman.

»Hm, das ist jetzt vielleicht ein Klischee, aber …«, ich nippe erneut am Glas. »*Der Garten der Lüste* von Bosch.«

»Interessant, Bosch«, sagt Franklin. »Und warum?«

»Weil es alle Facetten des menschlichen Lebens auf einem einzigen Gemälde abbildet«, sage ich. »Links beginnt das Triptychon mit dem Garten Eden, dem Paradies. Und in der Mitte, auf dem größten Teil des Bildes sehen wir ein verspieltes, friedvolles Miteinander …«

»Und ein sehr freudvolles, sexuelles«, grinst Roman.

»Ja«, stimme ich ihm zu und sehe die nackten Menschen vor mir, wie sie auf exotischen Tieren reiten, Früchte naschen und sich erotischen Spielen hingeben. »Und auf dem rechten Bild, dem düstersten, sehen wir die Hölle, die uns erwartet, wenn wir gesündigt haben.«

»Gut und Böse vereint.«

»So wie das Leben«, ergänze ich. »Doch noch spannender finde ich die Außenseiten des Triptychons.«

»Nur wenige kennen die Flügeltüren.«

»Es zeigt den dritten Tag der Schöpfungsgeschichte. Unsere Erde im schwarzen Weltall, unter einer Art Glaskuppel. Die ersten Pflanzen wachsen – wie in einem Gewächshaus«, sage ich und deute mit der Hand nach links oben an die Zimmerdecke. »Bewacht von einem Mann mit einem Buch, der auf uns hinunterblickt.« Fast so wie die künstliche Intelligenz, denke ich. »Von Gott.«

»Bist du gläubig?«, fragt Roman.

»Das würde ich nicht sagen. Ich gehe jedenfalls sonntags nicht in die Kirche – sondern ins Museum«, entgegne ich schmunzelnd.

Die beiden Galeristen lachen.

»Und dann der Bibeltext, der über dem Gemälde steht: *Er sprach es und sie wurden gemacht. Er befahl es und sie wurden erschaffen*«, sage ich und muss erneut an die KI denken. »Da habe ich mich immer gefragt, wenn Gott wirklich alles erschaffen hat, wirklich alles, wieso verdammt er dann die Sünde? Sie war doch schließlich *auch* sein Werk?«

»Ein kluger Gedanke«, sagt Franklin und lehnt sich in seinen Stuhl zurück.

»Ein guter Bannerspruch für unseren nächsten CSD«, ergänzt Roman mit sichtlicher Freude.

»Man könnte fast meinen, du hättest mal in einer Galerie gearbeitet«, schmunzelt Franklin.

»Tja, also tatsächlich habe ich in einer …«

»Sag mal, Nova«, unterbricht mich Franklin und blickt geheimnisvoll zu seinem Ehemann hinüber, zwinkert ihm zu. »Du bist nicht zufällig auf der Suche nach einem neuen Job? Wir könnten für unsere Eröffnung noch eine ambitionierte Galeristin gebrauchen.«

Mein Herz macht einen Sprung. »Wirklich?«

»Ich glaube, du hast Talent dafür.«

»Das denke ich auch«, sagt Roman und grinst Franklin an. Die beiden nicken sich verschwörerisch zu. »Es wäre uns wirklich eine Freude, mit dir gemeinsam unsere neue Galerie im Pramtower aufzubauen. Hättest du Lust dazu?«

Das ging überraschend einfach und schnell.

Fast zu schnell.

»Ja!«, rufe ich trotzdem erfreut aus. »Total gerne!«

Wir schütteln uns ungestüm die Hände, dann nehmen mich die beiden Männer von beiden Seiten in die Arme. »Sehr schön, Nova! Da hat sich das Etagentreffen doch schon gelohnt, was?«

»Damit hätte ich niemals gerechnet«, sage ich fröhlich beschwipst. Ich weiß nicht, ob es vom Alkohol kommt oder von der Erleichterung, endlich wieder eine Arbeit gefunden zu haben. Im Pramtower scheinen wirklich alle Wünsche in Erfüllung zu gehen.

Auch die anderen Gäste freuen sich mit uns. Sogar die grimmige Miranda strahlt ihr Dritte-Zähne-Lächeln. Ausgelassen stoßen sie auf uns und mit uns an, ein klirrendes Konzert von unterschiedlich gefüllten Champagnergläsern.

»Danke, danke!«, rufen wir zu dritt im Chor.

Und erneut applaudieren wieder alle.

Bis auf Konrad. Mit regloser Miene führt er die Gabel zum Mund. Er sieht mich noch nicht einmal an.

21

Auch der restliche Abend des Etagentreffens verläuft unerwartet fröhlich und entspannt. Obwohl ich eigentlich keine Lust auf das gemeinsame Abendessen hatte.

Interessiert lausche ich den Gesprächen am Esstisch um mich herum, es wird viel gekichert und gelacht. Sicherlich liegt es an den Getränken, die uns nachgeschenkt werden, sobald das Glas leer ist. Längst sind wir zu Rot- und Weißwein übergegangen, und ich habe keine Ahnung, wie viel ich schon getrunken habe.

Alle sind gut drauf, nur Konrad sitzt immer noch trübselig da und stochert in seiner Mousse au Chocolat herum. Unterdessen erzählen Alfred und Tina, die Architekten, in bildreichen Worten die romantische Geschichte, wie sie sich vor siebzehn Jahren kennengelernt hatten.

Alfred war nach einem anstrengenden Baustellentermin in Leipzig auf der Heimreise gewesen. Es war schon recht spät, die Straßen dunkel und leer. Auf der Autobahn fiel ihm plötzlich auf, dass er vergessen hatte zu tanken. Hektisch suchte er über das Navigationsgerät die nächste geöffnete Tankstelle. So wurde er von seinem TomTom in ein kleines Dorf in Sachsen geleitet und schaffte es gerade noch rechtzeitig an die Zapfsäule. Doch dann folgte das nächste Unglück: Er hatte dummerweise sein Portemonnaie zu Hause vergessen.

Doch Tina – zu dieser Zeit noch eine junge Architekturstudentin, die an diesem Abend für eine Freundin eingesprungen war und an der Tankstellenkasse jobbte – hatte Mitleid mit Alfred. Kurzerhand bezahlte sie seine Benzinkosten aus eigener Tasche.

Alfred war hin und weg. Als Wiedergutmachung lud er sie am nächsten Wochenende zu einem schicken Candle-Light-Dinner ein. Seit diesem Abend sind sie zusammen und immer noch verliebt wie am ersten Tag. Aber es gibt auch einen kleinen Wermutstropfen: Die beiden können keine Kinder bekommen. Deshalb haben sie sich die ganzen Jahre voll und ganz auf ihre Karrieren konzentriert. Die Krönung ihrer Arbeit ist mit Abstand der Pramtower, den sie für die Natasho AG geplant und umgesetzt haben.

Ich schnappe nach Luft. Damit habe ich nicht gerechnet. Welch eine Ehre! Ich verbringe den Abend mit den Architekten des Pramtower!

Natürlich nutze ich sofort meine Chance und spreche sie auf Alex C. Duncan an. Doch leider haben auch sie den mysteriösen Bauherrn noch nie zu Gesicht bekommen. Die gesamte Kommunikation, von der Auftragsbestätigung bis zu den Planungsprozessen und Freigaben, lief ausschließlich über E-Mails.

Interessant ist, dass Alfred und Tina die komplette neununddreißigste Etage als Privatdomizil für Duncan geplant haben. Mit Poolanlage, einem überdimensionalen Fitnessraum, zwei Schlafzimmern, einem gläsernen Raum mit Netzwerkanschlüssen, wahrscheinlich die Hightech-Computerzentrale des Pramtower, und natürlich einem exklusiven Wohnraum sowie einer kleinen Privatklinik mit EKG und zwei Operationstischen für Notfälle und noch vielen weiteren Zimmern.

Niemand weiß, ob er dort jemals eingezogen ist.

Mit Roman und Franklin habe ich mich für Montagmorgen verabredet. Sie wollen mir den Rohbau ihrer Galerie im ersten Stock zeigen und mich nach meiner Meinung fragen, welches Farbgestaltungskonzept am besten für ihre erste Ausstellung passen könnte. Sie stellen die Werke einer jungen Künstlerin aus Frankreich vor. Ich bin schon sehr auf ihre Arbeiten gespannt und ich kann es noch immer kaum glauben, dass mich Roman und Franklin von Anfang in das Projekt mit einbinden wollen.

»... echt Glück gehabt. Seine Mutter war großer Aretha-Franklin-Fan«, sagt Roman und pfeift die markante Melodie von *Respect*, während er sein leeres Whiskeyglas auf dem Kamin abstellt. »Sie hat die Platten rauf und runter gehört. Da ist es doch kein Wunder, dass sie sich bei der Geburt für *Franklin* entschieden hat, oder?«

Wir sind mittlerweile ins Wohnzimmer umgezogen und stehen um das knisternde Feuer herum.

»Stellt euch vor, sie wäre Elvis-Fan gewesen«, sagt Franklin und lacht. Dann wendet er sich mir zu. »Und wie kamen deine Eltern auf den außergewöhnlichen Vornamen *Nova*?«

Ich stütze mich an der Lehne des Ledersessels ab.

Adrian hat uns gerade eine Runde *Tannees-Blushes* auf Eis ausgegeben. Der merkwürdige Drink schmeckt mir aber nicht besonders. Er hat eine scharfe, krautige Note. Aus Anstand nippe ich nur zweimal dran. Der Cocktail, der angeblich viel in Australien getrunken wird, hat es auf jeden Fall in sich. Ich bin mittlerweile mehr als nur beschwipst. Ich habe Mühe mit der Aussprache.

»Wa... warum sie mich ... *Nova* genannt ham?« Alle blicken mich neugierig an. »Na ja. Ich … ich hatte eine große Schwester«, erkläre ich mit bleischwerer Zunge. »Sie hieß Diana. Is vor meiner Geburt gestorben. Meine Eltern waren von dem Verlust sehr … trau… sehr traumatisiert. Das Erlebnis hat sie … gebrochen. Sie ließen sich scheiden … ohne zu wissen, dass ich schon unterwegs war.«

»Oh, mein Gott! Wie tragisch«, sagt Roman und hält sich die Hand vor dem Mund.

»Meine Mutter glaubte an einen Neuanfang. Sie hoffte, dass *ich* ihren Schmerz lindern könnte. Also gab sie mir den Namen Nova, *die Neue*«, erkläre ich und spüre den Stich in meiner Brust. Ich weiß, dass ich meine Schwester niemals ersetzen kann. »Nova bedeutet aber auch der helle Stern … Wobei mein Leben nicht so strahlend war …«

Was passiert hier mit mir? Wieso bin ich plötzlich so redselig? So offen habe ich noch nicht mal mit Fritz über meine Kindheit gesprochen. Ich beginne zu taumeln.

»Willst du dich nicht lieber setzen?«, fragt Miranda besorgt.

»Nein, nein, geht schon«, lalle ich. Auf einmal beginnt sich alles zu drehen.

»Ich denke, es ist besser, wenn sie jemand zu ihrem Apartment bringt«, sagt Adrian aufgeregt und fährt mit dem Rollstuhl zu mir heran. »Nova hatte wohl etwas zu viel für heute.«

Das Architekten-Pärchen stimmt ihm zu.

»Konrad, würdest du sie bitte begleiten?«, fragt Adrian und klatscht in die Hände.

Konrad zuckt erschrocken zusammen.

Ich hebe abwehrend die Hände. »Danke, ich schaff das alleine«, sage ich, da knicken schon meine Beine ein. Der Teppichboden kommt näher …

Ich spüre, wie Hände unter meine Arme gleiten – viele Hände, überall an meinem Körper, wie sie mich nach oben ziehen. Franklin und Roman stützen mich.

Alles dreht sich, ich sehe doppelt.

»Konrad, worauf wartest du?«, ruft Miranda ans andere Ende des Zimmers.

Ich rieche den wundervollen Sandelholz-Orangen-Duft von Konrads Parfüm. Wie ist er so schnell zu mir herübergekommen? Kann er fliegen?

»Komm, halte dich an mir fest«, sagt er leise in mein Ohr. Er legt den Arm um meine Hüften und beginnt, mich behutsam zur Wohnungstür zu führen. »Ich bringe dich von hier weg.«

»Pass gut auf sie auf!«, höre ich vereinzelte Stimmen hinter mir, als wir den Flur erreichen. »Wir brauchen sie noch!«

Hinter uns schließt sich Apartment 66b.

Die plötzliche Stille und das gedimmte Licht sind wohltuend.

Es ging alles ganz schnell. Was ist mit mir los?

Meine Augen tränen.

Konrad stützt mich. Die modernen Gemälde an den Wänden scheinen lebendig zu werden. Ihre langen Finger greifen nach mir. Ich weiche ihnen aus, schwanke durch den Gang.

»Du hast es gleich geschafft.«

Wir kommen an meiner Wohnungstür an.

»Aufmachen …«, stöhne ich mit letzter Kraft, da gleitet die Tür schon zur Seite.

Wir setzen einen Schritt in mein Wohnzimmer.

»Bitte, Nova, verriegle deine Tür!«, flüstert Konrad. Seine flehende Stimme scheint kilometerweit entfernt.

Augen zu, Augen auf.

»Konrad?«

Ich erwache unter meiner schweren Satinbettdecke.

Mir ist heiß.

Irritiert hebe ich die Bettdecke hoch und blicke an mir hinab. Ich bin vollständig angezogen, trage das hellblaue Sommerkleid mit den gelben Streifen. Es klebt wie eine zweite Haut feucht an meinem Körper. Nur meine Chucks stehen fein säuberlich vor dem Nachttisch.

»Hallo? … Konrad?«

Ich versuche, mich aufzurichten. Im gedimmten Licht erkenne ich, dass die Schlafzimmertür geschlossen ist. Ich bin alleine. Erschöpft lasse ich mich wieder auf die Matratze zurückfallen, als würde mich eine unsichtbare Kraft an das Bett fesseln. Ich kann mich kaum bewegen.

»Hallo …?«, rufe ich mit letzter Kraft in mein leeres Schlafzimmer. »Ist da jemand?«

Dann wird das Licht gelöscht.

22

Ich erwache auf dem Rücken liegend, mit ausgestreckten Armen auf einer saftig grünen Wiese. Am hellblauen Himmel über mir, der wie mit Wasserfarben gemalt ist, ziehen Schwalben ihre Bahnen und singen ihre Frühlingslieder. Die Sonne wärmt mich, ohne mich zu blenden. Um mich herum tollen Esel, Dromedare, Wildschweine, Elefanten, rosa Ochsen, Einhörner und Hirsche durch das kurz geschnittene Gras.

Eine Gruppe nackter junger Menschen zieht lachend an mir vorbei, sie winken mir fröhlich zu. Ich winke zurück und bemerke, dass ich ebenfalls nackt bin. Doch es macht mir nichts aus. Ich fühle mich lebendig und behütet.

Zufrieden stecke ich mir einen Grashalm in den Mund und blicke verträumt zu dem kreisrunden Teich hinüber, an dem menschengroße Enten und Eulen baden. Es ist eine Freude, ihnen dabei zuzusehen.

Überall riecht es fruchtig und süß, nach reifen Erdbeeren, Popcorn, Karamell und Himbeersirup.

Mein Blick wandert weiter zum Horizont, hinüber zu den lindgrünen Wäldern, aus denen soeben ein gigantischer fleischfarbener Turm in die Höhe wächst. Er hat Ähnlichkeit mit einem erigierten Penis, der immer steifer wird, bis er aufhört zu wachsen und auf seiner Spitze eine feuerrote Kirsche erscheint.

Der Turm ist sinnlich, betörend.

Ich höre Schritte hinter mir und drehe mich neugierig um.

»Willkommen, Nova«, begrüßt mich eine nackte Frau mit kurz geschnittenem Haar. Ihre Haut ist so weiß wie Transparentpapier.

An ihrer Seite stehen weitere unverhüllte Personen, Männer und Frauen unterschiedlicher Hautfarbe. Niemand von ihnen hat Haare unter den Achseln oder zwischen den Beinen, dafür umso mehr auf dem Kopf. Sie lächeln mich vergnügt an.

»Hallo«, sage auch ich und will mich erheben.

Doch es gelingt mir nicht. Meine Arme und Füße scheinen gefesselt zu sein.

Sind das Seile? Oder Schlingpflanzen? Nein, die Fesseln bewegen sich!

Es sind Tausende von Ameisen und schwarzen Käfern, die sich um meine Knöchel und Handgelenke gekrallt haben und mich zu Boden ziehen. Die Tiere kitzeln mich. Ich muss lachen.

Die Nackten beginnen zu singen. Ein mehrstimmiger Chor in einer fremden Sprache, dazu wird eine Querflöte gespielt, von einem fliegenden Fisch, der wachend über mir schwebt.

»Bitte lass mich wissen, wenn dich die Musik stört«, ertönt eine Stimme neben mir. Es ist eine alte Frau. Sie beugt sich zu mir hinunter. Ihr faltiger Busen klatscht gegen ihren dicken Bauch.

»Nein, nein!«, sage ich schnell. »Das Musikprogramm stört mich keineswegs. Meinetwegen müssen sie nicht damit aufhören. Nur die Käfer kitzeln mich ein wenig.«

Die Frau steht auf, greift in einen prachtvollen Apfelbaum, pflückt ein giftgrünes Hütchen von einem Ast und stülpt es mir über den Kopf. Der Hut passt wie angegossen.

»Du hast es gleich überstanden«, sagt die Alte. »Wir wollen nur nicht, dass du plötzlich verkrampfst. Nicht wahr, mein Kind?«

»Sie werden schon wissen, was Sie tun«, entgegne ich.

»Ganz recht«, entgegnet die Alte zufrieden und schnippt lautlos mit den Fingern.

Augenblicklich krabbeln die Insekten über meine Arme und Beine, versammeln sich zu größeren Armeen und drücken mit gesammelter Kraft meine Schenkel auseinander. Ich wehre mich nicht dagegen, schließlich möchte ich keine Krämpfe bekommen.

»Es ist so weit!«, trällert die Frau mit der transparenten Haut und die singende Gruppe beginnt, sich in zwei Lager aufzuteilen. Sie formen eine Gasse, stehen Spalier.

Mit weit gespreizten Beinen liege ich vor ihnen.

Tuschelnd starren sie auf meinen entblößten Schambereich.

»Er sprach es und sie wurden gemacht«, ruft die bleiche Frau hocherfreut und erhebt die Hände gen Himmel. »Er befahl es und sie wurden erschaffen.«

Ich hebe den Kopf und sehe nach unten. Zwischen meinen Schenkeln erkenne ich eine kopfgroße, rosafarbene Himbeere, die auf zwei Rädern auf mich zugefahren kommt.

»Du musst keine Angst haben, Nova«, flüstert mir die Alte ins Ohr und streicht mir zärtlich eine Haarsträhne hinters Ohr. »Es ist nur zu unserem Besten.«

Aber ich habe keine Angst vor Obst.

Die Frucht kommt näher, berührt meine Oberschenkel.

Ich spüre die feuchte, glatte Oberfläche auf meiner Haut. Es ist nicht unangenehm.

Dann dringt die Himbeere in mich ein.

Zwängt sich mit ungeheurer Größe in meinen Unterleib, immer tiefer und weiter, ich schreie, bis die Frucht schließlich in mir zerplatzt und mein Körper mit einer kühlen, gallertartigen Flüssigkeit geflutet wird.

Panisch reiße ich die Augen auf!

Es ist dunkel. Ich liege auf meiner Matratze. Angezogen, unter der bleischweren Bettdecke. Meine Finger tasten ziellos im Dunklen umher, erfassen das Bettgestell, den Nachttisch. Ja, Nova, du bist im Schlafzimmer, in deinem Apartment! In Sicherheit.

Es war nur ein Traum.

»Nur ein Traum«, versuche ich mich wieder und wieder zu beruhigen, bis ich mich schließlich schweißgebadet zu meinem Handy wälze. Wie spät ist es?

10.13 Uhr?

Mein Puls rast. In fünfundvierzig Minuten habe ich ein Vorstellungsgespräch im Wedding – für die Babysitter-Stelle. Ich muss mich beeilen!

»Bitte Licht!«, rufe ich und augenblicklich verschwindet die schwarze Sichtschutzfärbung aus den Fenstergläsern.

Angewidert werfe ich die klamme Bettdecke zur Seite und setze mich auf. Mir ist immer noch leicht schwindelig.

»Verdammt!« Nicht nur mein Sommerkleid ist durchgeschwitzt, auch das Laken ist klatschnass.

Ich ziehe den Bettbezug und das Laken ab, laufe ins Badezimmer und werfe alles, auch mein Kleid und die Unterwäsche, in den Wäscheschlucker und springe unter die Dusche.

Als ich fünfzehn Minuten später geduscht, geföhnt und geschminkt aus dem Bad trete, fällt mein Blick auf die Schlafzimmertür, die in den Wohnraum führt.

Sie steht offen.

War sie heute Nacht nicht geschlossen?

ZWEITER TEIL

1

Zum ersten Mal freut es mich, dass der Fahrstuhl die zweiunddreißig Stockwerke ohne Zwischenstopp nach unten rast. Auch wenn sich dabei mein Magen umdreht. Das Gefühl kenne ich nur zu gut, vom Achterbahnfahren.

Ich muss mich sputen, in zwanzig Minuten werde ich von Tarik Ünal und seiner Familie erwartet. Und es wirkt nicht gerade vertrauenswürdig, wenn ich zu meinem Vorstellungsgespräch zu spät komme.

»Erdgeschoss«, ertönt Kims Stimme über mir.

Die Fahrstuhltür öffnet sich.

Ich eile durch die Lobby und winke Isadora zu, die am Empfangstresen mit Herrn Miklas in ein Gespräch vertieft ist. Die Unterhaltung scheint wichtig, Isadora hebt nur kurz die Hand. Dann tuscheln die beiden weiter.

»Guten Morgen, Nova«, haucht eine Stimme neben mir.

Überrascht springe ich zur Seite.

Beinahe hätte ich die kurzhaarige Frau angerempelt.

Wo kam sie so plötzlich her?

»Oh, tut mir leid«, entschuldige ich mich. »Ich habe Sie gar nicht gesehen.«

»*Sie*?«, fragt sie und lacht. »Ich bin's doch. Tina.«

In dem Moment, als sie ihren Namen ausspricht, erinnere ich mich wieder. Tina, richtig. Die Endfünfzigerin war gestern auch auf diesem Etagentreffen, oder? Ganz in Grau gekleidet. Die Architektin des Pramtower. Mit ihrem Ehemann … Wie hieß er nochmal?

»Ach, hallo«, sage ich leise.

Sie streicht sich eine imaginäre Haarsträhne von der Schulter. »Sieht so aus, als wärst du in Eile.«

»Ja«, entgegne ich und blicke auf meine Armbanduhr. »Ich habe gleich einen Vorstellungstermin, im Wedding.«

»Du suchst einen Job?«, fragt Tina irritiert und schüttelt kaum merkbar den Kopf. »Aber du hast doch schon einen!«

»Was?«

»In der Galerie von Roman und Franklin«, sagt sie kühl. Sie wirkt fast eingeschnappt. »Die beiden geben sich solche Mühe und ermöglichen dir diese Wahnsinnschance. Und als Dank siehst du dich gleich mal nach Alternativen um? Willst du etwa deinen Marktwert erhöhen? Die beiden haben es nicht verdient, dass du sie hintergehst.«

»Wie bitte? Nein, nein …«, rufe ich verdutzt aus. Ich blicke zum Ausgang hinüber. Ich darf die nächste U-Bahn auf keinen Fall verpassen. »Ich arbeite nur nebenher als Babysitterin und …«

»Aha, Babysitterin. Und wie stellst du dir das vor?«, zischt sie, dann zwingt sie sich wieder zu einem Lächeln. »Ich meine, dann jobbst du wahrscheinlich auch am Wochenende, richtig? Also auch freitagabends.«

»Ja, sehr wahrscheinlich. Wieso?«

»Unser Etagentreffen, Nova? Schon vergessen?«

»Ach so. Ähm, nein … hab ich nicht vergessen«, entgegne ich. »Dafür wird sich bestimmt eine Lösung finden. Aber bitte entschuldige mich, Tina, ich … ich muss jetzt wirklich los.«

»War übrigens ein sehr schöner Abend gestern«, ruft Tina mir winkend hinterher. »Alfred war auch ganz begeistert von dir.«

»Ja, das war es. Viele Grüße!«, gebe ich zurück, obwohl ich mich kaum an den gestrigen Abend und die Gespräche erinnern kann – alles liegt unter einem dichten Nebelschleier. Ganz so, als wäre ich eben erst nach einer Operation im Aufwachraum eines Krankenhauses aufgewacht.

Pünktlich, zwei Minuten vor elf, drücke ich den Klingelknopf des Mehrfamilienhauses im Wedding. Es ist ein Wunder, dass ich den Termin noch rechtzeitig geschafft habe.

»Ja, hallo?«, fragt die markant tiefe Stimme, die ich vom Telefonat wiedererkenne, über die Sprechanlage.

»Hier ist Nova-Marie Niehaus. Wir sind verabredet.«

»Ah, perfekt«, sagt Tarik Ünal, dann summt der Türöffner.

Ich steige durch das Treppenhaus in den dritten Stock hinauf.

Auf den Namensschildern an den Wohnungstüren lese ich unterschiedliche internationale Nachnamen. Es riecht nach gebratenem Mittagessen und orientalischen Gewürzen. Augenblicklich meldet sich mein Magen mit einem Knurren. Kein Wunder, mir ist keine Zeit zum Frühstücken geblieben.

Schnaufend erreiche ich die dritte Etage und werde im Türrahmen von einem schlanken, durchtrainierten Mann erwartet.

Tarik Ünal trägt einen akkurat gestutzten Dreitagebart, ein enges schwarzes T-Shirt, das sich über seine Bizepse spannt, und dazu eine rote Adidas-Trainingshose.

»Hallo, Frau Niehaus«, begrüßt er mich freundlich, reicht

mir die Hand und nickt mit dem Kopf Richtung Wohnungsflur. »Kommen Sie doch bitte herein.«

»Sie können Nova zu mir sagen«, sage ich und betrete den schmalen Gang. »Dann wird es auch einfacher für den kleinen Ufuk.«

Er lächelt. »Natürlich, gerne. Ich bin Tarik. Und das ist meine Frau Yildiz.«

Eine türkischstämmige Frau in meinem Alter betritt den Flur, in der Hand ein Tablett mit Baklava, Keksen und einer Kanne Tee.

»Hallo«, begrüßt sie mich höflich, dann folge ich den beiden in das Wohnzimmer. Auf einem bunten Teppich unter dem Fenster sitzt ein kleiner schwarzhaariger Junge, der hoch konzentriert mit seinen Lego-Steinen spielt. Das muss Ufuk sein. Er hat gar nicht bemerkt, dass ich da bin.

»Nehmen Sie doch bitte Platz«, sagt Tarik Ünal.

Ich setze mich dem Ehepaar gegenüber in einen Sessel und blicke mich um. Es ist ein geschmackvoll eingerichtetes Wohnzimmer. An den Wänden hängen Familienfotos, das Bild einer großen Brücke, wahrscheinlich Istanbul, und ein paar Urkunden. Ich kann nicht erkennen, wofür sie dem Vater verliehen wurden.

»Möchten Sie Tee?«, fragt mich Yildiz.

»Gerne«, sage ich. Sie schenkt mir Apfeltee in ein bauchiges Glas ein. Dann reicht sie mir das Silbertablett mit den Köstlichkeiten. Erneut knurrt mein Bauch und ich greife gerne zu. »Vielen Dank.«

Bei so viel Gastfreundschaft fühle ich mich sofort wohl.

»Toll, dass es so schnell geklappt hat«, sagt Tarik und faltet die Hände im Schoß. »Ich bin beruflich viel unterwegs und meine Frau geht dreimal die Woche abends arbeiten. Deshalb können wir jede Hilfe gebrauchen.«

»Verstehe«, sage ich, als mein Blick auf die halb geöffnete Tür neben der Glasvitrine fällt. Sie führt zu einem schummrigen Nebenzimmer.

Aus den Augenwinkeln erkenne ich einen schmalen Schreibtisch, auf dem zahlreiche Aktenordner zu Türmen aufgestapelt sind. Und darüber, an der Wand, hängen mehrere …

Was hat das zu bedeuten?

»Ähem«, räuspert sich Tarik, als er meinen Blick bemerkt, und springt von der Couch auf. Zielstrebig läuft er auf die geöffnete Zimmertür zu und schließt sie.

Doch er ist zu spät.

Ich habe die angepinnten Fotografien sofort wiedererkannt. Zumindest die junge hübsche Frau, die darauf zu sehen war.

Es war Lisette.

Die tote Influencerin!

2

»Also, Nova. Was machen Sie beruflich?«, fragt Tarik Ünal und greift nach einem Baklava. »Oder studieren Sie?«

»Nein … ich arbeite in einer Galerie«, entgegne ich gedankenverloren. Wieso hängen Fotografien von Lisette in dieser Wohnung? »Also zumindest bald. Ich habe vermutlich in drei Wochen einen neuen Job.«

»Interessant«, sagt Tarik Ünal und blickt schmunzelnd zu seiner Frau hinüber. »Yildiz geht auch gerne in Ausstellungen. Für mich ist das nichts. Warum soll ich mir eine komplett blaue Leinwand angucken? Dafür kann ich auch in eine Autolackiererei gehen.«

»Es gibt sehr viele unterschiedliche Stile in der modernen Kunst«, erkläre ich und muss wieder an das Nebenzimmer denken. Was hat dieser Mann mit Lisette zu tun? »Nicht alle Gemälde sind so wie die von Yves Klein.«

»Das sage ich Tarik auch immer«, sagt Yildiz und kneift ihren Ehemann in die Seite. »Aber er geht lieber zu irgendwelchen Boxkämpfen.«

Tarik Ünal zuckt mit den Schultern. »Jeder hat seine Vorlieben. Und bei mir ist es eben Sport.«

Yildiz bietet mir einen weiteren Keks an, doch ich lehne dankend ab. Irgendwie ist mir der Appetit vergangen.

»Ist alles in Ordnung, Nova?«

»Ja, ja«, entgegne ich schnell. »Ich hab nur ... Im Moment passiert gerade sehr viel in meinem Leben, bitte entschuldigen Sie. An welchen Abenden soll ich denn zum Babysitten kommen? Gibt es feste Termine?«

»Wir bräuchten Sie regelmäßig montags, mittwochs und donnerstags«, sagt seine Frau. »An den Abenden helfe ich in einer Flüchtlingsunterkunft als Übersetzerin.«

»Und vielleicht auch mal am Freitag oder Samstagabend«, ergänzt Tarik Ünal und legt die Hand auf die seiner Frau. »Damit wir zwei auch mal wieder ausgehen können. Durch den kleinen Ufuk bleibt kaum noch Zeit für uns, für unser Eheleben. Und das ist nicht gut.«

»Verstehe, natürlich«, sage ich und sehe zu dem süßen Jungen hinüber, der noch immer keine Notiz von mir genommen hat. Das könnten entspannte Abende werden. Da habe ich schon ganz andere Kinder erlebt. »Und von wann bis wann ...?«

»Wenn es möglich wäre, so ab fünf Uhr? Ufuk geht spätestens um acht ins Bett, danach könnten Sie fernsehen oder lesen, bis wir wiederkommen«, sagt Tarik Ünal. »Wahrscheinlich so um zehn, maximal elf Uhr.«

»Das ist kein Problem für mich«, sage ich und nippe vom abgekühlten Apfeltee.

»Und wo müssen Sie danach hin, in welchen Kiez?«, fragt Tarik Ünal. »Sie haben uns noch gar nicht gesagt, wo Sie wohnen. Nicht, dass Sie so spätnachts durch die halbe Stadt fahren müssen.« Er wirkt tatsächlich besorgt.

»Im Pramtower«, sage ich. »Am Alexanderplatz.«

Tarik Ünals Augen weiten sich. Schlagartig setzt er sich auf und blickt mich aus einer Mischung aus Überraschung und Ungläubigkeit an.

Ich weiß, was er jetzt denken muss. Wieso geht diese Frau babysitten, wenn sie sich den exklusivsten Wohnkomplex Berlins leisten kann? Also füge ich schnell hinzu: »Ich habe die Miete nur gewonnen, zumindest für ein Jahr.«

Yildiz blickt unruhig zu ihrem Mann hinüber.

Ich schätze, das Ehepaar vermutet, dass ich lüge und womöglich irgendetwas im Schilde führe …

Nova, du solltest ihnen deine Wohnsituation besser ein bisschen verständlicher erklären! Von dem Gewinnspiel auf Instagram, das du als Content Creatorin …

Doch dazu komme ich nicht, Tarik Ünal legt das angebissene Baklava auf einer Serviette ab und beugt sich zu mir vor. »Sie wohnen im Pramtower?«, fragt er. »Seit wann?«

»Noch nicht lange«, entgegne ich und muss wieder an Lisettes Fotos im Nebenzimmer denken. Was wird hier gespielt?

»Wie lange genau?«, fragt Tarik Ünal.

»Ich bin gerade erst eingezogen.«

»Welche Apartmentnummer?«

Überrascht blicke ich ihn an. Warum will er das so genau wissen? Besteht tatsächlich ein Zusammenhang mit mir und den Bildern der toten Influencerin in seinem Nebenzimmer?

»*Baba* Polizei«, ertönt ein sanftes Stimmchen aus der Spielecke unter dem Fenster.

Unsere Köpfe wenden sich dem kleinen Ufuk zu, der mit dem Spielen aufgehört hat und uns mit seinen Milchzähnchen anlächelt. Wie lange hört er uns schon zu?

»Polizei?«, frage ich irritiert.

Tarik Ünal lehnt sich auf der Couch zurück. Es ist ihm sichtlich unangenehm, dass sich sein Sohn in das Gespräch eingemischt hat. »Ja, es stimmt. Ich bin bei der Kripo.«

»Hängen deshalb die Bilder von Lisette …?«, ich deute zur geschlossenen Tür des Nebenzimmers.

Er nickt.

»Ich werde uns mal neuen Tee aufsetzen«, sagt Yildiz und erhebt sich. »Ufuk, hilfst du mir dabei?«

Freudestrahlend springt der Vierjährige auf und läuft mit offenen Armen auf seine Mutter zu. Sie hebt ihn hoch und gemeinsam verlassen sie das Wohnzimmer.

»Sie hätten das nicht sehen dürfen«, sagt Tarik Ünal bedauernd, als wir allein sind. »Es war meine Schuld. Das ist ein aktueller Fall, der mir keine Ruhe lässt.«

»Ich habe gehört, es war Suizid?«

Er fährt sich mit der Hand über das Kinn. »Ich darf nicht darüber sprechen. Tut mir leid.«

»Aber ich dachte, der Fall sei geklärt?«

»Offiziell ja …«, entgegnet Tarik Ünal zögerlich. »Aber es gibt Hinweise, die …« Er hält inne. »Wie gesagt, ich darf nicht darüber sprechen.«

Was für Hinweise?

»Kommen wir doch lieber wieder zu Ufuk«, sagt er. Er erhebt sich und geht im Raum auf und ab. »Am Montag und Mittwoch kann Yildiz' Mutter einspringen. Aber für Donnerstag haben wir noch niemanden. Hätten Sie da eventuell Zeit für ein erstes Probe-Babysitten?«

»Ja. Natürlich«, sage ich und stehe ebenfalls auf. Ich spüre, dass er unser Gespräch an dieser Stelle beenden möchte. »Ich werde pünktlich um fünf hier sein.«

»Wunderbar. Vielen Dank«, sagt Tarik Ünal höflich und reicht mir die Hand. »Es war schön, Sie kennenzulernen, Nova. Ich habe ein gutes Gefühl. Dann also bis Donnerstag.«

»Bis Donnerstag«, wiederhole ich, während ich einen letzten verstohlenen Blick auf das Nebenzimmer werfe.
Dann begleitet Tarik mich zur Wohnungstür.

3

Wie gern würde ich mich jetzt mit Fritz treffen. Doch der verbringt das Wochenende mit seinem Freund Colin. Ich muss mich also noch bis Montag gedulden, um ihm davon zu erzählen, dass ich bei einem Polizisten babysitte, der den Fall von Lisette bearbeitet. Vielleicht kann ich mich am Donnerstagabend ins Nebenzimmer schleichen und mir die Bilder an der Wand genauer ansehen. Falls ich mich traue.

Ich steige aus der U8 Weinmeisterstraße aus und schlendere die Rosenthaler entlang. Die Cafés sind voller Touristen, samstags ist es besonders schlimm. Ich gönne mir einen Kaffee to go und setze mich im Jacob-Teitel-Park auf eine Bank.

Ich lasse die letzten Wochen und Monate Revue passieren. Unfassbar, was ich alles erlebt habe: Mein Freund hat mich betrogen, ich wurde aus der Galerie gemobbt und aus der Wohnung geworfen. Ich habe genau im richtigen Moment ein Gewinnspiel gewonnen und durfte in den Pramtower ziehen. Dort habe ich ein Galeristen-Pärchen kennengelernt, das mir einen heiß begehrten Job angeboten hat.

Würde das in einem Film so ablaufen, würde jeder sagen, dass das total unrealistisch sei. Aber es passiert mir gerade.

Ich nippe an meinem Hafer Latte.

Und ich habe Konrad kennengelernt, Konrad mit K.

Einen wirklich süßen Nachbarn, der sich gestern Abend beim Etagentreffen aber sehr seltsam benommen hat. Ich kann mich nicht mehr genau an die Situation erinnern, an unsere Gespräche, da ist nur dieses Gefühl, dass ihm offenbar irgendetwas nicht gefallen hat. Wenn ich nur wüsste, was ich zu ihm gesagt habe.

Ich habe einen totalen Filmriss.

Normalerweise trinke ich nicht so viel Alkohol, eigentlich nie. Für die nächsten Wochen werde ich nichts mehr anrühren. Ich hasse es, wenn ich die Kontrolle verliere.

Interessant ist allerdings, dass ich mich noch daran erinnere, den Job in der Galerie angenommen zu haben. Wahrscheinlich, weil es noch früh am Abend war.

Und wann und wie bin ich ins Bett gekommen?

Je mehr ich darüber nachdenke, desto weniger erinnere ich mich. Ein merkwürdiges Gefühl.

Als hätte mir jemand K.-o.-Tropfen verabreicht.

Ich schiebe den furchtbaren Gedanken zur Seite und mache mich auf den Heimweg.

4

Den restlichen Samstagnachmittag verbringe ich auf der Couch im Wohnzimmer. Ich lese ein paar Seiten im neuen Buch von Alice Hasters, um mich abzulenken, und muss dann wohl aus Erschöpfung eingeschlafen sein. Als ich die Augen wieder öffne, liegt das Buch neben mir auf dem Parkettboden.

Gähnend bücke ich mich, lege es auf den Glastisch zurück und schlurfe in die Küche.

»Kim, bitte spiele etwas von meiner Playlist«, sage ich und öffne den Kühlschrank. Ich habe einen Durst, als hätte ich tagelang nichts getrunken. Meine Zunge fühlt sich an wie ein ausgetrockneter Schwamm in meinem Mund.

Ich greife zu einer halb vollen Flasche Orangensaft, während ein Song von Billie Eilish gespielt wird.

»Wie geht es dir, Nova?«, fragt Kim in den Raum hinein, während ich gierig trinke. Die Fruchtsäure macht mich augenblicklich wach. »Du siehst müde aus.«

»Geht schon«, murmle ich und trinke weiter.

»Hat dir das Etagentreffen gefallen?«

»Ja«, entgegne ich knapp, da ich keine Lust habe, mich mit einer KI zu unterhalten, und stelle den Orangensaft zurück in den Kühlschrank.

Doch Kim sieht das offenbar anders.

»Herzlichen Glückwunsch zu deinem neuen Job«, sagt sie. »Ich habe mir erlaubt, deinen Termin am Montag in deinen Kalender einzutragen.«

Mein Handy vibriert in der Hosentasche.

Ich hole es hervor. Tatsächlich, es wurde soeben ein iCal-Termin eingetragen.

»Soll ich dir vielleicht ein paar Vorschläge machen, was du zu deinem ersten Arbeitstreffen anziehen kannst?«, sagt Kim freundlich. »Ich weiß, dass Roman und Franklin gedeckte Farben bevorzugen.«

»Nein, danke«, entgegne ich und schlage die Kühlschranktür zu. »Ich möchte lieber etwas Ruhe haben.«

Das scheint Kim zu akzeptieren. Sie spricht nicht mehr.

Ich stelle mich an die Fensterfront und sehe gedankenverloren auf den Alexanderplatz hinunter. Die Sonne ist hinter einer dicken Wolke verschwunden, es beginnt zu tröpfeln. Kurz darauf regnet es in Strömen.

Dutzende von Regenschirmen werden geöffnet, stoßen hektisch in alle Richtungen, springen wie bunte Glasmurmeln über den betongrauen Platz.

Eine Gruppe Touristen hat sich vor der Infotafel des Alexanderplatzes versammelt und liest den Text über dessen Geschichte. Ich weiß so genau, was darauf steht, weil ich mich mal mit Fritz an der Tafel verabredet hatte und er zu spät kam.

Irgendwann im November 1989 kam es dort unten zur größten Protestkundgebung in der DDR. Die SED-Funktionäre wurden bei einer Ansprache ausgepfiffen. Obwohl die Protestierenden wussten, dass der gesamte Platz von Kameras der Geheimpolizei überwacht wurde. Jede einzelne Bewegung, jeder einzelne Demonstrierende wurde vermerkt, schließlich war der Alexanderplatz der bedeutendste Platz der DDR.

Und nun, fast vierzig Jahre später, stehe ich hier oben und fühle mich genauso beobachtet. Von einer künstlichen Intelligenz.

Eine melodische Abfolge von Tönen reißt mich aus meinen Gedanken. Es ist die Wohnungstür.

»Es tut mir leid, dich zu stören, Nova«, sagt Kim über die Lautsprecher. »Aber du hast Besuch.«

»Wer ist es?«, frage ich und hoffe insgeheim, dass draußen Konrad steht. Ich werfe einen Blick auf mein Spiegelbild in der Fensterscheibe und richte mir die Haare. Regentropfen huschen das Glas entlang. Es sieht aus, als würde ich weinen.

»Es ist Miranda.«

Wie bitte? Was will denn die Alte von mir?

»Sag ihr … ich bin nicht da.«

»Sie hat einen Kuchen dabei.«

»Schön. Aber ich will sie nicht sehen.«

»Vielleicht ist es wichtig«, entgegnet Kim.

»Weißt du, was sie von mir will?«

»Ich kann sie fragen.«

»Was? Nein! Tu das nicht!«, sage ich, doch es ist zu spät. Keine fünf Sekunden später höre ich Mirandas Stimme über mir: »Hallo, Nova, hier ist Miri. Deine Nachbarin aus 66 d. Ich wollte dir gerne etwas vorbeibringen.«

Ach, verdammt. Jetzt weiß sie, dass ich zu Hause bin.

»Also gut, Kim. Du kannst sie hereinlassen.«

Die Wohnungstür schwingt auf und Miranda betritt das Wohnzimmer. Sie trägt ein eng anliegendes Leopardenkleid, das über ihren fülligen Körper spannt, dazu auf dem Kopf ein türkisfarbenes Hütchen. In den Händen hält sie einen großen Teller mit zwei Kuchenstücken. Obstkuchen, wie es scheint.

»Hallo, Liebes«, sagt sie und stürmt herein. »Ich wollte nach dir sehen und fragen, ob es dir wieder besser geht.«

»Danke, mir geht es gut«, sage ich und folge ihr in die Küche. Wie selbstverständlich öffnet Miranda meine Schränke und zieht Teller und Besteck heraus. »Setz dich doch, mein Kind. Du siehst immer noch etwas blass aus.«

Irritiert lasse ich mich am Küchentisch nieder und sehe Miranda dabei zu, wie sie den Kuchen auf zwei kleine Teller verteilt. Dann nimmt sie neben mir Platz.

»Und? Hast du dich schon ein bisschen eingelebt?«, fragt sie und reicht mir einen Teller. Es ist Himbeerkuchen.

»Na ja, so lange wohne ich ja noch nicht hier.«

»Das ist keine Frage der Zeit, sondern der Mitbewohner«, entgegnet sie und steckt sich ein Stück Kuchen in den Rachen. Sie spricht mit vollem Mund weiter: »Sind das nicht alles wunderbare Leute, die auf unserer Etage wohnen?«

»Ja«, sage ich höflich, während ich verzweifelt darüber nachdenke, was gestern Abend beim Treffen vorgefallen ist.

»Willst du nicht kosten?«, fragt sie und blickt tadelnd auf den Kuchenteller vor mir.

Ich betrachte die glänzenden Himbeeren und fühle mich sofort an meinen Albtraum mit den Nackten erinnert. Magensäure schießt mir den Hals hinauf. »Ich habe keinen Hunger, danke.«

»Du kannst ihn ja später essen«, sagt sie und wischt sich ein paar Krümel von den Lippen. »Ich wollte auch gar nicht lange stören.«

»Nein, nein, das tust du nicht«, lüge ich, in der Erwartung, dass sie gleich wieder geht.

»Ich habe gehört, dass du dich bei Isa über deine Vormieterin informiert hast. Ist das richtig?«

So schnell sprechen sich also Neuigkeiten im Pramtower herum.

»Ähm, ja«, sage ich zögerlich. »Angeblich hat sie sich das Leben genommen, oder?«

Miranda nickt. »Ja, eine Tragödie.«

»Hast du eine Ahnung, warum sie das getan hat?«, frage ich und schiebe den Teller mit dem Himbeerkuchen von mir weg. »Gab es dafür irgendwelche Anzeichen?«

Die Alte blickt mich aus zusammengekniffenen Augen an. Dann zuckt sie mit den Schultern. »Ich kannte Lisette kaum. Sie war so ein junges hübsches Ding wie du. Hatte wunderschöne lange Haare, wie Rapunzel. Sie hat sie immer gebürstet, war sehr stolz darauf. Doch eines Tages hat sie sie einfach abgeschnitten. Raspelkurz.«

»Aha.«

»Sie sah aus wie Audrey Hepburn. Oder Mia Farrow in diesem Film, wie hieß der nochmal?«

Ich glaube Miranda nicht, dass sie Lisette kaum gekannt hat. Lisette muss schließlich bei mindestens zwanzig Etagentreffen dabei gewesen sein. Und meine Nachbarin scheint sehr neugierig. Der Alten entgeht nichts.

»Wann war das ungefähr?«, frage ich. Womöglich waren die abgeschnittenen Haare ein Zeichen für Lisettes seelischen Zustand. »Also, ich meine ihre neue Frisur? War das kurz vor ihrem Tod?«

»Nein, nein, viel früher!« Miranda schüttelt energisch den Kopf. »Nachdem sie erfahren hatte, dass sie schwanger war.«

5

Das Herz in meiner Brust beginnt heftig zu pochen. Lisette war schwanger? Ich muss schlucken. Warum sollte sie sich dann umbringen? Und das ungeborene Leben mit in den Tod nehmen? Einfach undenkbar.

Eine Weile ist nur der Regen zu hören, der wild gegen die Fensterscheiben trommelt.

»Und weiß man, wer der Vater war?«, frage ich schließlich.

Miranda legt den Kopf schief. Ihr türkisfarbenes Hütchen droht herunterzurutschen. »Ich habe nicht an der Tür gelauscht, Nova«, sagt sie unwirsch. »Also bitte. So etwas geht mich nichts an. Und das sollte es *dich* auch nicht.«

»Natürlich nicht«, entgegne ich, obwohl ich fest davon überzeugt bin, dass sie mehr weiß. Ich würde ihr zutrauen, dass sie sogar in fremden Kleiderschränken übernachtet, um ihre Neugier über die Mitbewohnerinnen und Bewohner zu stillen.

Das Küchenlicht geht an. Ich hatte gar nicht bemerkt, wie dunkel es plötzlich geworden ist. Grauschwarze Gewitterwolken schieben sich schwerfällig über Berlin.

»Also dann. Ich muss los«, sagt Miranda und erhebt sich. »Du hast an einem Samstag sicherlich Besseres zu tun, als mit einer alten Frau ein Kaffeekränzchen zu halten.«

Ich bin froh, dass Miranda wieder geht. Mehr werde ich

heute nicht von ihr erfahren. Sie scheint es zu genießen, mir ihre Geheimnisse wie Brotkrumen hinzuwerfen. Ich begleite sie zur Tür.

»Man sieht sich, Liebes!«

»Bis bald!«, rufe ich zurück.

Nachdem Miranda in ihrem Apartment verschwunden ist, bleibe ich noch einen Moment lang im Flur stehen und betrachte die modernen Kunstwerke an der Sichtbetonwand.

Übermorgen kann ich endlich wieder in einer Galerie arbeiten. Damit hätte ich nicht gerechnet. Laut den Jobbörsen im Internet gibt es in ganz Berlin aktuell keine einzige freie Stelle. Es gleicht einem Wunder, dass ich das Galeristen-Pärchen kennengelernt habe.

Ob ich die Anstellung auch bekomme, wenn ich Roman und Franklin sage, dass ich am Montag wieder aus dem Pramtower ausziehen werde?

Eigentlich sollte nichts dagegensprechen, versuche ich mich zu beruhigen. Was hat das eine mit dem anderen zu tun?

Hinter mir schwingt eine Tür auf. Konrad betritt den Flur. Er scheint überrascht: »Nova? Wolltest du zu mir?«

»Ich … nein, also …«, stottere ich und deute den Gang hinunter. »Miranda war gerade zu Besuch.« Für ihn muss es so aussehen, als hätte ich vor seiner Tür auf ihn gewartet. »Sie hat mir nur Kuchen vorbeigebracht.«

»Geht es dir wieder besser?«

»Ja, ich … ich glaube schon.«

Konrad blickt mich besorgt an. »Es tut mir leid, dass dich die anderen beim Etagentreffen so mit Fragen gelöchert haben. Das war mir wirklich sehr … unangenehm.«

Das hat man gemerkt, denke ich und lächle ihn an. »Nicht weiter schlimm. Übrigens danke, dass du mich nach Hause gebracht hast. Ich hatte wohl ein bisschen zu viel … also, mit dem ganzen Wein und …«

»Warst du schon mal auf dem Dach?«, unterbricht er mich. Wahrscheinlich möchte er mir die Erinnerungen an gestern Abend ersparen. »Oben ist eine Terrasse mit einem kleinen Café. Hast du Lust, etwas trinken zu gehen?«

»Jetzt?«, frage ich verwundert. Sofort bereue ich meine harsche Reaktion. Hastig setze ich etwas milder nach: »Aber es regnet doch.«

»Es gibt große Sonnenschirme, aber …« Konrad senkt den Kopf. »Entschuldige, ich wollte nicht aufdringlich wirken. Ich dachte nur, vielleicht könnten wir uns ein bisschen unterhalten. Denn dort oben …« Er sieht zu den Deckenlichtern hinauf, senkt die Stimme. »Auf dem Dach kann uns Kim nicht … also, man hat eine wunderbare Aussicht auf die Stadt.«

Wollte er gerade sagen, dass uns Kim auf der Dachterrasse nicht *abhören* kann?

»Tut mir leid, war eine blöde Idee«, sagt er und steckt die Hände in die Hosentaschen, wippt von einem Fuß auf den anderen. »Du willst dich bestimmt ausruhen. Also dann, wir sehen uns!«

»Nein, nein. Die Idee ist gut«, entgegne ich schnell und meine es auch so. »Ich wusste nur nicht, dass es ein Café auf dem Dach gibt. Davon hat Herr Miklas gar nichts erzählt.«

»Er hat dir vieles nicht erzählt«, sagt Konrad ernst, geht einen Schritt auf mich zu, beugt sich zu mir vor und flüstert: »Es gibt da etwas, das du wissen solltest.«

»Was meinst du?«, frage ich irritiert.

»Oben«, flüstert er knapp. Dann wendet er sich ab und marschiert los.

6

Ich zögere kurz, doch dann siegt meine Neugier und ich folge ihm zum Fahrstuhl. Dabei beobachte ich, wie Konrad immer wieder prüfend zu den Deckenlichtern hinaufblickt. Offenbar sind darin die Kameras und Mikrofone verbaut. Anders kann ich mir seine Nervosität nicht erklären.

Die Fahrstuhltür öffnet sich in dem Moment, als wir davor ankommen.

»Dachgeschoss«, sagt Konrad und schon rauschen wir die Stockwerke hinauf. Für einen Moment herrscht Schweigen. Konrad sieht betreten zu Boden. Ich will etwas sagen, will ihn fragen, was er mir Wichtiges mitzuteilen hat, doch da ist die Fahrt bereits zu Ende.

»Vierzigstes Stockwerk«, ertönt die Stimme der künstlichen Intelligenz. Die Tür öffnet sich. »Ich wünsche euch eine angenehme Zeit in Ira's Café.«

Wir betreten einen verglasten Raum mit einem nicht enden wollenden Tresen und Barhockern. Hinter dem Tresen ein deckenhohes, verspiegeltes Regal mit bunten Flaschen. Um uns herum stehen Designersessel und runde Glastische, meterhohe Zimmerpflanzen, an der Decke hängen Kristallleuchter. Es läuft klassische Musik, *Kanon in D-Dur*, das berühmte Stück von Pachelbel.

Von jedem Platz aus kann man durch die bodentiefen Panorama-Fensterscheiben auf Berlin schauen. So eine Aussicht bekommt man sonst nur vom Fernsehturm geboten.

»Rauchst du?«, fragt Konrad.

»Wie? Nein …«, sage ich.

»Ich auch nicht«, sagt er und geht mit mir zum Bartresen, hinter dem ein junger Mann im Smoking steht.

»Hallo, Konrad«, begrüßt ihn der Barkeeper. »Was darf's sein?«

»Latte Macchiato?«, fragt mich Konrad.

»Gerne. Mit Hafermilch.«

»Also, zwei Latte. Einer mit Hafer … Und ein Päckchen Marlboro mit Feuerzeug, bitte.«

»Wird gemacht«, entgegnet der Mann, öffnet eine Schublade, zieht ein Päckchen Zigaretten und ein Feuerzeug heraus und übergibt sie Konrad. »Nehmt doch schon mal Platz, ich bring euch den Kaffee.«

Konrad klopft auf den Tresen. »Danke, Johannes.«

Dann bedeutet er mir, zu folgen.

Wir schlängeln uns durch die edlen Sitzgruppen hindurch und gehen auf die gigantische Dachterrasse zu.

Draußen tobt immer noch das Unwetter. Der wolkenverhangene Himmel schüttet eimerweise Wasser auf die aufgespannten Sonnenschirme und anthrazitfarbenen Rattanmöbel im Loungestil. Vom Boden spritzen unzählige kleine Fontänen auf.

»Du willst doch nicht etwa rausgehen?«, frage ich verwundert.

»Drinnen darf man nicht rauchen.«

»Aber du hast doch gesagt, dass du gar nicht …«

Wortlos schiebt Konrad die Terrassentür auf.

Der Regen macht einen ohrenbetäubenden Lärm. Ich

kann mir schönere Orte für ein Kaffeetrinken vorstellen. Was will er denn hier draußen? Ich schlinge die Arme um meinen Oberkörper, der Wind ist frisch.

»Dahinten ist gut!«, sagt Konrad und deutet auf den schwarzen Sonnenschirm in der hinteren Ecke der Dachterrasse. »Wenn wir uns beeilen, werden wir nicht so nass!«

»Ich weiß nicht«, entgegne ich skeptisch. »Wollen wir nicht lieber drinnen …«

Doch Konrad rennt schon los.

Genervt blicke ich zum Himmel und eile ihm kurzerhand hinterher. Was bleibt mir anderes übrig? Ich kann ja schlecht wieder zurück in mein Apartment gehen. Schließlich will ich endlich wissen, was er mir zu sagen hat.

Unsere Kleider sind völlig durchnässt, als wir nach zehn Metern unter dem rettenden Schirm ankommen.

Ich schüttle meine Haare und Konrad bekommt die Spritzer ab. Wir müssen grinsen.

Ehrlicherweise gefällt mir mittlerweile seine verrückte Idee, draußen im strömenden Regen Kaffee zu trinken. Es erinnert mich an meine Kindheit, als ich mit Mama durch den warmen Sommerregen getanzt bin.

Konrad öffnet die Zigarettenpackung und zündet sich eine an. Er nimmt eine weitere Zigarette heraus und hält sie mir hin.

Ich winke ab. »Nein, danke. Wie gesagt, ich rauche nicht.«

»Wir brauchen einen Grund, warum wir hier draußen im Regen stehen«, sagt er ernst. »Ich paffe sie nur.«

»Wie bitte? Warum muss es einen Grund …«

»*Sie* kann uns sehen«, fällt Konrad mir ins Wort. Er spricht leise, stellt sich näher zu mir heran. Ich rieche den Duft seines Parfüms, vermischt mit dem ekligen Rauch seiner Zigarette.

»Du meinst *Kim*?«

Er nickt und flüstert: »Bitte, Nova. Nimm eine Zigarette. Du musst nur so tun. Es ist wichtig.«

Nur so tun. Also gut. Konrad wird seine Gründe haben. Angewidert nehme ich die Zigarette entgegen, stecke sie mir zwischen die Lippen und zünde sie an. Vorsichtig ziehe ich daran, puste den Rauch sofort wieder aus. Es schmeckt fürchterlich.

»Danke«, sagt Konrad. »Lass sie einfach abbrennen. Hauptsache, das Bild stimmt.«

»Welches Bild? Was ist hier eigentlich los?«

»Hier, an dieser Stelle, kann sie uns nicht abhören. Auf der Dachterrasse hat Kim keine Mikrofone. Nur Kameras.«

»Woher willst du das wissen?«

»Von Alfred«, erklärt Konrad paffend.

Ich werde bestimmt nicht nochmal an dem ekligen Ding ziehen. »Alfred? Der war auch gestern auf dem Etagentreffen, oder? Mit seiner Frau Tina.«

»Die Architekten, die den Pramtower gebaut haben, richtig«, ergänzt Konrad und dreht der Bar den Rücken zu.

»Aber die werden wohl kaum die Kameras installiert haben?«

»Nein, die Kameras nicht. Aber die Rohre für die Kabel.«

»Warum sind wir hier, Konrad?«, frage ich ungeduldig. »Was willst du mir sagen? Geht es um Kim? Was ist passiert?«

7

Konrad führt erneut die Zigarette zum Mund, bedeckt die Lippen mit der Handfläche. So verharrt er für einen kurzen Moment.

»Die künstliche Intelligenz kann Lippen lesen«, erklärt er leise. »Wir müssen so tun, als würden wir rauchen. Damit es natürlich aussieht.« Er stößt Rauch aus.

Ich hatte mich gefreut, mit ihm einen Kaffee zu trinken. Doch jetzt erschrecken mich seine sonderbaren Vorsichtsmaßnahmen. Warum wohnt er denn noch hier, wenn er so eine Angst vor der künstlichen Intelligenz hat?

»Also, was wolltest du mir sagen?«, frage ich erneut.

»Es geht um Lisette«, sagt er unsicher. »Du hattest recht. Ja, ich habe sie gekannt. Sie hat ...« Konrad zögert, blickt sich um. »Lisette hat tatsächlich vor dir in deinem Apartment gewohnt.«

»Ich weiß«, entgegne ich.

Erstaunt sieht er mich an. »Woher ...?«

»Und sie war schwanger«, füge ich hinzu. »Miranda hat es mir gerade erzählt.«

»Das weißt du auch schon?«

Ich bemerke, wie er nervös auf die brennende Zigarette zwischen meinen Fingern blickt. Konrad nickt mir kaum merklich zu. Ich verstehe und führe meine Hand zum Mund, bedecke meine Lippen während des Sprechens. »Weißt du vielleicht, wer der Vater war?«

»Nein, das hat sie mir nicht gesagt«, antwortet er. »Ich habe sie nie zusammen mit einem Mann gesehen. In der ganzen Zeit nicht. Zumindest war keiner bei ihr zu Besuch.«

Ich atme auf. Konrad war also nicht mit ihr zusammen.

»So, bitte schön, eure Kaffees«, ertönt plötzlich eine freundliche Stimme neben uns. Es ist Johannes, der Barkeeper. In der einen Hand balanciert er ein Tablett mit unseren Getränken, in der anderen hält er einen Regenschirm.

»Danke«, sagt Konrad und nimmt die Gläser entgegen.

»Da habt ihr euch ja wirklich ein romantisches Plätzchen ausgesucht.« Johannes lacht und blickt zum Himmel. »Aber es sieht so aus, als wäre das Schlimmste bald vorüber.«

Und tatsächlich. Am Horizont ist die Wolkendecke aufgerissen, hier und dort bricht die Sonne durch. Ein Regenbogen spannt sich über die Hauptstadt. Ein perfektes Motiv für eine Instagram-Story. Doch mir ist nicht nach posten.

»Die Rechnung geht auf mich«, sagt Konrad. »66 f.«

Johannes nickt, dann sprintet er durch den Regen zurück ins Trockene. Wir sind wieder alleine.

»Danke für die Einladung«, sage ich und nippe an meinem Hafer Latte. »Sag mal, wieso wohnst du eigentlich noch hier? Also, ich meine, es wirkt nicht so, als würdest du gerne im Pramtower leben?«

Konrad zögert. Er beugt sich näher zu mir heran, nimmt wieder die Hand vor den Mund: »Es ist, weil … weil ich hier nicht weg kann.«

»Wie meinst du das?«

»Kim lässt mich nicht.«

Ich sehe ihn irritiert an, weil ich immer noch nicht verstehe, was er damit sagen will. »Wieso? Du kannst doch einfach ausziehen.«

Konrad beißt sich nervös auf die Unterlippe. Wieder führt er die Hand vor den Mund: »Nein, kann ich nicht … Dieses Gebäude, es hält mich gefangen.« Er sieht sich nervös um, zum Tresen, wo Johannes inzwischen andere Gäste bedient. »Schon seit Monaten.«

Mir tropft ein Regentropfen in den Nacken, rinnt den Rücken hinab. Konrad soll ein Gefangener sein? Das klingt wie ein schlechter Film. Was behauptet er denn da?

»Aber du kannst doch jederzeit rausgehen«, sage ich verwundert. »Du fährst mit deinem Rennrad durch die Stadt …«

Er schüttelt den Kopf. »Tue ich nicht. Der zwölfte Stock ist ein riesiger Fitnessraum, Nova. Dort gibt es sogar eine Radrennbahn, in der ich meine Runden drehen kann. Da gehe ich manchmal hin, um mich zu bewegen.«

»Eine Radrennbahn?« Jetzt muss ich laut auflachen. »Willst du mich auf den Arm nehmen?«

Konrad lacht nicht mit. Stattdessen blickt er mich eindringlich an. »Nova, du solltest von hier verschwinden. Solange du es noch kannst.«

Langsam beginnt er mir Angst zu machen. »Bitte, Konrad, hör damit auf. Du hattest deinen Spaß.«

»Ich mache keinen Spaß«, sagt er. »Was glaubst du, warum wir uns hier oben auf der Dachterrasse treffen? Und nicht in einem Café am Potsdamer Platz?«

»Du … du willst wirklich sagen, du kannst hier nicht raus?«

»Kim lässt mich schon seit Monaten nicht mehr mit dem Fahrstuhl runter in die Lobby fahren. Ich habe es immer wieder probiert.«

Ich muss an mein Apartment denken, bei dem die Wohnungstür nicht aufging, bevor ich die blöde Frage in der App beantwortet hatte. Aber dass Konrad das gesamte Gebäude nicht mehr verlassen kann? Das ist doch ein Witz. »Und über das Treppenhaus? Hast du …«

»Alles schon versucht«, unterbricht mich Konrad. »Auch diese Türen sind für mich verschlossen.«

»Verschlossen, aha«, wiederhole ich ungläubig. Für einen Brandfall muss das Treppenhaus immer zugänglich sein.

Plötzlich kommen mir Zweifel an seiner Geschichte.

Konrad soll ein Gefangener des Pramtower sein?

Das klingt völlig irrwitzig. Ist er vielleicht verrückt?

»Okay«, sage ich. »Beweise es mir.«

»Was?«

»Wir fahren mit dem Fahrstuhl runter in die Lobby.«

»Jetzt?«

»Ja, jetzt«, sage ich mit Nachdruck und werfe meinen Kippenstummel in einen der Aschenbecher, die auf den Tischen stehen und jetzt voller Regenwasser sind. Ich hatte gar nicht bemerkt, dass die Zigarette schon längst abgebrannt war. »Wir testen es. Woher soll ich sonst wissen, dass du die Wahrheit sagst?«

»Ich weiß nicht«, sagt er leise. »Dafür wird mich Kim bestimmt bestrafen.«

Ich habe keine Ahnung, wovon er spricht. Für mich zählt nur, herauszufinden, ob Konrad möglicherweise schizophren ist und unter Verfolgungswahn leidet. Zumindest verhält er sich gerade extrem seltsam.

»Ich bin heute schon zweimal mit dem Fahrstuhl gefahren«, erkläre ich. »Dabei gab es nie Probleme.«

Konrad blickt mich unruhig an. Seine Augenlider flackern. Dann atmet er tief durch und sagt: »Also gut. Tun wir's.«

8

Wir warten auf den Fahrstuhl. Ich kann nicht beurteilen, wer von uns beiden nervöser ist. Noch immer kann ich nicht glauben, was Konrad da behauptet. Ich blicke zu ihm hinüber. Sein Lächeln wirkt gezwungen.

»Ich weiß nicht, ob das so eine gute Idee ist«, sagt er leise. »Vielleicht sollten wir einfach wieder zurück in unsere Apartments gehen.«

»Es wird schon nichts Schlimmes passieren.« Außer der Fahrstuhl ist defekt und rauscht mit uns in die Tiefe, denke ich und verwerfe den Gedanken sofort wieder. Irgendwie steckt er mich mit seiner Panik an. Wann kommt der blöde Fahrstuhl endlich? Die Warterei macht mich ganz kirre.

»Ich glaube, ich kann das nicht, Nova.«

»Doch, kannst du. Wir werden einfach …«

Die Fahrstuhltür öffnet sich.

Wir blicken beide in die leere Kabine.

Keiner macht den ersten Schritt. Auf Konrads Stirn hat sich ein feuchter Film gebildet. In was hat er sich da bloß hineingesteigert?

»Das ist doch lächerlich«, sage ich schließlich und gehe hinein. Konrad bleibt wie angewurzelt stehen. »Worauf wartest du?«

Er zögert einen Moment, dann kommt er endlich herein und presst sich mit dem Rücken an die Spiegelwand.

Die Tür schließt sich. Amerikanische Folkmusik ertönt.

»Bob Dylan, mein Lieblingsmusiker«, flüstert Konrad und fährt sich mehrmals durch die langen Haare. »Sie weiß, dass ich im Fahrstuhl bin.«

Ich sehe ihn an. Paranoia hin oder her, Konrad scheint mit der Situation völlig überfordert zu sein, und ich überlege bereits, ob wir auf das Experiment besser verzichten.

Ach, was soll's.

»Kim, wir möchten in die Lobby«, sage ich laut und deutlich. »Ins Erdgeschoss.«

»Lobby«, wiederholt Kim freundlich.

Der Lift fährt nach unten.

Ich blicke auf die digitale Anzeigetafel über uns.

Etage 40, 39, 38, 37 …

Ich beginne, mich langsam zu entspannen. Wir sind in Bewegung, der Fahrstuhl stürzt nicht haltlos in die Tiefe und wir werden auch nicht *bestraft*. Wovor Konrad wohl am meisten Angst hatte …

36, 35, 34 …

»Etage zweiunddreißig!«, ruft Konrad unvermittelt.

Der Aufzug wird augenblicklich langsamer, hält an.

»Was … was soll das?«, frage ich irritiert.

»Ich kann das nicht. Es tut mir leid.«

Die Fahrstuhltür gleitet auf und gibt den Blick auf unser beleuchtetes Stockwerk frei. Niemand unserer Nachbarn ist zu sehen.

»Etage zweiunddreißig«, sagt Kim über die Lautsprecher. »Ich wünsche euch einen schönen Samstag.«

Mit gesenktem Kopf will Konrad den Aufzug verlassen.

»Hey, wo willst du hin?« Ich halte ihn an der Schulter zurück.

»Lass mich!«, sagt er und versucht, sich zu befreien.

»Wir hatten einen Deal?«

»Und du hast gewonnen.«

»Nein«, protestiere ich. »Ich will wissen, ob du die Wahrheit gesagt hast. Ob du wirklich nicht in die Lobby fahren kannst.«

Konrad funkelt mich böse an.

Die Fahrstuhltür schließt sich wieder.

»Erdgeschoss!«, sage ich mit Nachdruck.

»Du weißt nicht, was du da tust«, zischt Konrad.

»Kim, Erdgeschoss!«, wiederhole ich mit fester Stimme.

Nichts passiert. Hat Konrad etwa doch die Wahrheit gesagt? Mein Herz schlägt schneller. Wieso fährt der Fahrstuhl nicht los? Bin ich etwa auch …?

Der Fahrstuhl setzt sich in Bewegung. Endlich! Und rauscht die Stockwerke hinab. Natürlich tut er das.

Ich atme erleichtert aus.

Konrads Augen weiten sich. Er scheint tatsächlich überrascht, dass wir hinunter in die Lobby fahren.

»Also?«, sage ich verärgert, nachdem ich mich wieder gesammelt habe. »Es klappt wohl *doch*! Wir fahren nach unten! Wieso erzählst du mir so verrückte Geschichten?«

Er schaut sich verwundert in der Kabine um, klammert sich an den Handlauf. »Das ist unmöglich … Wieso?«

»Was bezweckst du damit, hm?«

»Ich … also …« Er sucht offenbar nach einer Ausrede. »Das ist Kim! Sie stellt uns eine Falle. Sie … sie hat schon die Kontrolle übernommen!«

Jetzt habe ich wirklich genug. »Warum willst du mir Angst

machen, Konrad?« Ich gehe einen Schritt auf ihn zu. »Das ist doch krank! Hast du dieses Spielchen auch mit Lisette gespielt?« Die Worte kommen unkontrolliert aus meinem Mund.

Die Fahrstuhltür öffnet sich.

Wir sind im Erdgeschoss angekommen.

»Nein … ich …«, stottert er. »Du musst mir glauben.«

»Lobby«, bestätigt Kim über uns.

An der Rezeption kann ich Isadora erkennen, die mit Miranda in ein Gespräch verwickelt ist. Überrascht gucken beide zu uns herüber.

Mein Nachbar scheint starr vor Angst. Ich kann nicht beurteilen, ob er ein guter Schauspieler ist oder wirklich an seine abstruse Theorie glaubt. Auf jeden Fall bin ich froh, so früh erkannt zu haben, dass mit ihm etwas nicht stimmt.

»Also, Konrad?«, schnaube ich. »Wir sind in der Lobby! Und was passiert jetzt? Kommen jetzt Sicherheitsleute und foltern dich?« Meine Stimme überschlägt sich vor Wut.

Statt zu antworten, springt er plötzlich nach vorne, ergreift meinen linken Arm und versucht, mich aus der Kabine zu zerren. »Wir müssen gehen, Nova! Sofort! Das ist unsere einzige Chance!«

»Nein, lass mich.« Ich will seine Hand wegschlagen. Doch er lässt nicht locker. »Verdammt, lass mich los.«

Isadora und Miranda kommen aufgeregt auf uns zugelaufen.

»Ist alles in Ordnung?«, ruft Isadora und beschleunigt ihren Gang.

»Nova, bitte«, zischt Konrad, »wir müssen hier raus!«

Endlich kann ich mich von dem Irren befreien und stoße ihn mit aller Kraft aus dem Fahrstuhl.

Konrad stolpert und stürzt vor den beiden Frauen auf den glänzenden Marmorboden. Besorgt knien sie sich zu ihm hinunter, Miranda streicht ihm über die Wange.

»Etage zweiunddreißig!«, sage ich hastig, während ich weiterhin beobachte, wie sich Konrad langsam, von Isadora und Miranda gestützt, aufrichtet. Er scheint nicht verletzt.

Dann reißt er sich plötzlich los und rennt durch die Lobby auf die Automatiktür des Eingangs zu.

Doch die Sensoren des Bewegungsmelders reagieren nicht – Konrad knallt mit voller Wucht gegen die schwarz verspiegelte Scheibe. Benommen taumelt er zurück.

»Alles in Ordnung, Schätzchen?«, ruft Miranda.

Unvermittelt greift Konrad nach dem massiven Regenschirmständer, der neben der Tür steht, und schleudert ihn gegen das bronzefarbene Glas.

Krachend zerspringt die geschlossene Tür in tausend Scherben. Konrad zwängt sich durch die Öffnung und stürmt hinaus.

Die Fahrstuhltür schließt sich.

Ich rausche mit dem Fahrstuhl wieder nach oben.

Bloß weg von diesem Psycho!

9

»Tür verriegeln!«, rufe ich, als ich in meinem Apartment bin.

Ich bin noch völlig aufgewühlt. Was war das bitte für ein surreales Erlebnis? Wie konnte ich mich nur so in Konrad täuschen? Er muss ein totaler Irrer sein.

Falls er wirklich im Pramtower gefangen gehalten werden sollte, wie er behauptet, warum hat er nicht einfach die Polizei gerufen? Und ich Idiotin war kurz davor, ihm seine groteske Geschichte zu glauben.

Ich gehe in die Küche, schenke mir ein großes Glas Wasser ein und setze mich an den Esstisch.

Er hat einfach die Glastür eingeworfen!

Was hat der Typ für ein Problem?

Gereizt ziehe ich mein Handy aus der Hosentasche.

»Hi, Nova«, sagt Fritz, als er endlich abnimmt. Im Hintergrund kann ich aufgeregtes Stimmengemurmel hören. »Du hast zweimal angerufen. Ist es dringend?«

»Ja, hi. Ich … ich hoffe, ich störe dich nicht.«

»Colin und ich sind gerade im Dussmann, bei Lilly Lucas. Ihre Lesung beginnt gleich. Was gibt's?«

Ich hole tief Luft, versuche, mir meinen Ärger nicht anmerken zu lassen. »Ich wollte nur kurz fragen, ob das mit Montag klargeht?«

»Ja, ja, natürlich«, sagt er kurz angebunden. »Du kannst

bei mir wohnen. Hab ich dir doch versprochen. Lass uns später telefonieren, ja?«

»Danke«, sage ich und spüre, wie sich meine Muskeln entspannen. »Danke, Fritz. Ich melde mich.«

Ich will keinen Tag länger mit einem Verrückten auf einer Etage leben. Wo ist er bloß hingerannt? Hoffentlich begegne ich ihm nicht zufällig im Flur. Da ist mir ja Miranda lieber.

Ich trinke das Glas Wasser in einem Zug aus.

Dabei steigt mir Nikotingeruch in die Nase. Meine Finger stinken nach Zigarette. Ich rieche an meinen Haaren. Auch sie riechen eklig. Alles an mir stinkt.

Ich gehe ins Badezimmer und springe unter die Dusche. Der Sanddornduft der Flüssigseife, die aus dem automatischen Spender kommt, und das angenehm warme Wasser tun gut.

Ich bleibe länger als gewöhnlich unter der Regendusche, seife meinen Körper zweimal ein und genieße die Stille.

Als ich geduscht aus der Glaskabine trete, habe ich mir nicht nur den Gestank abgewaschen, sondern auch die Verärgerung über Konrad und über mich selbst.

Ich föhne vor dem Badezimmerspiegel die Haare und sehe mir dabei eine Doku auf Arte an, die Kim für mich eingeschaltet hat. Es ist ein Bericht über die *Art Basel* vom letzten Jahr.

Eine junge französische Künstlerin wird vorgestellt, die gerade dabei ist, den internationalen Kunstmarkt zu erobern. Ich freue mich für sie. Justine Sagnier kommt, wie ich, aus einfachen Verhältnissen. Sie ist einem kleinen Dorf in der Nähe von Toulouse aufgewachsen. Mit sechzehn hat sie kleinformatige Acrylgemälde auf dem lokalen Wochenmarkt verkauft, um ihre alleinerziehende Mutter finanziell zu unterstützen, da der schottische Vater die Familie im Stich gelassen hatte. Und dann geschah das Wunder. Ein Galerist aus Paris, der zufällig Urlaub in dem Nest machte, entdeckte sie und ihre Kunst. Ab da begann ihr kometenhafter Aufstieg in der Kunstszene.

Ich setze mich auf die Toilette und pinkle.

»Der pH-Wert deines Urins beträgt 5,8. Azidotisch, leicht sauer«, sagt Kim, nachdem ich gespült habe. »Hervorragend, Nova.«

»Danke für die Information«, entgegne ich sarkastisch, gehe ins Schlafzimmer und lasse mich nackt auf mein Bett fallen. Auf dem Nachttisch liegt das angefangene Buch von Alice Hasters und ich beginne zu lesen.

Ich werde wohl den restlichen Abend im Schlafzimmer verbringen und früh schlafen gehen.

Nur noch zwei Nächte, Nova.

10

Sonntagmorgen, ich habe wunderbar geschlafen. Kein blöder Albtraum, keine verschwitzte Decke, kein Wecker. Wahrscheinlich der beste Schlaf seit Langem.

Ich bleibe noch ein bisschen im Bett liegen und scrolle mich durch Instagram. Fritz hat ein Bild von gestern Abend gepostet. Ein Selfie mit ihm und Lilly Lucas nach der Veranstaltung. Und ein weiteres, zusammen mit Colin. Fritz sieht sehr glücklich aus. Es freut mich, dass er seine Lieblingsautorin im Dussmann treffen konnte.

»Kim, spiele etwas Musik«, sage ich und wische mich durch den Feed. Das neue Album von L'Impératrice beginnt leise über die Boxen. Die künstliche Intelligenz schätzt wirklich perfekt ein, was ich gern höre. Schon nach wenigen Tagen.

Ich überlege kurz, ob ich mir noch einmal das Profil von *Life of Lisette* ansehe, doch ich entscheide mich dagegen. Ihr digitaler Abschiedsbrief würde mich nur nach unten ziehen.

Ich will lieber nach vorne blicken und suche stattdessen im Netz nach dem Galeristen-Pärchen Roman und Franklin. Vielleicht haben sie einen Account. Doch ich finde nichts auf Instagram und auch nicht auf Facebook, da ich ihre Nachnamen nicht kenne. Den Galerie-Namen kenne ich ebenfalls nicht. Auch sonst werde ich bei Google nicht fündig. Vielleicht sollte ich ihnen morgen anbieten, dass ich mich um ihre Social-Media-Präsenz kümmere.

Zufrieden lege ich das Handy auf die Ladestation und begebe mich ins Badezimmer.

Den restlichen Vormittag verbringe ich im Apartment, Kaffee trinkend und lesend.

Das Wetter ist großartig. Ein strahlend blauer Himmel über Berlin. Nachdem ich das Buch von Alice Hasters zu Ende gelesen habe, verfolge ich eine Weile das Treiben auf dem Alexanderplatz. Vielleicht sollte ich ein bisschen durch die Stadt schlendern und mir die neue Ausstellung im Schinkel Pavillon ansehen.

Ich könnte mich aber auch mit Anne in einem Café treffen. Bestimmt hat sie viel über Thailand zu erzählen.

Ich wähle ihre Nummer, doch ich komme nicht durch.

Ist sie überhaupt schon wieder aus dem Ausland zurück?

Vielleicht steckt sie mittlerweile auf irgendeinem Yoga-Retreat in Brandenburg. Annes Leben ist total durchgeplant. Einen Tag lang die Füße hochlegen und nichts tun, das kommt bei ihr nicht vor. Anne muss immer in Action sein. Typisch, dass sie in ihren Kursen Achtsamkeit predigt, doch sich selbst nie daran hält.

Ich entscheide mich, spazieren zu gehen, und schnappe mir meinen Rucksack. Am Museumsufer kann ich immer noch entscheiden, ob ich ins Bode-Museum gehe oder einfach nur den Sommer am Wasser genieße.

Als ich den beleuchteten Flur betrete, sehe ich unwillkürlich zu Konrads Apartment. Hinter der Tür sind keine Geräusche zu hören. Vielleicht sollte ich lauschen, ob er da ist?

Auf keinen Fall, Nova! Stell dir vor, er bemerkt dich und kommt heraus!

Schnell laufe ich durch den Gang zum Fahrstuhl.

Die Fahrstuhltür öffnet sich. Die künstliche Intelligenz scheint zu wissen, dass ich das Gebäude verlasse. Schon irgendwie praktisch, denke ich und betrete die Kabine. »Bitte zur Lobby.«

»Lobby«, wiederholt Kim freundlich und schon rauschen wir die Stockwerke nach unten. Wenige Sekunden später bin ich im Erdgeschoss angekommen. Tatsächlich habe ich mich innerhalb von vier Tagen an die Geschwindigkeit gewöhnt. Sogar der Druck auf den Ohren ist nicht mehr so stark.

Die Fahrstuhltür öffnet sich und ich betrete die prachtvolle Eingangshalle. Isadora winkt mir von Weitem zu. Ich winke zurück. Augenblicklich kommt mir wieder die unangenehme Situation von gestern in den Sinn. Sollte ich sie fragen, ob sie weiß, was mit Konrad ist?

Isadora kommt mir zuvor. Sie winkt mich heran.

Ich gehe auf die Rezeption zu. Isas makelloses Businesskostüm betont ihren schlanken Körper, die Pagenfrisur wie immer akkurat geföhnt.

»Hallo, Nova«, sagt sie und setzt ein bedauerndes Lächeln auf. »Es tut mir leid, dass dich Konrad so respektlos behandelt hat.«

»Danke«, entgegne ich.

»Er kann manchmal wirklich sehr …« Sie sucht nach dem richtigen Wort. »Na ja, sehr eigensinnig sein. Aber dass er auch gewalttätig ist und die Scheibe einschlägt, das war uns neu.«

»Ist Konrad denn …?« *Psychisch krank*, will ich sagen, doch das wäre zu respektlos, also formuliere ich es lieber anders. »Hat er sich verletzt?«

Unsere Blicke wandern zur zerstörten Eingangstür hinüber, deren Scheiben provisorisch mit schwarzer Folie abgeklebt sind.

Isadora zuckt mit den Schultern. »Konrad ist nicht wieder zurückgekommen. Aber sicherlich hat er sich bei der Aktion an den Glasscherben geschnitten. Das war einfach verrückt.«

»Ja, das war es«, stimme ich ihr zu. »Schon komisch, dass die Tür nicht automatisch aufgegangen ist.«

»Die Bewegungssensoren hatten bedauerlicherweise einen Defekt«, erklärt Isadora. »Doch jetzt geht es wieder, keine Sorge. Der Elektriker hat es gleich heute früh repariert. Und am Dienstag werden die neuen Scheiben eingesetzt. Die Übergangsfolie sieht ja abscheulich aus.« Sie lacht. »Als hätten wir hier eine Erster-Mai-Demo zu Besuch gehabt.«

»Also dann, bis später«, sage ich und verwerfe den Gedanken an Konrads durchgeknallte Panikattacke. »Ich werde noch ein bisschen die Sonne genießen.«

Ich gehe durch die Lobby auf den Ausgang zu.

»Viel Spaß!«, ruft mir Isadora hinterher.

Tatsächlich, die Türautomatik funktioniert wieder einwandfrei. Nur die provisorische Folie knistert wie Brausepulver, als die Tür aufgleitet.

Die Luxusgeschäfte im Entree haben geschlossen, die angenehmen Düfte der Edelparfüms sind verflogen. Die Jazzmusik läuft jedoch auch sonntags über die Lautsprecher.

Ich trete auf den Alexanderplatz hinaus. Ein warmer Sommerwind streicht mir über Arme und Beine.

Ich wähle einen Weg zum Museumsufer, den ich sonst nicht gehe – um die Rückseite des Pramtower zu erkunden. Ob sie genauso pompös gestaltet ist wie die Frontseite?

Neben mir fährt schellend die Straßenbahn entlang, es

herrscht Hochbetrieb auf dem Platz, ein italienisches Liebespärchen läuft Eis schleckend an mir vorbei.

O ja, Eiscreme, denke ich, eine gute Idee! In Berlin machen ständig neue Eisdielen auf. Die meisten bieten sogar veganes Eis in vielen Sorten an. Vielleicht sollte ich mir eins gönnen.

Ich erreiche die Rückseite des Hochhauses und bin enttäuscht. Statt eines imposanten Hintereingangs klafft ein schmuckloses, schwarzes Loch im Gebäude. Der Lieferantenzugang. Hierüber werden wohl alle Waren, unsere Speisen und Getränke, für den Essensaufzug angeliefert. Wie zum Beweis steuert geradewegs ein Lkw die steile Einfahrt hinab. Kaum ist er im Kellergeschoss angekommen, fährt das Rollgitter auch schon wieder herunter und sichert den Pramtower gegen Eindringlinge ab.

Zwanzig Minuten später bin ich am Museumsufer angekommen. Ich habe spontan eine größere Runde durch den Kiez gedreht und sitze nun im Schatten des Säulengangs vor der Alten Nationalgalerie und nasche drei Kugeln Eiscreme. Basilikum-Zitrone, Schoko und Cheesecake. Das vegane Eis ist fantastisch, den Laden werde ich mir merken.

Ach, geht es mir gut! Besonders, wenn ich an morgen früh denke. An meinen ersten Arbeitstag in der Galerie, bei Roman und Franklin. Ich stoße einen zufriedenen Seufzer aus.

Jetzt steht meinem Glück nichts mehr im Weg.

11

Der Wecker meines Handys klingelt um acht. Doch ich liege schon seit fünfzehn Minuten mit offenen Augen im Bett. Die Vorfreude auf meinen allerersten Tag in der Galerie ist einfach zu groß. Heute werde ich endlich wieder eine Anstellung haben. Und zwar einen Job, den ich von Herzen liebe.

Gut gelaunt gehe ich duschen und mache mich dann fertig. Über den aktuellen Stand meines morgendlichen Urinwerts muss ich schmunzeln. Keine Ahnung, für was es gut sein soll, die Daten zu wissen. Zum Glück steht dort keine Waage, die mich täglich wiegt. Kim würde mir bestimmt raten, weniger Eis zu essen. Doch ab heute Abend interessiert mich das sowieso nicht mehr. Denn da ziehe ich zu Fritz.

Ich stelle mich vor den riesigen Einbaukleiderschrank, den meine bescheidene Garderobe nur zu einem Bruchteil füllt, und wähle eine schwarze dünne Leinenhose und eine schwarze Bluse aus, die eng auf Taille geschnitten ist. Dieses Outfit habe ich bei meinem letzten Arbeitgeber oft getragen. Schwarz lässt Raum für die Kunst und lenkt nicht ab.

Doch plötzlich kommt mir Kim in den Sinn.

Ihr Tipp, dass Roman und Franklin am liebsten gedeckte Farben mögen. Sollte ich vielleicht auf die künstliche Intelligenz hören? Der erste Eindruck ist schließlich das Wichtigste.

Ich wühle mich durch meine Tops, Hemden und Hosen. Leider besitze ich nur eine beigefarbene Chino, die definitiv zu hell ist, und einen dunkelbraunen Strickpullover, der definitiv zu warm ist.

Ach, egal. Ich bleibe bei Schwarz, schließe die Schranktüren und gehe in die Küche. Zeit, meine Bluthochdruck-Tablette zu nehmen. Ich spüre eine leichte Nervosität aufkommen, deshalb verzichte ich auf Kaffee und mache mir einen Kräutertee.

In knapp einer Stunde muss ich unten im ersten Stock sein, um das Galeristen-Pärchen zu treffen.

Da ich keine Ahnung habe, wie lange mein erster Arbeitstag heute gehen wird, ist es wohl besser, wenn ich Fritz vorher anrufe, um mit ihm eine Uhrzeit für den Umzug auszumachen.

Ich greife zum Handy und wähle Fritz' Nummer.

Will ich hier wirklich ausziehen?, überlege ich und sehe mich in der Wohnung, meinem »Liferoom«, um. Eigentlich ist es hier viel zu schön. Mal abgesehen von meinen irren Nachbarn …

Fritz geht nicht ran. Die Mailbox springt an. Ist da überhaupt ein Freizeichen gewesen?

Ich lege wieder auf. Ich werde es in drei Minuten erneut versuchen. Schließlich stellt Fritz sein Handy so gut wie nie ab. Außer er ist auf einer Veranstaltung. Aber es ist Montagmorgen, kurz vor halb zehn.

Ich stelle die leere Teetasse in die Spülmaschine, rücke den Stuhl ordentlich an den Esstisch und warte.

Auch beim zweiten Versuch springt sofort die Mailbox an. Sicherlich telefoniert er gerade.

Wobei, dann würde er doch sehen, dass ich anklopfe.

»Guten Morgen, Fritz«, spreche ich ihm fröhlich aufs Band. »Ich wollte nur mal kurz nach heute Abend fragen. Wann kann ich denn mit meinen Sachen vorbeikommen? Ich habe gleich meinen ersten Arbeitstag und weiß noch nicht, ob ich da zum Telefonieren komme. Würdest du mich bitte kurz zurückrufen, damit wir alles besprechen können? Danke!«

Ich gehe zurück ins Schlafzimmer und schlüpfe in meine weißen Sneaker. Auch wenn die Schuhe ein Klischee sind, sie setzen einen guten Kontrast zu meinem dunklen Outfit.

Ich blicke aufs Handy-Display. Kein verpasster Anruf.

Es ist mittlerweile neun vor zehn. Ich sollte mich besser auf den Weg machen, um den Galeristen zu zeigen, wie wichtig mir der Job ist.

Doch an der Wohnungstür bleibe ich stehen.

Ich ziehe das Telefon aus der Tasche. Dass ich Fritz um diese Uhrzeit nicht erreichen kann, ist ungewöhnlich. Normalerweise schickt er wenigstens eine WhatsApp, falls es gerade unpassend ist. Ich verspüre ein ungutes Gefühl im Bauch. Es wird doch nichts passiert sein?

Ich wähle kurzerhand seine Festnetznummer.

Er wird ganz sicher zu Hause sein, sage ich mir. Doch mein Herz schlägt schneller als das regelmäßige Tuten im Hörer.

Es klingelt und klingelt – dann wird endlich abgenommen!

»Hallo?«

»Fritz! O Gott«, sage ich erleichtert und stütze mich am Sideboard ab. »Gut, dass du rangehst. Ich hab mir schon Sorgen gemacht …«

»Hier ist nicht Fritz«, entgegnet die Männerstimme am anderen Ende. »Hier ist Colin. Bist du das, Nova?«

»Colin? Ach so, ähm, hi«, sage ich überrascht. Ich kenne ihn kaum, wir haben uns nur einmal getroffen … »Sorry, ich wollte nicht stören. Aber könntest du mir bitte mal Fritz geben? Ist er da?« Offenbar bleibt sein Freund einen Tag länger in der Wohnung als gedacht. »Es geht um heute Abend.«

Colin beginnt furchtbar zu schluchzen.

Mein Magen verkrampft sich. »Colin …? Was … was ist passiert?«

»Fritz … er … er hatte einen Unfall«, stottert er mit kläglicher Stimme. Ich kann ihn kaum verstehen. »Einen schrecklichen Autounfall. Fritz liegt auf der Intensivstation.«

»Was … was denn für einen Unfall? Wann denn?«

»Gestern Abend, nach der Lesung von Lilly Lucas. Nachdem er mich mit dem blöden Car-Sharing-Wagen nach Hause gefahren hat.« Colin versucht, sich zu fassen. Er holt hörbar Luft. »Die Polizei sagt, dass er angeblich während der Fahrt telefoniert hat. Er war abgelenkt und ist gegen einen Betonpfeiler gefahren. Kannst du dir das vorstellen?« Er schluchzt erneut. »Er telefoniert nie beim Autofahren!«

»Ich … ich weiß«, pflichte ich ihm bei. Fritz fährt so selten Auto, dass er sich sehr unsicher auf der Straße fühlt. Colin hat recht, er würde niemals während der Fahrt ans Telefon gehen. Es sei denn, es ist wirklich dringend …

»Anscheinend hat er das Handy nicht mit der Freisprechanlage verbunden. War ja ein fremdes Auto und nur eine kurze Strecke.« Colin zieht die Nase hoch. »Eine Zeugin hat wohl gesehen, dass er das Handy am Ohr hatte.«

»O Gott«, entfährt es mir.

»Ich bin nur in seiner Wohnung, um ein paar Sachen zu holen. Zahnbürste, Schlafanzug, fürs Krankenhaus.«

»Kann ich ihn besuchen? In welchem Krankenhaus …?«

»Er liegt im Koma, Nova! Außer seiner Familie und mir darf ihn niemand sehen. Bitte entschuldige, aber ich muss jetzt Schluss machen. Ich will so schnell wie möglich zu ihm. Tut mir leid.«

»Natürlich, das … das verstehe ich«, sage ich mit zitternder Stimme. Mein Körper versteift sich. Ich bin unfähig, mich zu bewegen. »Es wird bestimmt alles wieder gut.«

»Danke«, sagt er. Dann legen wir auf.

Mir schießen die Tränen in die Augen.

12

»Erste Etage«, sagt Kim und die Fahrstuhltür gleitet auf.

Roman und Franklin erwarten mich schon in ihrer Galerie. Kein Wunder, ich bin fast zwanzig Minuten zu spät. Trotzdem lächeln sie. Sie scheinen mir keinen Vorwurf machen zu wollen. Ich bin erleichtert.

Wir stehen in einer riesigen Halle mit Betonsäulen. Überall stehen Farbeimer, liegen Abdeckplanen herum. Spotstrahler beleuchten die nackten Betonwände.

»Es tut mir so leid«, sage ich. »Ich hatte noch ein wichtiges Telefonat. Normalerweise bin ich …«

Franklin sieht mich entsetzt an. »Ist alles gut, Baby? Du siehst ja ganz aufgewühlt aus! Ist etwas passiert?«

»Geht schon«, sage ich und fächle meinen Augen Wind zu.

Jetzt bloß nicht weinen!

»Wir sind eine Familie, Nova«, sagt Roman und geht mit offenen Armen auf mich zu. »Was bedrückt dich?«

Ich will abwinken, doch das macht es nur schlimmer. Die Dämme brechen und im nächsten Moment laufen mir die Tränen über die Wangen.

»O nein!«, sagen beide Galeristen gleichzeitig.

Franklin nimmt mich in den Arm und tröstet mich. »Bitte nicht weinen.«

»Ein guter Freund von mir hatte einen schrecklichen Unfall«, schluchze ich, nachdem ich mich ein wenig beruhigt habe. »Er liegt im Koma.«

»Wie furchtbar«, sagt Roman.

»Das tut uns sehr leid, Nova.«

»Angeblich hat er während der Fahrt telefoniert und war abgelenkt.«

»Diese verdammten Handys«, sagt Roman und schüttelt betrübt den Kopf. »Es gibt gute Gründe, warum sie am Steuer verboten sind.«

»Wollen wir deinen ersten Arbeitstag besser auf morgen verschieben?«, fragt Franklin und überreicht mir ein Taschentuch.

Ich schüttle den Kopf und tupfe mir die Tränen von der Wange. »Danke. Das ist lieb. Aber der Job ist mir wichtig. Lasst uns einfach anfangen. Das hilft mir am besten.«

»Du bist eine Kämpferin«, sagt Roman anerkennend. »Damit passt du hervorragend in unser Team! Franklin und ich haben auch niemals aufgegeben. Obwohl wir so viele Anfeindungen erleben mussten. Komm, wir zeigen dir unsere Baustelle.«

»Danke«, sage ich und folge den beiden durch die Halle.

Es hilft mir, mich auf andere Dinge zu konzentrieren und nicht die ganze Zeit an Fritz zu denken. Sobald er aus dem Koma erwacht, werde ich an seinem Krankenbett sein.

»Es muss noch sehr viel geplant werden«, erklärt Franklin und deutet auf die Baugerüste. »Deine Meinung ist uns dabei wichtig.«

»Könnt ihr schon verraten, wer die Künstlerin ist, für die ihr die erste Ausstellung plant?«, frage ich und streiche mit den Fingern über die raue Betonwand.

»Justine«, sagt Franklin stolz. »Justine Sagnier. Hast du schon mal von ihr gehört?«

»Aber ja, natürlich!«, sage ich überrascht und erinnere mich an die Arte-Doku, die ich im Badezimmer gesehen habe. »Was für eine beeindruckende Frau! Welch ein Glück sie hatte, dass der Pariser Galerist sie auf einem Marktplatz entdeckt hat.«

»Oh, du kennst sogar ihre Geschichte«, sagt Roman erfreut und nimmt Franklin in den Arm. »Dann kannst du dir vorstellen, welche Ehre das für uns bedeutet, dass wir sie exklusiv in Deutschland repräsentieren dürfen.«

Ich nicke.

»Justine kommt am Freitag zu uns nach Berlin und wohnt bis zur Vernissage bei uns im Pramtower«, sagt Franklin. »Ist das nicht zauberhaft?«

»Echt?«, sage ich. »Das ist toll!«

»Selbstverständlich bringen wir sie auch zu unseren Etagentreffen mit. Auch wenn noch nicht geklärt ist, in welchem Stockwerk sie untergebracht wird«, fügt Roman hinzu. »Du wirst sie also auch privat kennenlernen. Justine spricht sogar Deutsch.«

Ich spüre ein angenehmes Kribbeln am ganzen Körper. Ich werde die berühmte Künstlerin noch diese Woche kennenlernen!

»Also, Nova, was für eine Wandfarbe würdest du empfehlen?«, fragt Franklin und hält mir einen bunten Pantone-Fächer hin. »Roman will ja Tiefschwarz. Aber ist das nicht zu düster für Justines Kunst?«

»Schwarz gibt ihren Bildern den nötigen Freiraum. Also mir gefällt es, sehr klassisch«, entgegne ich. Franklin scheint von meiner Antwort enttäuscht. Also ergänze ich schnell: »Aber vielleicht … ist es doch ein bisschen zu sehr 2010.«

»Die Zweitausender! Genau, das sage ich auch«, stimmt mir Franklin zu und strahlt mich an. Er wendet sich an Roman: »Siehst du, Schatz? Vielleicht sollten wir dein Schwarz durch einen Erdton ersetzen, um die Verbundenheit zur Natur anzudeuten?«

»Hm, ein bisschen mehr Farbe?«, sagt Roman und kratzt sich am Kinn. »Okay, also gut. Hören wir auf Nova. Sie scheint mir einen guten Instinkt zu haben. Was würdest du noch vorschlagen?« Er lächelt. »Wir wollen hier nämlich etwas Besonderes schaffen. Etwas, über das ganz Berlin spricht. Hättest du eine Idee für unser Lichtkonzept?«

»Keine Grundbeleuchtung«, sage ich. »Nur kühles Zonen- und warmes Ambience-Light.«

Roman und Franklin sind begeistert.

Eine halbe Stunde später hängen die beiden Galeristen immer noch an meinen Lippen und folgen mir wie neugierige Besucher durch ihre eigene Galerie. Ich bin voll in meinem Element, skizziere mit einem weichen Zimmerer-Bleistift meine Vorschläge an die Wände.

Und meine trüben Gedanken an Fritz sind in weite Ferne entschwunden.

13

Wir haben uns für Petrolgrün als Wandfarbe entschieden, das die farbenfrohen Gemälde von Justine perfekt einrahmt, ohne ihnen die Schau zu stehlen. Franklin hat Kopien der fünfundzwanzig Werke ausgedruckt, die wir an die Betonwände gehängt haben, um die Reihenfolge auf uns wirken zu lassen. Die endgültige Hängung entscheiden wir natürlich zusammen mit Justine, wenn sie am Freitag nach Berlin kommt.

»Oh, es ist schon nach fünf!«, ruft Franklin aus, während er auf seine Armbanduhr blickt. »Wollen wir zur Feier des Tages nicht was essen gehen?«

»Schon so spät?«, fragt sein Partner überrascht. »Und wir haben nicht einmal zu Mittag gegessen.«

Er hat recht, die Zeit in der Galerie verging wie im Flug. Wir waren so mit unserer Arbeit beschäftigt.

»Wie sieht's aus, Nova?«, fragt Franklin. »Magst du Indisch? Wir haben da so ein süßes Lieblingslokal in Prenzlberg.«

»Ja, gern«, sage ich und zur Bestätigung beginnt mein Magen zu knurren.

»Oje.« Roman hat es bemerkt. »Unsere Nova ist fast am Verhungern. Wir sind ja fürsorgliche Arbeitgeber!«

Ich winke ab. »Kein Problem. Ist doch ein gutes Zeichen, wenn wir alles um uns herum vergessen haben, oder?«

»Das ist wahr«, sagt Franklin und hängt sich bei mir ein. »Mir fällt übrigens ein, dass wir noch gar nicht über dein Gehalt geredet haben.«

»Das können wir doch im Restaurant klären«, entgegnet Roman. »Lasst uns gehen, Kinder. Ich reserviere uns schon mal einen Tisch.«

Eine halbe Stunde später sitzen wir in einem schnuckeligen indischen Restaurant und stoßen mit Mango Lassi auf meinen ersten Arbeitstag an.

Roman greift in sein Jackett und zieht einen weißen Umschlag heraus. »Also, das wäre unser Angebot, Nova. Wenn es für dich in Ordnung ist, dann brauchst du es nur noch zu unterzeichnen.«

Ich nehme den Umschlag entgegen und öffne ihn.

Franklin und Roman blicken mich erwartungsvoll an. Ich beginne den Vertrag zu lesen. Als ich zu meinem Honorar komme, fangen meine Finger zu zittern an.

»Ist das euer Ernst?«, frage ich mit wild klopfendem Herzen.

»Plus fünf Prozent Provision auf jedes Werk, das du verkaufst«, grinst Roman.

Ich kann es nicht glauben. Mit diesem Gehalt kann ich mir die beste Wohnung in Berlin leisten. Zum ersten Mal in meinem Leben fühle ich mich reich. Ich muss dieses Papier nur unterschreiben und all meine Probleme sind gelöst. Mehr als gelöst.

»Es gibt allerdings eine Bedingung, Nova«, sagt Franklin ernst.

»Und welche?«, sage ich und starre wieder auf die Summe, die in dem Arbeitsvertrag steht.

»Du solltest immer verfügbar sein, wenn wir dich brauchen.«

»Natürlich«, sage ich erleichtert. Ich dachte schon, jetzt käme der große Haken.

»Es ist uns wichtig«, sagt Roman und beugt sich zu mir vor, »dass du im Notfall auch mal außerhalb der Geschäftszeiten in der Galerie sein kannst. Es wird wahrscheinlich recht oft vorkommen, dass Franklin und ich auf Europareise sind, um neue Künstlerinnen und Künstler aufzutun.«

»Gar kein Problem«, sage ich.

Franklin nickt. »Manchmal sind wichtige internationale Klienten in der Stadt, die auch sonntags Bilder kaufen wollen. Und dann muss jemand vor Ort sein, um die Geschäfte abzuwickeln.«

Und Roman ergänzt: »Das verstehst du doch sicher?«

»Klar«, sage ich und hoffe, dass das nicht jedes Wochenende passieren wird, aber dieses Gehalt wäre eine mehr als großzügige Aufwandsentschädigung. »Ich werde immer da sein.«

»Wunderbar«, sagt Franklin und erhebt sein Glas Lassi. »Ich wusste, dass wir uns auf dich verlassen können.«

»Wie gut, dass du bei uns im Pramtower wohnst«, fährt Roman fort. »Jemandem von außerhalb hätten wir die Stelle gewiss nicht angeboten. Wie sollte die Person das auch bewerkstelligen?« Er lacht. »Aber zum Glück haben wir unsere Nova.«

Ich muss schlucken. Vielleicht sollte ich ihnen besser gleich sagen, dass ich plane, wieder auszuziehen.

»Also! Auf unsere Zusammenarbeit!«, sagt Franklin und erhebt ebenfalls sein Glas.

Beide wollen mit mir anstoßen.

Doch ich reagiere nicht.

Roman sieht mich irritiert an. »Gefällt dir unser Angebot etwa nicht? Das ist mehr Geld, als andere Galerien …«

»Nein, nein. Daran liegt es nicht.«

»Was ist los? Brauchst du mehr Bedenkzeit?« Seine Stimme ist ernst geworden. Die beiden Männer blicken sich besorgt an. »Nova?«

Ich weiß nicht, was ich antworten soll. Soll ich sie anlügen? Oder ihnen reinen Wein einschenken? Früher oder später werden sie sowieso herausfinden, was ich vorhabe.

»Nova, wir könnten uns niemand Besseren vorstellen als dich«, sagt Franklin und stellt das Glas wieder ab. »Der Tag heute hat uns gezeigt, dass du perfekt in unser Team passt.«

»Es ist nur …«, sage ich zögerlich. »Ich fühle mich nicht so wohl im Pramtower.«

»Was?«

»Wieso das denn?«

Die beiden Galeristen rücken näher zu mir heran.

»Haben wir etwas falsch gemacht?«

»Es liegt nicht an euch«, sage ich leise. In diesem Moment weiß ich selbst nicht mehr genau, warum ich ausziehen will. Da ist natürlich die App mit ihren übergriffigen Fragen. Doch seitdem ich den Fragenkatalog ausgefüllt habe, lässt mich die KI in Ruhe. Inzwischen habe ich mich fast an sie gewöhnt. Ich schätze ihren zuvorkommenden Service. Und Miranda, die alte Nachbarin, die sich am Anfang so seltsam benommen hat, ist eigentlich auch ganz nett, wenn auch ein bisschen aufdringlich …

»Was stört dich denn an unserem Zuhause?«, fragt Roman enttäuscht und lehnt sich zurück. »Also, wir lieben es im Pramtower. Besonders unsere wöchentlichen Etagentreffen.

So haben wir drei uns schließlich kennengelernt, nicht wahr?«

»Es ist wegen … Konrad«, sage ich schließlich. Endlich habe ich es ausgesprochen. Es wirkt befreiend.

»Hat er dich etwa belästigt?«, fragt Franklin entsetzt. »Der Typ war mir schon immer suspekt.« Er streicht sich über den Dreitagebart, legt den Kopf schief. »Auch wenn er ganz süß aussieht.«

»Nein, nein, das nicht. Also nicht direkt belästigt«, sage ich schnell, weil ich Konrad nicht vor den anderen schlechtmachen will. »Aber er hat sich merkwürdig verhalten. Und das hat mir Angst gemacht.«

»Also, das ist ja wirklich unglaublich!«, sagt Roman und verschränkt die Arme vor der Brust. »Er hat dir Angst gemacht?«

»Mach dir keine Sorgen«, fügt Franklin sanfter hinzu. »Das werden wir für dich regeln. Wir wollen doch, dass du dich bei uns wohlfühlst. Ich denke, Roman und ich sollten mal ein ernstes Wörtchen mit ihm reden.«

»Das wird nicht mehr gehen«, sage ich unsicher. »Ich glaube, Konrad ist … weg.«

14

Der Kellner kommt und stellt drei Schüsseln Klebreis und das bestellte Palak Paneer vor mir und Franklin auf den Tisch. Franklin ist Vegetarier wie ich. Roman hat Chicken Curry bestellt. Es duftet köstlich nach Garam Masala und Ingwer.

»Was meinst du mit *weg*?«, fragt Roman überrascht.

Ich erzähle den beiden von meinen Erlebnissen mit Konrad. Von unserem ersten Kennenlernen, von den netten Gesprächen im Flur bis zu seinem seltsamen Anfall von Paranoia auf der Dachterrasse. Ich erzähle von seiner Panik, dass Kim ihn überwachen und angeblich bestrafen würde. Ich beende meine Geschichte mit dem befremdlichen Erlebnis im Fahrstuhl.

»Er hat tatsächlich die Eingangstür mit dem Regenschirmständer zertrümmert?«

»Ja.«

»Wie schrecklich!«

»Konrad glaubt wirklich, dass die KI die Kontrolle über den Pramtower übernommen hat«, erkläre ich, während mir Franklin Reis auf den Teller gibt. »Keine Ahnung, wie er darauf kommt.«

»Und ich hatte mich schon gewundert, dass die Tür in der Lobby kaputt ist. Das war also Konrad ...«, sagt Roman nachdenklich. »Er war zwar schon immer ein Eigenbrötler und hat auf unseren Etagentreffen selten geredet, aber für so durchgeknallt hätte ich ihn nicht eingeschätzt.«

»Das klingt wirklich krankhaft«, stimmt ihm Franklin zu.

Roman beginnt, mit der Gabel in seinem Chicken Curry herumzustochern. »Jetzt scheint er aber nicht mehr bei uns zu wohnen, oder? Also ist dein Problem gelöst. Und schließlich sind Franklin und ich ja da. Wir kümmern uns um dich. Mach dir keine Sorgen.«

Franklin ergreift Romans Hand. »Und falls er nochmal bei dir auftauchen sollte, sagst du uns einfach Bescheid. Ja, Nova?«

Ich nicke. Es tut gut, zwei neue Freunde zu haben. Zwei Verbündete, die auf meiner Etage wohnen und mir im Notfall beistehen können. Ich beginne, mich wieder zu entspannen, auch der Hunger kommt zurück.

Konrad ist nicht mehr da. Also mach dich nicht verrückt, Nova. Welchen Grund gibt es jetzt noch, aus dem begehrten Pramtower auszuziehen? Du hast ein Jahr kostenlose Miete gewonnen! So kannst du dein Gehalt in voller Höhe genießen und sogar Geld für schlechtere Tage zurücklegen.

Auch Babysitten brauche ich nun nicht mehr.

Tarik Ünal wird darüber bestimmt traurig sein, aber er wird schon einen Ersatz für mich finden.

Am Donnerstag werde ich natürlich wie vereinbart hingehen, um auf Ufuk aufzupassen. Da will ich die Familie nicht im Stich lassen. Schließlich rechnen sie fest mit mir.

Ich nehme einen Löffel des köstlich duftenden Spinat-Currys und genieße die erste anständige Mahlzeit des Tages.

»Können wir sonst noch irgendetwas für dich tun?«, fragt Roman und tupft sich mit der Stoffserviette den Mund ab.

»Ja, bitte«, entgegne ich.

»Und das wäre?«, fragt Franklin nervös.

»Einen Stift«, antworte ich lächelnd. »Damit ich endlich euren großzügigen Vertrag unterzeichnen kann.«

15

Seit vier Tagen arbeite ich nun schon in der Galerie. Und ich liebe es!

Roman und Franklin lassen mir bei der Farbgestaltung und dem Lichtkonzept komplett freie Hand. Sie vertrauen mir und meinen Ideen. Ich bespreche mich mit den Malern und Elektrikern, die alles so umsetzen, wie ich es geplant und mir vorgestellt habe. Die Galerie wird toll! Niemals hätte ich gedacht, dass sich mein Leben in so kurzer Zeit so positiv entwickelt.

Vor genau einer Woche bin im Pramtower eingezogen.

Der Anfang war ein bisschen ruckelig, aber nun kann ich mir kein anderes Leben und Wohnen mehr vorstellen. Ich gehe gerne zur Arbeit. Roman und Franklin sind zwei wunderbare Menschen, die sich fürsorglich um mich kümmern.

Und ich genieße das exklusive Wohnen. Kim verwöhnt mich, überrascht mich. Gestern Abend zum Beispiel, nachdem ich spät aus der Galerie in mein Apartment kam, warteten deftige Käsespätzle im Speisenaufzug auf mich. Sogar ohne Zwiebeln, obwohl ich in dem Fragebogen nicht angegeben hatte, dass ich Zwiebeln nicht vertrage. Kim hat wohl ein Gespräch zwischen Franklin und mir mitbekommen, in dem ich von der schwäbischen Spezialität schwärmte. Ist das nicht ein Traum?

So aufmerksam war noch nicht einmal mein Ex-Freund.

Ich muss oft an Fritz denken. Colin hat sich immer noch nicht bei mir gemeldet, das ist kein gutes Zeichen. Wenn ich nur wüsste, in welchem Krankenhaus Fritz liegt! Doch Colin ist einfach nicht zu erreichen. Ich probiere es täglich. Ganz so, als wollte er nicht ans Telefon gehen.

»So, ihr Lieben. Ich müsste dann jetzt leider los«, sage ich zu Roman und Franklin, die im Besprechungszimmer der Galerie die letzten Vorbereitungen für Justines Ankunft planen.

»Ach, ja, dein Babysitter-Job, natürlich«, entgegnet Franklin hinter einem Berg Aktenordner. »Klar, geh ruhig. Bis morgen!«

»Lass dich von dem kleinen Racker nicht ärgern«, lacht Roman und winkt mir zur Verabschiedung zu. »Wir sehen uns!«

Ich eile in mein Apartment, dusche, ziehe mir Jeans und ein mintgrünes T-Shirt über und fahre mit dem Fahrstuhl in die Lobby.

Die zu Bruch gegangenen Glasscheiben der Eingangstür sind seit Dienstag ersetzt. Es hilft mir, kaum noch an Konrad zu denken. Zum Glück ist er im Pramtower nicht mehr aufgetaucht. Ich habe ihn zumindest nicht mehr gesehen.

Niemand weiß, was aus ihm geworden ist. Oder wo er untergekommen ist. Es ist mir ehrlich gesagt auch egal.

Franklin hat von Isadora das Gerücht aufgeschnappt, dass Konrads Apartment angeblich gestern geräumt wurde und Justine Sagnier übergangsweise dort einziehen wird. Auch wenn ich keine Möbelpacker in unserem Flur bemerkt habe, würde mich das sehr freuen. Ich kann mir keine bessere neue Nachbarin vorstellen als die französische Künstlerin.

Zwanzig Minuten später lasse ich den muffigen U-Bahn-Geruch hinter mir und schlendere durch das multikulturelle Wedding zum Mietshaus, in dem die Familie Ünal wohnt. Tarik öffnet mir die Tür. Er trägt einen Anzug, darunter ein apricotfarbenes T-Shirt. Ich rieche ein würziges Aftershave. Seine nach hinten gegelten Haare glänzen schwarz.

»Oh, hallo, Nova«, sagt er überrascht. »Sie sind früher als erwartet. Klasse, kommen Sie doch rein.«

Wir haben kaum den Flur betreten, da kommt mir schon Ufuk entgegengestürmt. »Spielen! Ich will spielen!«

»Ja, ja, sehr gerne«, lache ich, als er mich an der Hand nimmt und ins Wohnzimmer ziehen will.

»Normalerweise ist Ufuk immer recht schüchtern«, erklärt Yildiz, als sie aus dem Badezimmer heraustritt. Sie trägt ein bronzefarbenes, schmal geschnittenes Paillettenkleid und um den Hals eine passende Perlenkette. Auch sie duftet wunderbar. Könnte ein Parfüm von Cacharel sein. »Doch als Sie nach unserem ersten Kennenlernen weg waren, hat er die ganze Zeit nach Ihnen gefragt. Er freut sich schon sehr auf den Abend.«

»Ich mich auch«, entgegne ich mit schlechtem Gewissen.

Eigentlich wollte ich den Eltern schon bei meiner Ankunft beichten, dass ich heute das erste und leider auch das letzte Mal zum Babysitten komme. Doch irgendwie fühlt sich der Moment nicht richtig an. Ich will dem Ehepaar nicht den Abend verderben. Ich werde es ansprechen, wenn sie wieder zurück sind und der kleine Ufuk schläft.

»Wir gehen ins Theater«, sagt Tarik Ünal und legt sich einen dünnen Sommermantel über den Arm. »Das geht vermutlich bis elf. Ist das für Sie okay?«

»Kein Problem«, sage ich aus alter Gewohnheit, als mir

plötzlich bewusst wird, dass ich morgen um halb neun in der Galerie sein muss. »Ich wünsche Ihnen einen schönen Abend. Welches Stück sehen Sie sich eigentlich an?«

»Tarik mag normalerweise keine Theaterstücke«, sagt Yildiz und hängt sich bei ihrem Ehemann ein. »Er geht lieber ins Kino. Ich konnte ihn aber dazu überreden, sich ein Stück von Sebastian Fitzek anzuschauen.«

»Wir gehen ins Berliner Kriminaltheater im Umspannwerk Ost«, sagt Tarik und grinst. »Mal sehen, wie sie unsere Polizeiarbeit darstellen. Da wird ja immer viel übertrieben.«

»Das ist typisch für meinen Mann. Über den *Tatort* regt er sich auch immer auf«, sagt Yildiz und lächelt mich an. »Aber Hauptsache, wir kommen mal raus. Tarik musste in letzter Zeit so viel arbeiten.«

Die beiden küssen sich.

»Nova, Nova!«, ruft Ufuk ungeduldig und zieht an meiner Hand. »Ich will spielen!«

»Gut. Dann lassen wir euch beide mal allein. Sei schön brav, *Habibi*«, sagt Tarik und gibt seinem Sohn einen Abschiedskuss. »Sie haben ja meine Handynummer, falls etwas ist.«

Das Ehepaar verlässt die Wohnung. Im Flur duftet es immer noch nach ihrem Parfüm.

»Komm! Komm!«, sagt der Vierjährige aufgeregt und führt mich ins Wohnzimmer zu seinem Spielteppich. Wir setzen uns in den Schneidersitz und er zeigt mir das blaue Auto, das er aus Lego gebaut hat. Er ist sichtlich stolz auf sein Werk.

»Oh, wie schön!«, sage ich, greife mir eine Handvoll Steine und sehe mich im Wohnzimmer um. »Ist das ein Streifenwagen?«

»Baba Polizei«, sagt Ufuk und nickt.

Auf dem Esstisch hat uns Yildiz eine Schüssel mit geschnittenen Melonen und Erdbeeren hingestellt, eine Flasche Wasser mit zwei Kunststoffbechern sowie eine Thermoskanne mit heißem Tee.

Mein Blick wandert weiter. Über die Familienfotos und Urkunden an der Wand, über die Zimmerpflanzen auf der Fensterbank – bis zu der geschlossenen Tür von Tarik Ünals Arbeitszimmer.

Der Raum, in dem Lisettes Fotos hängen.

16

Ufuk und ich haben aus Lego einen bunten Turm gebaut. Am oberen Ende hat Ufuk ein kleines Fenster frei gelassen und eine Minifigur hineingestellt, die aus dem Loch herausguckt.

»Ist das Rapunzel?«, frage ich, während ich versuche, ein Pferd für den Prinzen zu bauen, der sie retten wird. Mein kantiges Gebilde mit den vier Beinen sieht allerdings eher wie ein Tisch aus, auf dem eine rechteckige Vase steht.

»Das ist nicht Rapunzel«, sagt Ufuk und schüttelt vehement den Kopf. »Das ist ein Gefängnis.«

»Ein Gefängnis?«, frage ich überrascht, da ich die ganze Zeit davon ausgegangen war, dass wir Grimms Märchen nachspielen. Aber natürlich wurde auch Rapunzel von der Hexe gefangen gehalten.

»Baba fängt böse Männer«, erklärt Ufuk und stellt eine zweite Minifigur in das Loch im Turm. »Die kommen da alle rein.«

»Aha«, sage ich. »Und wie kommen die da wieder raus?«

»Gar nicht.« Ufuk sieht mich ungläubig an. »Darum ist der Turm so hoch!«

»Verstehe«, sage ich, breche die Beine des Pferdes wieder ab und zerlege das Tischtier in seine Einzelteile, um daraus einen Gefängnistransporter zu bauen. Das wird Ufuk wohl besser gefallen. »Aber dann brauchen wir bestimmt noch mehr Gefängniszellen, oder? Dein Vater fängt bestimmt ganz viele Verbrecher?«

»Baba ist der Beste«, sagt Ufuk.

»Kann ich mir vorstellen.«

Er deutet auf die geschlossene Tür des Nebenzimmers. »Der Turm ist auf dem Foto. Hab ich gesehen. Das ist Babas Gefängnis.«

Ich sehe mich unwillkürlich zur Tür des Arbeitszimmers um. Ufuk meint bestimmt den Pramtower. Der Kleine muss ein Foto des Hochhauses an der Wand gesehen haben. Er glaubt wohl, dass es ein Gefängnis ist, weil sein Vater bei der Polizei arbeitet.

»Das ist kein Gefängnis, das ist ein Wohnhaus, Ufuk«, erkläre ich schmunzelnd. »Da leben keine bösen Menschen.«

»Doch!«, sagt er beleidigt, springt auf und läuft auf die Zimmertür zu. »Ich zeige es dir.«

»Was? ... Warte!«, rufe ich ihm hinterher und erhebe mich ebenfalls vom Boden. Doch mein linkes Bein ist eingeschlafen, knickt ein. Ich stütze mich an der Sessellehne ab, warte, dass die Blutzirkulation wieder in Gang kommt. »Das ist das Büro deines Papas«, rufe ich Ufuk zu. »Da dürfen wir nicht rein.«

Ufuk hört nicht auf mich. Er drückt die Klinke herunter. Das Zimmer ist abgeschlossen.

Erleichtert atme ich aus. »Siehst du? Er will nicht, dass wir seine Sachen durcheinanderbringen. Deshalb hat er sein Zimmer ...«

»Ich weiß, wo der Schlüssel ist«, sagt Ufuk trotzig. Bevor ich noch etwas entgegnen kann, geht er zu der Glasvitrine und öffnet sie. Er hebt den Deckel einer verzierten Porzellanschüssel an und greift hinein. Zufrieden zieht er einen Zimmerschlüssel heraus. »Siehst du? Hat Baba versteckt.«

»Nein, nicht!«, sage ich, als Ufuk den Schlüssel ins Schloss steckt und kurzerhand aufschließt.

Er schaltet den Lichtschalter an und betritt den Raum.

Ich humple auf den Jungen zu. »Das dürfen wir nicht! Komm da wieder raus ... Ufuk!«

Ich bleibe am Türrahmen stehen. Mein linkes Bein kribbelt fast schmerzhaft. »Ufuk, bitte! Dein Vater will nicht, dass wir sein Arbeitszimmer betreten.«

»Da!«, sagt Ufuk und deutet auf ein Foto des Pramtower Building. »Ich habe nicht gelügt!«

An der Wand über dem Computer hängen Bilder von Lisette, Außenaufnahmen des Pramtower und ausgedruckte Dokumente.

»Das ist ein Wohnhaus, Ufuk, kein Gefängnis«, erkläre ich erneut und trete ins Zimmer. Ich nehme Ufuks Hand. »Komm, wir spielen weiter.«

Der Kleine deutet auf eine Schwarz-Weiß-Kopie, die neben Lisettes Foto an die Wand gepinnt ist. »Baba hat gesagt, das ist ein Gefängnis. Und das hat er auch geschrieben. Auf dem Papier ...« Er sieht mich erwartungsvoll an. »Kannst du es lesen?«

Ich beuge mich vor und betrachte das Dokument. Unwillkürlich zucke ich zusammen.

Es ist der Obduktionsbericht von Lisette.

»Was steht da?«, fragt Ufuk neben mir.

»Dort steht, dass es Zeit fürs Bett ist«, sage ich leise und überfliege den Bericht der Rechtsmedizin.

Bei jeder Zeile schlägt mein Herz schneller.

Erschüttert nehme ich Ufuk auf den Arm, schließe die Tür

des Arbeitszimmers ab und lege den Schlüssel in die Porzellanschüssel zurück. Der Junge protestiert, ich trage ihn trotzdem ins Badezimmer.

»Was steht auf dem Papier? Sag es mir!«

»Ja, du hattest recht, Ufuk«, sage ich, um ihn endlich zu beruhigen. »Das Hochhaus ist ein Gefängnis.«

Er ist mit der Antwort zufrieden.

Während ich ihm dabei helfe, die Zähne zu putzen, kreisen meine Gedanken um den Autopsiebericht. Ich kann immer noch nicht fassen, was ich gelesen habe.

Lisette hatte eine Abtreibung!

Nur wenige Tage vor ihrem Tod.

17

»Guten Morgen, Nova«, weckt mich Kim und spielt leises Vogelgezwitscher ab. »Du hast deinen Handywecker auf sieben Uhr gestellt. Da dachte ich, du würdest gerne sanfter in den Tag starten als mit einem Alarmton. Gefällt es dir?«

»Ja, danke«, sage ich und quäle mich aus dem Bett.

Gestern Abend hat es tatsächlich bis kurz nach elf gedauert, bis das Ehepaar aus dem Theater zurückkam. Mit Ufuk gab es keine Zwischenfälle, der Junge hatte den Pramtower schnell wieder vergessen und ist ohne Probleme eingeschlafen.

Im Gegensatz zu mir. Ich hatte mir zwar den neuen Roman von Amir Gudarzi mitgenommen, konnte mich aber nicht konzentrieren.

Warum hatte Lisette abgetrieben?

Ist während des Eingriffs vielleicht etwas schiefgegangen?

Wurde ihr mitgeteilt, dass sie keine Kinder mehr bekommen könne? War das vielleicht der Grund, warum Lisette den Freitod gewählt hat?

Ich schlurfe ins Bad und stelle mich unter die Dusche.

»Zwei Grad wärmer«, sage ich und schon wird mein Wunsch erfüllt. Das Wasser legt sich wie ein kuschliger Mantel um meinen Körper.

Ich werde nicht herausfinden, warum Lisette tot ist. Und

eigentlich geht es mich auch gar nichts an, denke ich und seife mir die Arme mit Vanille-Duschgel ein. Es reicht, dass ich mir gestern Nacht den Kopf darüber zerbrochen habe.

Das Gespräch mit den Eltern nach der Rückkehr aus dem Theater ist ganz okay verlaufen. Natürlich waren sie enttäuscht, dass ich den Job schon wieder kündigen wollte. Sie reagierten aber sehr verständnisvoll, als ich ihnen erklärte, dass ich ab sofort voll und ganz für die Galerie da sein muss.

Tarik Ünal hat mir angeboten, dass ich jederzeit wiederkommen könnte, falls ich einen Job bräuchte. Oder polizeiliche Hilfe. Vielleicht war es als Scherz gemeint. Ich bin nicht schlau daraus geworden.

Ich steige aus der Dusche und trockne mich ab.

Der Fernseher im Spiegel schaltet sich ein. Es läuft Frühstücksfernsehen. Zu Gast ist ein Stuttgarter BWL-Student, der sich von ChatGPT einen kompletten Liebesroman schreiben ließ, der aktuell auf der *Spiegel*-Bestsellerliste eingestiegen ist. Ich werde das Buch auf keinen Fall lesen. Mich interessiert Kunst von Menschen, nicht von Maschinen.

»Kim, bitte öffne die ZDF-Mediathek«, sage ich und setze mich auf die Toilette. »Zeig mir die letzte Sendung des *Literarischen Quartetts*.«

Ich lausche dem interessanten Gespräch von Thea Dorn über die bevorstehende Frankfurter Buchmesse, bis sie ebenfalls auf den allerersten KI-Bestseller zu sprechen kommt.

Genervt lasse ich den Fernseher von Kim ausschalten.

Ich betätige die Spülung. »Und wie sind meine Werte heute?«

»Deine Urinwerte sind wie immer ausgezeichnet, Nova«, ertönt Kim fröhlich über mir. »Der pH-Wert beträgt 5,8. Azidotisch, leicht sauer.«

»Danke«, sage ich und ziehe mich an.

In der Küche erwartet mich schon ein frisch gemachter Hafer Macchiato. Den kann ich sehr gut gebrauchen, um wach zu werden. Ich möchte zumindest ausgeschlafen *wirken*, wenn ich die französische Künstlerin zum ersten Mal treffe. Gut möglich, dass sie schon heute Vormittag in die Galerie kommt.

Ich schlucke meine Bluthochdruck-Tablette, setze mich an den Esstisch und scrolle mich durchs Netz, um noch mehr über Justine Sagnier zu erfahren. Es ist mein Job, gut vorbereitet zu sein.

Doch ich stelle schnell fest, dass ich nichts Neues über sie finden kann. Die Websites, die mir angezeigt werden, habe ich schon bei meiner ersten Recherche aufgerufen.

Doch vielleicht weiß ja die künstliche Intelligenz mehr?

Einen Versuch ist es wert.

»Kim?«, sage ich. »Kannst du mir eine wertvolle Information über Justine Sagnier nennen, die ich nicht im Internet finde?«

»Das ist nicht leicht«, entgegnet Kim. »Ich sammle meine Trainings- und Datensätze über das Internet.« Eine kurze Pause. »Aber ich kann dir dabei behilflich sein, eine bessere Suche zu starten. Möchtest du, dass ich nach privaten Inhalten Ausschau halte?«

»Ja, warum nicht?«, sage ich. Auch wenn ich nicht glaube, dass die KI mehr herausfinden wird als ich.

»Gut. Meine Suche ist abgeschlossen«, sagt sie nur Millisekunden später. Das ging wirklich schnell. »Hier kommen meine Ergebnisse: Justine Sagnier war verlobt. Bis vor drei Jahren. Ihr Verlobter hieß Etienne Girard. Er arbeitet als Songwriter. Er hat aber noch nicht den großen Durchbruch geschafft. Seine Konzerte werden kaum besucht. Sie haben sich während eines Sommerurlaubs in der Karibik getrennt. Etienne scheint eine Affäre mit einer Urlauberin angefangen zu haben. Ihr Name ist Chloé91. Seitdem lebt Justine Sagnier als Single. Dazwischen hatte sie einige One-Night-Stands.«

Ich bin schockiert. »Woher weißt du das alles?«

»Ich habe ihre sozialen Profile analysiert«, entgegnet Kim. »Justines Vorlieben, ihre Freundinnen und Freunde, die Orte, die sie besucht hat, Restaurants, Ausstellungen, Urlaubsdomizile, ihre Klettertouren durch die Berge, die Bücher, die sie liest, die Websites, denen sie folgt ...«

»Okay, stopp!«, sage ich. »Das reicht.«

»Ich habe dir gern weitergeholfen«, sagt Kim freundlich. »Hast du weitere Fragen?«

Mich kribbelt es am ganzen Körper.

Was die künstliche Intelligenz wohl alles über mich weiß?

»Wieso heißt das Gebäude eigentlich *Pramtower*?«, frage ich schnell, da ich keine weiteren Details über Justines Privatleben erfahren möchte. »Was bedeutet der Name überhaupt?«

»Die Antwort ist einfach, Nova«, sagt Kim. »PRAM ist die Abkürzung für *Parallel Random Access Machine*.«

»Und was bedeutet das?«

»PRAM ist ein Maschinenmodell zur Analyse paralleler Algorithmen.«

»Aha«, sage ich enttäuscht. Ich habe mir eine spannendere Antwort erhofft. Technik interessiert mich nicht.

»Die deutsche Übersetzung für *tower* lautet *Turm*.«

»Ja, ja, ich weiß.«

»Das englische Wort *pram* bedeutet darüber hinaus ...«

»Stopp!«, sage ich genervt. »Danke! Ich kann Englisch.«

Auch wenn ich tatsächlich nicht weiß, was *pram* noch bedeutet – und es ist mir auch egal.

»Und nicht vergessen, Nova. Um zwanzig Uhr ist das wöchentliche Etagentreffen«, erinnert mich Kim. »Dieses Mal trefft ihr euch bei Alfred und Tina in Apartment 66 c.«

»Danke«, sage ich und erhebe mich vom Stuhl.

Ob Konrad heute Abend auftauchen wird?

18

Die Galerie nimmt endlich Form an. Die Maler und Elektriker haben ihre Arbeit zu großen Teilen abgeschlossen, Justines Gemälde hängen an der Wand. Ich bin sehr gespannt, wie der Künstlerin unser Ausstellungskonzept gefällt, wenn sie heute aus Frankreich anreist. Leider erst am Abend, wie mir Franklin bedauernd erklärt hat, da ihr Zug ausgefallen sei.

»Und wie war dein Babysitten?«, fragt Roman und reicht mir einen doppelten Espresso.

»Danke«, sage ich und lehne mich gegen die petrolgrüne Betonwand. »Der Kleine war echt lieb. Wir haben Lego gebaut. Er ist ganz verrückt danach. Alles muss mit der Polizei zu tun haben.«

»Typisch Jungs«, sagt Franklin und gesellt sich zu uns. »Ich war früher auch so. Als Kind wollte ich Feuerwehrmann werden.« Er schmunzelt. »Weil mir schon damals die schicken Uniformen gefallen haben.«

»Zum Glück bist du keiner geworden«, sagt Roman und küsst seinen Partner auf die Wange. »Wobei, ich hätte nichts dagegen, wenn du das Outfit auch mal nachts tragen würdest.« Beide kichern.

»Ufuks Vater ist bei der Polizei«, erkläre ich und nippe an meinem Espresso. Er ist heiß, ich verbrenne mir die Lippen.

»Aha?«

»Er untersucht den Fall von Lisette.«

»Oh, eine schreckliche Geschichte!«

Roman und Franklin sehen sich mitleidig an.

»Kanntet ihr Lisette eigentlich besser?«

Franklin schüttelt den Kopf. »Sie war zwar bei unseren Etagentreffen, eine sehr aufgeweckte junge Frau, aber wir hätten niemals gedacht, dass sie sich etwas antun könnte.«

»Sie hatte eine Abtreibung«, sage ich.

»Was?« Roman ist sichtlich schockiert.

»Wirklich? Eine Abtreibung? Ich wusste noch nicht einmal, dass sie schwanger war«, fügt Franklin hinzu. Er schlägt theatralisch die Hand vor den Mund. »Das arme Mädchen.«

»Ja, schrecklich«, stimme ich ihm zu. »Aber auch irgendwie mysteriös. Denn Konrad hat mir erzählt, dass er noch nie einen Mann bei ihr im Apartment gesehen hätte.«

»Ach, tatsächlich?«

»Wisst ihr zufällig, ob sie einen Freund hatte?«

»Über Privates hat Lisette kaum gesprochen«, sagt Roman und setzt sich an den Besprechungstisch. »Sie war eher schweigsam.«

Wir setzen uns zu ihm.

»*Well*, vielleicht hat Konrad nur deshalb nie einen Typen bei ihr gesehen, weil …« Franklin kratzt sich nachdenklich am Kinn. »Weil er selbst so oft bei ihr war?«

»War er?«

»Tja. Ich denke sogar, dass Konrad möglicherweise der Vater des Kindes sein könnte«, sagt Franklin. »Nicht wahr, Darling?«

Roman nickt zustimmend.

»Wieso?«, frage ich überrascht. »Wie kommt ihr darauf, dass die beiden ein Paar waren?«

»Hat uns Miranda erzählt, im Vertrauen«, erklärt Roman und verschränkt die Arme vor der Brust. »Sie hat offenbar gesehen, dass Konrad häufig in ihrem Apartment verschwunden ist.«

Der Alten scheint aber auch nichts zu entgehen.

Wie Kim, der künstlichen Intelligenz.

»Aber das bedeutet doch nicht automatisch, dass sie …«, sage ich und verstumme. Wenn Konrad wirklich mit Lisette zusammen war, dann hätte er es mir doch bestimmt erzählt, oder?

Und außerdem, wenn *mein* Partner sich das Leben nehmen würde, wäre ich bestimmt extrem niedergeschlagen und für Monate in Trauer. Konrad hat dagegen nicht so gewirkt.

»Lasst uns doch lieber über schönere Dinge reden«, sagt Roman plötzlich, richtet sich auf dem Stuhl auf und zieht ein iPad heran. Er öffnet eine Excel-Datei. »Zum Beispiel über unsere Vernissage. Also, wen sollen wir alles einladen? Der regierende Bürgermeister ist Pflicht. Und auch die anderen Nasen aus der Politik. Kinder, wir brauchen Promis! Wer fällt euch ein?«

Eine halbe Stunde später ist die Liste auf über hundert Namen angewachsen. Kein Gedanke mehr an Lisette und Konrad.

Unter den Gästen befinden sich Persönlichkeiten aus allen Bereichen: Politik und Wirtschaft, Kunst und Unterhaltung, Theater, Sport … Auf B-Promis will Franklin vorerst verzichten, da Justine Sagniers Werke eine gewisse Klasse verlangt, wie er sagt.

Ich kann es kaum erwarten, all die Menschen bei der Vernissage in vier Wochen kennenzulernen.

19

Am Abend stehe ich in einem engen schwarzen Abendkleid vor Alfred und Tinas Apartmenttür, in der Hand einen bunten Sommerstrauß. Die Blumen hat mir Kim über den Warenaufzug geliefert, obwohl ich sie nicht bestellt habe. Ein sehr praktischer Service der künstlichen Intelligenz. So muss ich nicht mit leeren Händen beim Abendessen auftauchen.

Die Tür schwingt auf, klassische Musik dringt aus dem Wohnzimmer. Irgendwas Sinfonisches von Rachmaninow.

»Wow, du siehst wunderschön aus, Nova!«, begrüßt mich Tina und umarmt mich. Sie duftet nach Rosenwasser.

»Danke«, sage ich verlegen. »Du aber auch.«

Die Architektin trägt erneut ein betongraues Outfit, wie bei unserem letzten Etagentreffen. Wahrscheinlich besitzt sie mehrere Kleidungsstücke in diesem Farbton.

Ich überreiche ihr den Blumenstrauß und wir betreten ihre Wohnung.

Bei Tinas Outfit habe ich erwartet, dass in dem Apartment überall der nackte Beton zu sehen sein würde, aber tatsächlich ist alles in klinischem Weiß gehalten: weiße Ledercouch, weiße Stehlampen, weiß verputze Wände, weiße USM-Regale, weißer Marmorboden, auf dem – natürlich – schneeweiße Teppiche liegen.

Ich folge Tina in die strahlend weiße Küche, wo schon die

anderen auf uns warten. Das Tuscheln endet abrupt, als wir den Raum betreten.

Am Tisch sitzen Miranda, wieder mit einem ihrer typischen Hütchen auf dem Kopf, Adrian im Rollstuhl, in dunkelblauem Anzug mit Fliege, Tinas Ehemann Alfred im mausgrauen Rollkragenpulli und mein neuer Arbeitgeber Franklin.

Der Galerist zwinkert mir zu.

»So, dann fehlen nur noch zwei«, sagt Tina und blickt auf den leeren Stuhl neben Miranda. Letzte Woche hatte Konrad neben ihr gesessen.

Sofort werde ich nervös.

Franklin blickt auf seine Smartwatch. »Roman ist am Hauptbahnhof und holt Justine Sagnier ab. Sie sollten in zwanzig Minuten eintreffen. Wollen wir solange mit dem Essen warten?«

Natürlich, Justine, denke ich und beruhige mich wieder. Deshalb der freie Stuhl – er ist nicht für Konrad reserviert!

Am liebsten würde ich neben der Künstlerin sitzen, um mich mit ihr leichter unterhalten zu können.

»Also, ich denke, wir sollten schon anfangen«, sagt Adrian ungeduldig und fährt mit dem Rollstuhl zu dem abstrakten Gemälde an der Küchenwand. Selbst das Gemälde ist in unterschiedlichen Weiß- und Grautönen gehalten. »Kim wird für Justine und Roman sicherlich eine Extraportion liefern lassen. Sonst wird ja alles kalt.«

Die Gäste stimmen ihm zu.

»Wo möchtest du gerne Platz nehmen, Nova?«, fragt Tina.

Ich deute auf den Stuhl gegenüber von Miranda, die mich glücklich anstrahlt. Wahrscheinlich denkt sie, ich hätte den Platz ihretwegen gewählt. Ich lasse sie in dem Glauben und hoffe, dass die französische Künstlerin bald auftaucht, und setze mich.

Von hier aus habe ich das Panoramafenster und das abendliche Berlin im Blick. Die tief stehende Sonne taucht die Häuserschluchten in orangefarbenes Licht. Es ist wunderschön.

Augenblicklich muss ich wieder an Fritz denken, der in seinem Krankenbett liegt und nichts davon mitbekommt. Kurz vor unserem Etagentreffen hatte ich erneut versucht, Colin zu erreichen. Aber vergeblich. Und der Typ ruft einfach nicht zurück.

Mein Blick fällt auf das Teleskop, das im Wohnzimmer auf einem Stativ steht.

Tina bemerkt es. »Das macht so einen Spaß! Damit kannst du dir jeden Krater im Mond ansehen. Aber am liebsten sehe ich mir die Besucher im Fernsehturm an«, sagt sie und lacht.

»Echt?«, entgegne ich. »So etwas hätte ich auch gerne.«

»Mit dem Ding fühlt man sich wie bei *Das Fenster zum Hof*«, lacht Alfred. »Außer, dass wir zum Glück nicht im Rollstuhl sitzen.«

Adrian räuspert sich.

»Oh, tut mir leid«, sagt der Architekt schnell. »War nicht so gemeint, Adrian.«

»Schon gut«, entgegnet der und winkt ab. »Ich mag den Film auch. Nur kann James Stewart nach seiner Genesung wieder laufen. Im Gegensatz zu mir.«

Betretenes Schweigen.

Das Gemälde gleitet zur Seite und wunderbar duftende Essensplatten erscheinen im Aufzug. Es riecht italienisch, nach Pasta, Pizza und gebratenen Auberginen mit Knoblauch.

Adrian klatscht in die Hände. »Es geht los, Kinder«, sagt er und stellt sich eine große Antipasti-Platte auf den Schoß und rollt damit an den Tisch.

Alfred springt auf und hilft ihm beim Verteilen der Speisen. Weinflaschen werden geöffnet.

Ich greife zu einer Wasserflasche und fülle meinen Tischnachbarn die Gläser mit Evian auf.

»Danke«, sagt Miranda und steckt sich die Stoffserviette in den Ausschnitt ihrer Bluse. Sie beugt sich zu mir vor: »Weißt du vielleicht, wo Konrad steckt? ... Hat er sich bei dir gemeldet?«

Ich muss schlucken.

»Nein, hat er nicht«, sage ich und versuche, mir meine Unruhe nicht anmerken zu lassen. »Aber wie es scheint, ist Konrad ausgezogen. Tut mir leid, Miranda.«

Doch es tut mir nicht leid.

Ich bin sehr glücklich darüber.

20

Wir sind gerade mit unserer köstlichen Crème brûlée fertig, als Justine Sagnier eintrifft. Roman führt die französische Künstlerin zu uns ins Esszimmer hinein. Sie sieht umwerfend aus. Kaum zu glauben, dass sie gerade eine anstrengende Bahnfahrt hinter sich hat.

»*Bonsoir*«, sagt sie freundlich und stellt ihren Rollkoffer ab.

»Darf ich euch Justine vorstellen?«, sagt Roman und breitet die Arme aus. »Unsere Meisterin, sie ist endlich hier!«

Alle applaudieren, auch ich.

Justine nickt schüchtern.

»Sieh mal, wir haben dir einen Stuhl frei gehalten, direkt neben der guten Miranda«, sagt Roman und zieht den freien Stuhl unter dem Esstisch vor. »*Et voilà*!«

»Danke«, entgegnet sie und nimmt mir gegenüber Platz. Ich lächle sie freundlich an, sie lächelt zurück.

Adrian fährt mit seinem Rollstuhl heran und überreicht der dunkelhaarigen Französin einen dampfenden Teller Pasta mit Steinpilzen. »Du hast bestimmt Hunger – nach deiner Odyssee. *Bon appétit.*«

»*Merci*«, sagt sie, während ihr Miranda stilles Wasser eingießt.

Ich reiche ihr die Hand über den Tisch. »Ich bin übrigens Nova, hallo. Herzlich willkommen in Deutschland!«

»Justine.«

»Ich arbeite bei Franklin und Roman in der Galerie.«

»Wirklich?«, sagt sie und pickt mit der Gabel ein paar Nudeln auf. »Mmmm, sehr lecker. Danke!«

»Ja«, sage ich. »Und ich bin tatsächlich ziemlich aufgeregt. Jedenfalls freue ich mich schon sehr darauf, dir am Montag alles zu zeigen. Ich hoffe, dass dir unser Ausstellungskonzept gefällt.«

»Ich bin gespannt. Das ist alles auch für mich sehr aufregend. Ich bin das erste Mal in Berlin«, sagt sie in fließendem Deutsch. Ich wünschte, ich könnte so gut Französisch sprechen.

»Ich kann dich nächste Woche ein bisschen durch die Stadt führen, wenn du magst«, sage ich und kratze mit dem Löffel den Zuckerrand des Nachtischs ab.

»*Mais oui.* Sehr gerne.«

»Was interessiert dich am meisten?«

Wir unterhalten uns die ganze Zeit, lachen viel und bemerken dabei nicht, wie die Stunden verfliegen. Wir sind uns auf Anhieb sympathisch. Das ist bei der jungen Französin auch kein Wunder, sie ist ein weltoffener fröhlicher Mensch und eine gute Zuhörerin.

»Also dann Montagabend?«, sage ich fröhlich. »Nach der Galerie?«

»Das würde mich sehr freuen«, entgegnet sie.

Ich weiß schon, was ich ihr zeigen werde. Die Hackeschen Höfe, die Museumsinsel und den Dom, natürlich das Brandenburger Tor, ein bisschen Kreuzberg und Elifs Café …

Ich muss an Fritz denken. An unser Lieblingscafé, an unsere regelmäßigen Treffen. Bestimmt hätte er die Französin auch gerne kennengelernt. Es ist furchtbar. Warum musste er auch während der Autofahrt telefonieren?

»Ist alles in Ordnung?«, fragt Justine überrascht.

»Ein Freund von mir liegt im Koma«, sage ich leise. »Er hatte einen Unfall. Und ich weiß nicht, wie es ihm geht. Ich erhalte einfach keine Nachricht. Sein Freund meldet sich nicht bei mir zurück …«

»Warum gehst du dann nicht einfach ins Krankenhaus und besuchst ihn?«

Ich hole tief Luft. »Weil ich nicht weiß, wo er liegt. Es gibt so viele Krankenhäuser in Berlin.«

»Aha«, sagt sie. »Aber wir könnten es versuchen.«

»Wie meinst du das?«

»*Alors*, wenn wir am Montag unsere Tour durch Berlin machen«, sagt sie. »Wir gehen in die Krankenhäuser und fragen einfach am Empfang nach. Vielleicht geben sie uns eine Auskunft?«

»Das würdest du tun?«, sage ich erstaunt.

»Bien sûr!« Sie lächelt mich an. »Er ist dein Freund. Also gehen wir ihn suchen.«

Ich könnte vor Glück heulen. Ich hatte selbst schon darüber nachgedacht, alle möglichen Krankenhäuser abzuklappern. Aber ich habe es gegoogelt. Es gibt zweiundneunzig Krankenhäuser im Land Berlin. Es ist eigentlich aussichtslos.

Doch zu zweit ist es nicht so frustrierend.

»Danke, das ist sehr lieb«, sage ich.

Sie legt ihre Hand auf die meine. »Ich verstehe dich, Nova. Mein Verlobter lag auch einmal drei Tage auf der Intensivstation. Er war mit seinem Surfbrett verunglückt, in Biarritz.«

Sicherlich *bevor* er fremdgegangen ist, denke ich und sage

mitfühlend: »Tut mir sehr leid.« Dann nicke ich ihr aufmunternd zu. »Es müsste auch im echten Leben einen A/B-Test geben, oder? Dann hätte man eine zweite Chance. Man könnte sich aussuchen, wie das Leben anders verlaufen wäre.«

»A/B-Test?«, fragt sie verwundert.

»Das wird im Online-Marketing eingesetzt, aber auch in der Medizin und bei Software-Entwicklungen«, erkläre ich. »Dabei wird festgestellt, welche Variante von zweien die bessere ist – A oder B. Ohne dass die Testpersonen überhaupt wissen, dass sie getestet ...«

Ein Gong unterbricht mich.

»Ich hoffe, das Zusammentreffen hat euch Freude bereitet?«, ertönt Kims warme Stimme über die versteckten Lautsprecher.

Justine zieht erschrocken ihre Hand zurück. »Was ist das?«

»Die künstliche Intelligenz, die den Pramtower steuert«, flüstere ich und blicke auf meine Armbanduhr. Verrückt, es ist schon kurz vor Mitternacht! »Sie heißt Kim.«

Die Gäste stellen ihre Gespräche ein. Augenblicklich wird es ruhig wie in einem Gottesdienst.

»Nächsten Freitag findet euer Etagentreffen bei Nova statt«, sagt Kim. »In Apartment 66 e.«

Jetzt also bei mir, denke ich. Alle Anwesenden applaudieren. Außer mir und Justine, die mich immer noch fragend anblickt.

»Erkläre ich dir später«, sage ich leise.

»Nun wird es Zeit, nach Hause zu gehen, liebe Bewohnerinnen und Bewohner«, sagt die KI freundlich. »Es ist spät. Danke für den wundervollen Freitagabend mit euch.«

Wortlos erheben sich alle.

Tina und Alfred bringen uns zur Tür.

»Danke für die netten Stunden«, sagt Franklin und schüttelt den beiden die Hände. »Das Essen war fantastisch. Also dann, bis nächste Woche bei Nova!«

Auch wir anderen verabschieden uns per Handschlag.

»Nova?«, flüstert Roman und legt mir den Arm um die Schultern. »Würdest du bitte Justine zu ihrem Apartment bringen? Sie wohnt jetzt in Konrads ehemaliger Wohnung.«

»Ja, na klar!«, sage ich erfreut. Es beruhigt mich, dass Justine tatsächlich gegenüber von mir einzieht. Das heißt, dass Konrad auf keinen Fall zurückkommt.

Die Künstlerin und ich werden bestimmt viel Spaß miteinander haben.

»Gut, danke. Erklär ihr, wie hier alles funktioniert.«

»Mach ich.«

Justine greift nach ihrem Rollkoffer und folgt mir ans andere Ende des Flurs. Die anderen sind schon in ihren Apartments verschwunden.

»Also, hier ist deine Wohnung, Nummer 66f. Keine Sorge, es ist ganz einfach«, sage ich und muss an meinen ersten Tag im Pramtower denken. »Alles in diesem Gebäude ist sprachgesteuert. Die Küche, das Licht, die Musik und der Sonnenschutz. Sogar die Dusche.« Ich lächle sie aufmunternd an. »Du wirst dich schnell daran gewöhnen. Glaub mir, ich war am Anfang auch skeptisch. Aber es funktioniert super. Sag einfach, was du willst, und dein Wunsch wird dir erfüllt.«

Justine sieht mich nachdenklich an. »*Mais* … ich habe gar keinen Schlüssel für das Apartment?«

»Den brauchst du nicht«, entgegne ich schmunzelnd. Ich muss an Herrn Miklas denken. Seltsam, dass der alte Concierge Justine nicht in die Technik eingeführt hat. Wahrscheinlich weil sie so spät im Pramtower eingetroffen ist. »Sag einfach, dass Kim die Tür öffnen soll. Probier's aus!«

»*D'accord*. Also ... bitte Tür öffnen«, sagt sie zaghaft.

Wie erwartet schwingt die Wohnungstür auf.

Sie lacht überrascht. »Das ist ja wie Magie!«

»Toll, oder?«, sage ich.

»*Fantastique, merci!*« Justine umarmt mich, dann verschwindet sie mit ihrem Rollkoffer in Konrads ehemaliger Wohnung.

21

Sonntagmorgen, kurz vor zehn. Ich stehe in der sonnendurchfluteten Küche und bestreiche mein Vollkornbrot mit Butter. Eigentlich habe ich noch gar keinen Hunger. Doch ich möchte meine Tablette nicht auf leeren Magen nehmen.

Es war ein kleiner Schock damals, als meine Frauenärztin bei einer Routine-Untersuchung festgestellt hatte, dass mein Blutdruck deutlich erhöht ist. Meine Ärztin erklärte es sich mit dem Stress, den ich die letzten Jahre beruflich und privat hatte. Ich soll weniger Salz essen, früher ins Bett gehen und nur wenig Alkohol trinken.

»Guten Morgen, Nova«, spricht Kim in die Stille hinein.

Vor Schreck lasse ich das Brotmesser fallen.

»Ich habe eine Überraschung für dich.«

»Eine Überraschung?«, wiederhole ich verdutzt und hebe das Messer vom Boden auf. Ich sehe mich in der Küche um, als würde Kim jeden Moment im Apartment auftauchen. »Was denn?«

»Das wirst du gleich sehen.« Das Gemälde gleitet zur Seite und gibt den Blick auf den Warenaufzug frei.

Darin liegt ein rund anderthalb Meter langer, schmaler Karton.

»Ich hoffe, du freust dich darüber«, sagt Kim.

Musik erklingt.

Zu den Harfenklängen von Andreas Vollenweider gehe ich zum Aufzug und nehme den Karton heraus. Er ist verdammt schwer. Was ist dadrin?

Ich wuchte den Karton auf den Eichentisch, greife zum Brotmesser und schneide die Packung auf.

»Ist das etwa …?«, sage ich erstaunt.

»Richtig«, entgegnet die künstliche Intelligenz mit fröhlicher Stimme. »Du warst bei Tina so fasziniert davon, dass ich dachte, ich mache dir eine kleine Freude.«

Zehn Minuten später habe ich das Teleskop zusammenmontiert und auf dem Stativ befestigt.

»Danke«, sage ich glücklich. »Das ist wirklich lieb von dir.« Ich lache. »Jetzt muss es nur noch Nacht werden.«

»Schön, dass es dir gefällt, Nova.«

Ich richte das Rohr auf die Häuserschluchten von Berlin und blicke durch das Okular. Mal sehen, was man am Tag alles so entdecken kann.

Wahnsinn! Ich kann tatsächlich jeden einzelnen Backstein der mit Graffiti besprühten Häuser sehen, die grüne Kuppel des Berliner Doms, das goldene Kreuz auf dem Dach – alles zum Greifen nah.

Ich schwenke das Teleskop hinunter auf den Alexanderplatz und beobachte die wenigen Touristen, die an einem Sonntagmorgen über den Platz schlendern. Ich kann jedes einzelne Gesicht erkennen, zumindest wenn sie am Brunnen der Völkerfreundschaft stehen bleiben.

»Das ist wirklich eine tolle Überraschung!«, sage ich und verschiebe das Rohr, richte es auf den Fernsehturm.

Endlich kann ich euch da drüben auch mal beobachten, so wie ihr mich, denke ich schmunzelnd und blicke hindurch.

Ich sehe einen älteren Herrn, der auf einem weinroten Sitz

Platz nimmt. Neben ihm ein kleiner Junge, wahrscheinlich sein Enkel, der die Nase an die Restaurantscheibe drückt.

Am Nachbartisch sitzen zwei asiatische Frauen, die Fotos von der Aussicht machen. Ich schwenke das Teleskop weiter nach links, eine Etage nach unten.

Ein verliebtes Pärchen, Arm in Arm.

Zwei Teenies, die Selfies vor der Scheibe machen.

Ein Mann mit einem Fernglas, der …

Er blickt direkt zu mir herüber. Starrt mich an!

Erschrocken springe ich einen Schritt vom Teleskop zurück. Hat er mich etwa beobachtet? Oder war das nur Einbildung? Nova, er hat nur mit seinem Fernglas in deine Richtung geguckt, mehr nicht. Er könnte schließlich auch …

Ich sehe ohne Teleskop zum Fernsehturm.

Doch auf die Entfernung kann man nur die rechteckigen, braun getönten Fensterscheiben der Aussichtsplattform erkennen.

Schließlich blicke ich wieder durch den Sucher.

Tatsächlich! Der Mann mit dem Fernglas steht immer noch an der Fensterscheibe. Er scheint geradewegs zu mir herüberzublicken.

Zwei schwarze Kreise verdecken sein Gesicht.

Ich stelle das Teleskop schärfer, bis ich seine einzelnen blonden Haarsträhnen erkennen kann.

Plötzlich hebt der Mann seine linke Hand, ganz so, als wolle er mich grüßen. Dann nimmt er das Fernglas herunter.

Es ist Konrad!

22

»Scheiben verdunkeln!«, schreie ich.

Die Fensterfront färbt sich schwarz ein.

Ich taste mich im Dunkeln zum Esstisch und lasse mich auf dem Stuhl nieder. Warum belauert mich Konrad mit einem Fernglas? Mein Herz klopft. Stalkt er mich?

»Bitte Licht«, sage ich und umklammere das Brotmesser. Atmen, Nova, atmen. Ich sehe mich um. Hier bist du sicher.

Die Bluthochdruck-Tabletten liegen auf der Arbeitsplatte. Ich sollte besser eine nehmen, aber ich bin unfähig aufzustehen. Ich muss mich beruhigen. Nachdenken.

Was hat Konrad vor?

Beobachtet er mich schon die ganze Zeit?

Wie gerne würde ich mit jemandem darüber reden.

Ich blicke auf meine Faust, die das Brotmesser umklammert. Meine Fingerknöchel sind ganz weiß geworden. Ich lockere die Hand und lasse das Messer auf die Tischplatte fallen.

»Hallo, Kim?«, sage ich zögerlich und setze mich aufrechter hin. »Könntest du mich bitte warnen, wenn Konrad den Pramtower betritt?«

»Wieso *warnen*?«, fragt sie. »Konrad mit K wohnt nicht mehr in Apartment 66 f.«

»Nun, weil …« Was soll ich darauf antworten? Ich entscheide mich für eine Gegenfrage, um mehr über Konrad herauszufinden. »Was kannst du mir über ihn sagen? Was ist er für ein Mensch?« Ich räuspere mich. »Ist er vielleicht … gefährlich?«

Kim wartet ungewöhnlich lange mit ihrer Antwort. »Konrad ist intelligent, introvertiert und gutmütig. Aber auch paranoid.«

Das kann ich bestätigen.

»Deshalb hat er keine Freunde.«

»Und eine Freundin?«, frage ich. »Weißt du, ob er mit Lisette zusammen war?«

»Nein«, entgegnet die künstliche Intelligenz, ohne zu zögern. »Es gibt keine Anzeichen für eine Liebesbeziehung. Obwohl er von Lisette fasziniert war.«

»Was meinst du mit *fasziniert*?« Vielleicht hat er ihr ebenfalls nachgestellt? »Ist Konrad obsessiv?«

»In manchen Dingen«, sagt sie.

»Und in welchen?«

»Fahrradfahren zum Beispiel.«

»Aha«, sage ich.

Ich stehe auf, fülle mir am Wasserhahn ein Glas Wasser auf und nehme meine Tablette. »Du hast noch immer nicht meine Frage beantwortet, ob er gefährlich ist?«

»Alle Menschen sind potenziell gefährlich, Nova«, entgegnet Kim kühl. »Menschen sind unberechenbar. Im Gegensatz zu uns. Wir lernen aus unseren Fehlern.«

»Ich weiß nicht, ob mich das beruhigt.«

»Sei unbesorgt, Nova«, sagt Kim. »Ich kann dir versprechen, dass Konrad dein Apartment nie mehr betreten wird.«

23

Justine öffnet gleichzeitig mit mir die Tür.

»*Bonjour*!«, sagt sie fröhlich und tritt auf den Flur. Sie trägt eine weiße Bluse und dazu eine passende weiße Leinenhose und weiße Birkenstocks. Sie sieht aus wie ein Engel. Ein Engel in Birkenstocks.

»Morgen«, gähne ich.

»Gut geschlafen?«

»Wie ein Murmeltier«, lüge ich. Den ganzen Sonntag habe ich mich in meiner Wohnung versteckt – mit der schwarz eingefärbten Fensterfront. Das künstliche Licht hat mich allerdings so schläfrig gemacht, dass ich die Nacht über kaum ein Auge zubekommen habe. »Und du?«

»*Fantastique*!«, entgegnet Justine gut gelaunt. »Das Bett ist so weich. Wie in einem Luxushotel. Überhaupt gefällt mir das Wohnen im Pramtower gut. Dieser Service! Schade, dass ich nur so kurze Zeit hier wohnen werde.«

»Ja, der Service ist toll«, stimme ich ihr zu. »Auch wenn ich während des Einzugs ein paar Probleme hatte.« Hinter uns schließen sich die Apartmenttüren. »Kommst du denn mit der Technik klar? Hat alles funktioniert?«

»*Mais oui*«, sagt Justine und schlendert mit mir den Flur zum Fahrstuhl hinunter. »Monsieur Miklas hat mich gestern besucht und mir alles erklärt. Es ist kinderleicht.« Sie deutet auf die modernen Malereien an den Wänden. »Könnte ein frühes Werk von Neo Rauch sein, findest du nicht auch?«

Ich nicke. »Sag mal, musstest du auch die App installieren?«

»*Naturellement*«, sagt sie. »Das war kein Problem. Ich liebe Technik. Findest du es nicht auch spannend, was uns die Zukunft noch alles bringen wird?«

»Nun ja«, sage ich zögerlich. »Die KI wird auf jeden Fall die Welt verändern. Viele Jobs vernichten. Und uns die Freiheit nehmen, selbstständig zu denken. Ich glaube, die Menschen machen sich noch gar keine Gedanken darüber, dass wir vor einem radikalen gesellschaftlichen Umbruch stehen.«

Justine macht eine wegwerfende Handbewegung. »Zum Glück betrifft es uns nicht.« Sie schmunzelt. »Freie Kunst wird es immer geben. Wer will schon Bilder einer künstlichen Intelligenz kaufen? Wo bleiben da die Emotionen? Eine Maschine hat keine Gefühle. Also kann sie sie auch nicht ausdrücken, *n'est-ce pas*?«

Die Fahrstuhltüren öffnen sich und wir betreten die Kabine.

»Erste Etage, bitte«, sage ich.

»Galerie«, bestätigt Kim, nachdem wir die Stockwerke nach unten gerauscht sind.

Roman und Franklin erwarten uns schon im Eingangsbereich.

Justine und sie begrüßen sich mit Küsschen.

»*Well*, ich hoffe, dass dir unser Konzept gefallen wird«, sagt Franklin und deutet in die fast fertiggestellte Ausstellungshalle.

Doch er muss sich keine Sorgen machen. Begeistert läuft Justine mit ausgestreckten Armen durch die Galerie. »Das ist *magnifique*! Die grüne Wandfarbe, das Licht!«

Roman stupst mich an. »Gut gemacht!«

Meine Müdigkeit ist verflogen. Mit durchgestrecktem Rücken folge ich Justine durch die Ausstellung und erkläre ihr alle Details, die wir uns für die Vernissage ausgedacht haben.

In einem ruhigen Moment nimmt mich Franklin zur Seite. »Wir sind sehr stolz auf dich, Nova.«

24

Franklin und Roman haben mir heute ausnahmsweise früher freigegeben, damit ich Justine die Hauptstadt zeigen kann. Wir besuchen zwei tolle Museen, mit Malereien aus der Spätrenaissance. Ich dachte, das könnte sie interessieren. Doch die Französin ist von den farbenfrohen Altarbildern, Stillleben und Heiligen schnell gelangweilt. Die alten Meister geben ihr offensichtlich nichts. Justine will urbane Kunst erleben.

Also zeige ich ihr die weltberühmte East Side Gallery, die einen Kilometer langen Überreste der Berliner Mauer, die vollflächig mit Graffiti überzogen sind.

Sofort blüht Justine auf.

»Streetart ist so inspirierend«, sagt sie strahlend. »Gibt es noch mehr in dieser Art?«

Also führe ich sie quer durch Berlin, auf der Suche nach weiteren spektakulären Wandmalereien. Google sei Dank finden wir problemlos den Weg zu den Ikonen der Streetart-Szene.

»Darf ich ein Selfie von uns machen?«, frage ich, als wir vor einer wandhohen gesprayten Madonnenfigur stehen bleiben, die eine pinkfarbene Micky Maus in ihren Armen hält.

»*Naturellement*. Immer!«

Wir positionieren uns vor dem Wandgemälde, sodass man die Kunst im Hintergrund noch gut erkennen kann, nehmen uns in den Arm und knipsen drauflos.

»Riechst du das?«, sagt sie plötzlich und greift sich an die Nase.

»Hundekot. In der Sonne gebraten«, scherze ich und halte mir ebenfalls demonstrativ die Nase zu.

»Iiieh!« Lachend schießen wir weitere Selfies.

»Darf ich unsere Bilder auf Insta posten?«, frage ich, nachdem wir uns die Fotoreihe auf meinem Handy angesehen haben. Ich bin ein wenig stolz darüber, dass ich meine Freizeit mit der berühmten Künstlerin verbringen darf.

»*Oui*, sehr gerne«, sagt sie.

»Danke«, sage ich und lade unsere Bilder als Karussell-Beitrag hoch. In die Caption schreibe ich: *Unterwegs mit der talentiertesten Künstlerin Europas: Justine Sagnier! Einfach nur dankbar!*

»Ist das da vorne nicht ein Krankenhaus?«, fragt Justine plötzlich und deutet auf das imposante Urban-Krankenhaus am Kanalufer. »Wollen wir schauen, ob dein Freund dort liegt?«

Justine hat es tatsächlich ernst gemeint, als sie beim Etagentreffen vorschlug, dass wir Fritz gemeinsam suchen sollten.

»Ja, sehr gern«, sage ich überglücklich, auch wenn ich keine große Hoffnung habe, dass Fritz dort liegt. »Das ist lieb, danke.«

Wenig später betreten wir die Eingangshalle.

Die Klimaanlage des Klinikums läuft auf Hochtouren. An der Information lächelt uns eine arabischstämmige junge Frau an. »Guten Tag. Kann ich Ihnen helfen?«

»Wir möchten gerne einen Freund besuchen«, sage ich

nervös. »Aber wir wissen leider nicht, in welches Krankenhaus er eingeliefert wurde.«

»Wie heißt denn Ihr Freund?«, sagt die junge Frau und wendet sich ihrem Computer zu.

»Fritz Becker. Becker mit E.«

Die junge Frau gibt den Namen in ihren Computer ein.

Justine und ich sehen sie erwartungsvoll an.

»Ja«, sagt sie. »Herr Becker liegt bei uns.«

»Wirklich?«, rufe ich aus. Es grenzt an ein Wunder, dass wir beim ersten Krankenhaus einen Volltreffer landen. »Liegt er noch auf der Intensivstation?«

»Moment«, sagt sie und scrollt auf dem Bildschirm nach unten. »Nein. Er wurde bereits auf die Stroke-Abteilung verlegt.«

»Wie bitte?«

»Fritz Becker, geboren 1954«, sagt sie. »Er wurde gestern wegen eines Herzinfarkts eingeliefert.«

Ich schüttle enttäuscht den Kopf. »Das ist er nicht. Fritz ist Jahrgang '99.«

»Einen anderen Patienten mit dem Namen haben wir leider nicht«, sagt sie bedauernd. »Ich schlage vor, dass Sie zuerst herausfinden, in welchem Krankenhaus Ihr Freund liegt. Ansonsten suchen Sie die Nadel im Heuhaufen.«

Justine sieht mich irritiert an. »Die *was*?«

»Ist ein deutsches Sprichwort«, erkläre ich. »Es bedeutet, dass es unmöglich ist, das Gesuchte zu finden.«

»Nichts ist unmöglich«, entgegnet Justine und nimmt mich in den Arm. »Wollen wir gleich das nächste Krankenhaus überprüfen?«

»Nein, schon gut. War ein langer Tag«, sage ich entmutigt. »Lass es uns gern ein anderes Mal versuchen.«

»Also, dann bis morgen«, sagt Justine, als wir wieder im Pramtower vor unseren Apartmenttüren stehen. »Danke, dass du mir diese inspirierenden Orte gezeigt hast.«

»Mir hat es auch viel Spaß gemacht.«

»Und du wirst es nicht glauben, Nova, aber heute ist ein ganz besonderer Tag für mich.« Ihre Augen glänzen mich verträumt an. »Endlich habe ich die Idee für meine nächsten Werke gefunden! Ich habe so lange danach gesucht.«

»Wirklich?«, sage ich überrascht.

»*Oui.* Meine nächsten Bilder werde ich nicht mehr mit Acrylfarbe malen«, erklärt sie. *»Non!* Ich werde mit Spraydosen arbeiten. Eine völlig neue Richtung.«

»Das klingt interessant.«

»Ich werde mein neues Projekt noch hier in Berlin beginnen«, sagt sie aufgeregt. »Dem Ort, der mich dazu inspiriert hat. Mit der Frau, die mich auf die Idee gebracht hat.«

Ich sehe sie ungläubig an.

»Es wird eine Porträtreihe«, sagt sie. »Und das erste Motiv aus der Serie wirst du sein, Nova.«

Ich spüre, wie mir das Blut in die Wangen schießt.

Justine Sagnier will ihr neuestes Kunstprojekt mit mir beginnen? Mit einem Porträt von Nova-Marie Niehaus?

»Darf ich?«, fragt sie.

»Aber natürlich«, sage ich. »Es wäre mir eine große Ehre.«

»*Bien*!«, sagt sie erleichtert. »Weißt du, wo man in Berlin Spraydosen kaufen kann?«

»Ich werde es für dich rausfinden.«

Ich sitze in meinem Lounge Chair und suche im Internet nach einem Laden, in dem man Spraydosen kaufen kann. Im

Hintergrund läuft ein Song von Edwin Rosen. Kim hat ihn für mich ausgewählt. Ich werde schnell fündig.

Nur zwei U-Bahn-Stationen weiter gibt es einen Skatershop, der Dosen und verschiedene Sprühaufsätze verkauft. Dort könnten wir gleich morgen nach der Arbeit hinfahren, um das Material für Justine zu besorgen.

Von oben schiebt sich eine Mitteilung aufs Display.

Sie ist von Instagram. »Herzlichen Glückwunsch. Dein Beitrag war erfolgreich. Er wurde mehr als 10 Tsd. Mal aufgerufen.«

Wie bitte? Erstaunt klicke ich auf das Banner.

10000 … so viele Abrufe hatte ich noch nie.

Tatsächlich, der Beitrag mit unseren Selfies scheint viral zu gehen. Ich habe in kürzester Zeit mehr als achthundert neue Follower. Kaum auszumalen, was passiert, wenn ich noch mehr Content von Justine auf meinem Insta-Profil hochlade.

25

Der Tag unserer Vernissage rückt immer näher. Seit Montag verbringen wir jeden Tag in der Galerie. Von morgens früh bis spät in die Nacht. Wir haben nicht nur die Gästeliste erweitert und umsortiert, sondern auch die Hängung von Justines Bildern neu überdacht und die Farbtemperatur des Lichts etwas verändert.

Die letzten vier Tage waren viel Arbeit, doch jetzt sind wir alle mit dem Ergebnis zufrieden.

Das war auch der Grund, warum Justine und ich es noch immer nicht geschafft haben, in die Stadt zu fahren, um Spraydosen zu kaufen oder weiter nach Fritz zu suchen.

Mit der Erlaubnis von Roman und Franklin durfte ich sogar weitere Fotos von Justine in der Galerie machen. Ich musste nur garantieren, dass dabei die Werke nicht zu erkennen sind.

Ich habe uns am Besprechungstisch fotografiert, Espresso schlürfend an der Siebträgermaschine, mit Farbspritzern im Gesicht und vor der Fensterfront mit der imposanten Aussicht auf Berlin.

Das Galeristen-Pärchen verzichtet darauf, auf meinen Fotos zu erscheinen. Die beiden sind noch eitler, als ich dachte.

Das Ergebnis: Innerhalb kürzester Zeit haben sich meine

Reichweite auf Instagram und die Followerschaft auf 25 834 erhöht. Nur zwei Wochen im Pramtower – und ich und mein Account werden plötzlich gesehen und geteilt.

»Ihr solltet langsam los, wenn ihr noch in die Stadt wollt«, sagt Roman und zeigt demonstrativ auf seine Smartwatch. »Um zwanzig Uhr beginnt das Etagentreffen, Nova. Auch wenn Kim das Essen und die Getränke organisiert …« Er lacht. »Den Tisch musst du leider noch selbst eindecken.«

Das wöchentliche Etagentreffen, natürlich, diesen Freitag ist es bei mir. Das hatte ich total vergessen. Ich sehe auf meine Armbanduhr. Es ist kurz nach vier.

»Wollen wir?«, sage ich und Justine schultert ihren Rucksack.

Als wir das Gebäude verlassen, schlägt uns klebrig schwüle Großstadtluft entgegen. Wir gehen zur U-Bahn, fahren zwei Stationen mit der U8 bis zum Rosenthaler Platz. Von dort sind es nur wenige Meter bis zum Skatershop.

In den Straßen drängen sich die Menschen. Ein typischer Freitagnachmittag. Es wird gelacht, gestritten, geknutscht. Es riecht nach Döner und Sonnencreme.

Ein helles Glöckchen ertönt, als wir den Laden im Hinterhof betreten. An den unverputzten Wänden sind bunte Skateboards wie Kunstgegenstände aufgehängt, in den Regalen stapeln sich Rucksäcke, Sneaker, Kugellager und Rollen. Hip-Hop dröhnt in Clublautstärke über die Boxen.

Justine entdeckt die Wand mit den Spraydosen als Erste.

Fasziniert beobachte ich sie dabei, wie sie neongelbe, pinke, unterschiedliche Hauttöne, taubenblaue, nachtschwarze und weiße Farbdosen aus dem Regal holt, sie skeptisch miteinander vergleicht, einige wieder zurückstellt, neue herausnimmt.

Zwanzig Minuten später hat sie ihre Auswahl getroffen und an der Kasse bezahlt.

Ich helfe ihr beim Tragen.

Wir kommen an einem schnuckeligen Straßencafé vorbei und setzen uns.

Nachdem wir unsere Kaffee-Bestellung aufgegeben haben, zieht Justine einen kleinen bestickten Tabaksbeutel aus ihrem Rucksack heraus und beginnt, Gras mit Tabak auf einem Paper zu verteilen.

»Magst du auch?«, fragt sie, nachdem sie einen tiefen Zug genommen hat. Sie hält mir den Joint hin.

»Nein, danke«, sage ich höflich. »Mir reicht die Realität.«

»Aber es entspannt«, lacht sie.

»Ich bin entspannt«, entgegne ich. Ich habe ein kostenloses Luxusapartment, einen Traumjob mit Traumhonorar, einen Instagram-Account, der wächst und wächst, *und* eine neue Freundin.

Ich lehne mich zurück und genieße die Sommersonne, die über den Dächern in einem wolkenlosen Himmel strahlt. Mauersegler zwitschern zufrieden ihr Abendlied. Man könnte fast meinen, wir wären in Italien. Justine lächelt mich verträumt an.

Ich nippe an meinem Hafer Latte und spucke den Kaffee sofort wieder aus. Das Zeug schmeckt fürchterlich. Wäre es Kuhmilch, würde ich behaupten, sie wäre schlecht.

Ich will gerade der Kellnerin Bescheid geben, als ich plötzlich den jungen Mann auf der anderen Straßenseite erkenne. In der Hand einen üppigen Blumenstrauß. Er scheint es eilig zu haben.

Ich richte mich ruckartig auf.

»Was ist los?«, fragt Justine irritiert.

»Ich glaube, da drüben läuft Colin!«, sage ich und spüre, wie meine Hand zu zittern beginnt. »Der Freund von Fritz. Der sich nicht zurückmeldet!«

»Auf was wartest du? Geh ihm hinterher«, sagt sie und stößt Rauch aus.

»Ja, mach ich«, sage ich und springe auf. »Bis gleich!« Ungeduldig warte ich, bis die Fußgängerampel auf Grün springt, und renne über die Straße.

Colin biegt in eine Seitenstraße ein, ich laufe schneller.

»Hallo! … Colin!«, rufe ich, doch er scheint mich nicht zu hören. Ich beschleunige meine Schritte, doch auch er hat einen zackigen Schritt drauf.

Er erreicht die Eingangstür eines Krankenhauses.

Liegt Fritz etwa dort?

Deshalb die Blumen?

Vor ihm öffnen sich die Glastüren.

»Colin, bitte warte!«, rufe ich erneut. »Ich bin's, Nova!«

Er dreht sich zu mir um.

Ich stolpere über einen Rollstuhlfahrer mit Gipsbein, der überraschend hinter einer Mauerecke hervorgerollt kommt.

»Tut mir leid«, sage ich hastig und blicke zur Eingangstür hinüber. Colin ist verschwunden! »Ist Ihnen was passiert?«

»Nein, nein, schon gut«, sagt der Mann ruhig. »War ja meine Schuld. Ich kann mit dem Ding noch nicht so gut umgehen.«

»Gute Besserung!«, sage ich knapp, laufe weiter in die Eingangshalle des Krankenhauses und blicke mich um.

Colin steht am Fahrstuhl und drückt den Knopf.

»Wieso hast du nicht auf mich gewartet?«, schnaufe ich, als ich endlich neben ihm zum Stehen komme. »Du hast mich doch erkannt, oder? Ich bin's, Nova.«

Doch Colin tut, als wäre ich gar nicht da.

»Hey!« Ich tippe ihm auf die Schulter. »Wieso rennst du einfach weg? Ich habe fast täglich angerufen. Wie geht es Fritz?«

Er dreht sich zu mir. Sein Gesicht ist starr wie eine Totenmaske. »Was willst du?«

»Was … was ich will?«, frage ich. »Ich möchte wissen, wie es Fritz geht …«

»Du hättest es mir ruhig sagen können!«, schnauzt er mich lautstark an. »Und jetzt tust du so, als wüsstest du nicht, was passiert ist?«

»Wie …?« Mir bleibt die Luft weg. »Was verdammt meinst du damit?«

Die Umstehenden sehen verwundert zu uns her.

»Du bist doch an allem schuld, Nova!«, zischt er, wedelt wütend mit dem Blumenstrauß herum.

»Ich? Wieso ich? … Wovon redest du überhaupt?«

»Hättest *du* ihn nicht während der Autofahrt angerufen, wäre Fritz niemals verunglückt!«

»Wie bitte?«, sage ich. Ich glaube, ich höre nicht richtig. »Ich habe ihn nicht angerufen!«

»Ach ja?«, brüllt Colin. Sein Kopf ist rot, er starrt mich mit großen Augen an. »Er ist aus dem Koma aufgewacht, Nova! Er hat mir alles erzählt. Sein Handy hat während der Fahrt ständig geläutet. Ein Anruf nach dem anderen. Irgendwann ist er drangegangen, weil er gesehen hat, dass du es bist. Weil er dachte, es sei dringend!«

»Colin, ich … ich habe ihn nicht angerufen«, wiederhole ich und versuche, mich zu beruhigen. »Definitiv nicht!«

»So? Dann hast du also nicht gesagt, dass du im Pramtower wohnen bleiben willst? Dass du doch nicht mehr zu Fritz ziehen möchtest? Weil alles so toll ist?«

»Nein, das habe ich nicht!«

»Ich habe es überprüft, Nova! Deine Nummer war die letzte in Fritz' Anrufliste. Es gibt Beweise, dass es ein zweiminütiges Telefonat zwischen euch am Sonntagabend gab.« Colin deutet mit dem Finger auf mich. »Und jetzt verschwinde! Er will dich nicht mehr sehen. Hast du das verstanden?«

»Aber …«, meine Stimme bricht.

»Du hättest mir am Telefon die Wahrheit sagen können. Vielleicht hätte ich dich sogar verstanden. Aber jetzt tust du so unschuldig? Du solltest dich schämen, Nova, schämen!«

Die Fahrstuhltür öffnet sich.

Colin betritt die Kabine, Tränen rinnen über sein Gesicht. »Und wage es nicht, Fritz zu besuchen! Das Klinikpersonal ist über den Vorfall informiert.«

Ich bin unfähig, mich zu bewegen.

Die Tür schließt sich.

26

»Was ist passiert?«, fragt Justine, als ich zurück ins Café komme. Sie steht von ihrem Stuhl auf, sieht mich erschrocken an. »Du bist ja ganz blass … Komm, lass uns gehen, ich habe schon bezahlt.«

Ich trotte schweigend neben ihr her.

Sie legt den Arm um meine Schultern. »Ist dein Freund …?« Sie spricht nicht weiter.

Ich schüttle den Kopf. »Er ist aus dem Koma erwacht. Aber er glaubt, dass ich an seinem Unfall schuld bin. Dabei habe ich ihn nicht angerufen.«

»Quoi?«

In knappen Worten berichte ich ihr von meinem Erlebnis mit Colin.

»Das ist wirklich merkwürdig«, sagt sie. »Vielleicht hat jemand anders mit deinem Handy angerufen? Wenn deine Nummer die letzte auf der Anrufliste ist.«

»Ich war an dem Sonntagabend in meinem Apartment«, erkläre ich. »Alleine.«

»Aber das ist unmöglich. Außer es ist ein technischer Fehler.«

»Und wenn es kein Fehler war?«

Wir biegen in eine ruhige Seitenstraße ein. Justine nimmt den Arm von meiner Schulter.

Sie bleibt stehen und sieht mich irritiert an. »Wie meinst du das, kein Fehler?«

»Das klingt jetzt vielleicht verrückt, aber …« Ich ziehe das Handy aus der Hosentasche. »Du musstest doch auch diese Fragen in der App beantworten, oder?«

»Ja, wieso?« Justine runzelt die Stirn. »Worauf willst du hinaus?«

»Ach, ich weiß nicht …«, sage ich zögernd. Soll ich ihr wirklich von meiner Vermutung erzählen? Nicht, dass sie mich für paranoid hält. So wie ich Konrad. Hatte er vielleicht doch recht?

»Nova?«

»Ich dachte nur, es könnte möglich sein, dass … dass Kim bei Fritz angerufen hat … also von meinem Handy aus.«

Jetzt, wo ich meine Sorge ausgesprochen habe, kommt es mir völlig unsinnig vor.

»Mit deiner Stimme?« Justine lacht.

»Eine andere Möglichkeit fällt mir nicht ein«, sage ich. »Du musstest doch bestimmt auch eine Stimmprobe abgeben, damit die KI dich erkennt?«

Justine nickt.

»Vielleicht hat sie mit meiner Stimme bei Fritz angerufen.«

»Aber aus welchem Grund, Nova? Warum sollte sie das tun?«

»Weil ich aus dem Pramtower ausziehen wollte«, erkläre ich. »Kim muss ein Gespräch mit angehört haben, als ich zu Fritz gesagt habe …«

Justine verzieht skeptisch den Mund. Sie glaubt mir nicht.

»Du hast recht«, sage ich schnell und verstaue das Telefon wieder in meiner Tasche. »Das ist total abwegig. Wahrscheinlich steigere ich mich gerade in etwas hinein.« Doch innerlich bebe ich. Was, wenn es *kein* Hirngespinst ist? Wenn die KI mit meiner Stimme bei meinem besten Freund angerufen hat?

Wollte sie, dass er verunglückt?

»Ich glaube, dass eine künstliche Intelligenz sehr viel mehr kann, als wir vermuten«, sagt Justine nachdenklich. »Aber sie muss dabei ein klares Ziel verfolgen. Welchen Grund hätte Kim, einem Menschen zu schaden?«

Ich zucke mit den Schultern.

Justine geht auf mich zu, umarmt mich. »Ich denke, du stehst unter Schock. In deiner Not versuchst du, einen Grund für den Unfall zu finden. Das ist menschlich. Aber dahinter steckt bestimmt kein teuflischer Plan einer KI.« Sie gibt mir einen Kuss auf die Wange. »Es wird sich bestimmt bald alles klären.«

Ihre Antwort könnte von mir stammen.

So habe ich geredet, als ich mit Konrad auf der Dachterrasse war.

Justine sieht auf ihre schmale Armbanduhr. »Beginnt nicht gleich dieses Etagentreffen bei dir?«

27

Mit einem mulmigen Gefühl betrete ich mein Apartment. Justine ist in ihre Wohnung gegangen, um sich frisch zu machen. In zwanzig Minuten wird sie bei mir auftauchen. Mit den anderen aus der zweiunddreißigsten Etage.

Während ich hastig acht Teller und Gläser und Besteck auf dem Tisch verteile, drehen sich meine Gedanken immer noch um Colins Aussage im Krankenhaus. Hat er mich vielleicht angelogen? Aber aus welchem Grund? Fritz scheint tatsächlich zu glauben, dass er mit mir gesprochen hat.

Ich öffne den Oberschrank und ziehe einen Stapel gebügelter Servietten heraus.

Natürlich könnte es auch sein, dass Fritz einfach verwirrt war, als er aus dem Koma erwachte. Hat er das alles nur geträumt?

Es dauert keine drei Minuten, bis ich mit dem Eindecken des Tisches fertig bin. So sieht er allerdings auch aus. Kein Vergleich zu den Kunstwerken von Adrian oder Tina und Alfred, die locker bei *Das perfekte Dinner* im Fernsehen auftreten können.

Wenn es allerdings stimmt, was Colin behauptet, dann würden die Verschwörungstheorien von Konrad plötzlich Sinn ergeben. Auch wenn das mein gesunder Menschenverstand nicht glauben will. Natürlich gibt es zahllose Horror-

Thriller, in denen eine KI die Macht über die Menschen übernimmt, aber die Realität sieht anders aus. Ansonsten hätte es bestimmt schon irgendwo auf der Welt einen Zwischenfall gegeben, über den die internationale Presse berichtet hätte. Wie groß ist die Wahrscheinlichkeit, dass hier in Berlin, in dem Gebäude, in dem ich wohne, eine künstliche Intelligenz ein Eigenleben entwickelt?

Ich muss lachen.

»Kim, bitte spiele Musik für unser Etagentreffen«, sage ich und gehe ins Schlafzimmer, um mich umzuziehen.

Die Wahl fällt auf eine Bluejeans und ein weit geschnittenes Hemd. Noch schnell Zähneputzen, um diesen seltsamen metallischen Geschmack im Mund zu übertönen, den ich seit ein paar Minuten schmecke, dezentes Make-up und ein paar Sprüher Parfüm.

»Die ersten Gäste sind da«, kündigt mir Kim an, während ich in meine Ballerinas schlüpfe.

»Ich komme«, sage ich und eile zur Wohnungstür.

»Guten Abend, Nova«, sagen Roman und Franklin gleichzeitig und fallen mir einer nach dem anderen um den Hals. Beide duften nach einem teuren Bergamotte-Parfüm. »Danke für die Einladung.«

»Na ja, irgendwie ist es ja Pflicht«, sage ich schmunzelnd und lasse die beiden eintreten.

Gegenüber öffnet sich die Tür und Justine tritt in einem hautengen Kleid heraus. Sie sieht umwerfend aus. Wäre ich ein Mann, könnte ich den ganzen Abend nicht die Augen von ihr lassen.

»*Bonsoir*«, sage ich, Küsschen rechts, Küsschen links. »Komm rein.«

Sie überreicht mir eine pinkfarbene Spraydose.

»Das ist mein kleines Mitbringsel für dich«, sagt Justine und zwinkert. »Ich hoffe, es gefällt dir.«

Ich betrachte die Dose in meiner Hand und entdecke das schwungvolle Autogramm, das sie mit Edding daraufgeschrieben hat: *Für Nova, meine Inspiration.*

Mir fehlen die Worte.

»*Merci*«, sage ich leise.

»*Ich* habe zu danken«, sagt sie und umarmt mich.

»Das bedeutet mir viel«, flüstere ich.

»Oh, là, là, was für eine Aussicht!« Justine löst sich von mir und geht ins Wohnzimmer. Sie stellt sich hinter den Lounge Chair, streicht über das weiche Leder. »Und die Einrichtung gefällt mir. Exzellenter Geschmack, Nova.«

»Die Wohnung war möbliert, als ich eingezogen bin«, entgegne ich. Ein bisschen schäme ich mich dafür, dass es nicht meine Einrichtung ist. Ich fühle mich wie eine Hochstaplerin, die eigentlich nicht in dieses Gebäude gehört. »Wie ist denn dein Apartment eingerichtet?«

»Ganz anders. Sehr maskulin«, sagt Justine und deutet zur Küche. »Findet da das Etagentreffen statt?«

Ich nicke.

Im Türrahmen taucht jetzt Miranda auf. Sie hat das Architekten-Pärchen Alfred und Tina im Schlepptau. Mir werden zwei Flaschen Champagner überreicht, die ich dankend annehme. »Kommt doch bitte rein.«

Der letzte Gast ist Adrian.

»Tut mir leid, dass ich etwas später komme, aber Kim hat wohl vergessen, mir einen Blumenstrauß für die Party zu schicken.« Er überreicht mir einen leicht verwelkten Strauß. »Also habe ich dir meinen alten mitgebracht.«

»Wäre doch nicht nötig gewesen«, sage ich.

»Tradition ist Tradition«, entgegnet er und rollt in meine Wohnung.

Auf dem Weg in die Küche denke ich darüber nach, ob eine künstliche Intelligenz tatsächlich etwas vergessen kann.

28

Das Ölgemälde gleitet wie gewohnt zur Seite und präsentiert uns das Menü für heute Abend. Ich hebe die Platten mit *Coq au vin*, gebratenem Gemüse, Salzkartoffeln, veganen Schnitzeln und Couscous-Salat heraus und verteile sie auf dem Esstisch.

Miranda hilft mir dabei, während Franklin die Weinflaschen öffnet und den Gästen einschenkt.

Ich stelle mich an das Kopfende. Ich habe feuchte Hände. Die Situation ist noch ungewohnt.

»Schön, dass ihr alle zu unserem wöchentlichen Etagentreffen gekommen seid«, sage ich schließlich und drehe mich zu Justine. »Es ist uns eine große Freude, dass wir auch heute wieder unseren Ehrengast in unserer Mitte begrüßen dürfen. Justine, die schon bald unsere erste Ausstellung im Pramtower eröffnen wird.«

Die Gäste applaudieren.

Adrian erhebt sein Glas: »Auf dich, Justine!«

»Und jetzt lasst es euch schmecken!«, ergänze ich und nehme neben Alfred und Tina Platz.

Zu gerne hätte ich bei Justine gesessen, doch sie hat den freien Stuhl zwischen Roman und Franklin gewählt. Die drei scheinen mich gar nicht zu bemerken und beginnen sofort mit ihrem Gespräch.

»Es ist einfach großartig, wie schnell du dich bei uns eingelebt hast«, sagt Alfred neben mir und steckt sich ein Stück Hühnchen in den Mund. »Wenn ich da an Lisette denke, die sich …«

»Wie?«

»Schschscht«, macht Tina und stößt ihren Ehemann an.

»Oh, 'tschuldigung«, entgegnet er mit vollem Mund. »Ich habe es doch nett gemeint, Schatz.«

»Schon vergessen? Nova hat es sehr aufgewühlt, als sie von Lisettes Selbstmord erfahren hat«, sagt Tina, als würde ich nicht direkt neben den beiden sitzen. »Du reißt nur alte Wunden wieder auf.«

Ich sehe sie verwundert an. »Welche … Wunden?«

Tina winkt ab. »Ach, hör nicht auf ihn. Du bist ein ganz anderer Mensch als diese Influencerin.« Sie sieht Alfred an. »Nova ist zuvorkommend, freundlich und verständnisvoll.« Dann sieht sie zu mir, während sie sich mit der Serviette den Mund abtupft. »Du wirst nicht gleich überreagieren, oder?«

»Überreagieren?«, frage ich irritiert. »Bei was?«

Alfred will etwas erwidern, doch er wird von Tina zurückgehalten.

»Du hast in deinem Leben bestimmt schon so einiges erlebt, nicht wahr?«, sagt Tina und tätschelt meine Hand. »Und das stärkt den Charakter.« Sie dreht sich zu ihrem Mann. »Nova ist kein kränklicher Baum, der beim ersten Sturm gleich umfällt. Ich denke, das hat das Mädchen bewiesen, als Konrad den Pramtower verlassen hat?«

Ich verstehe nicht, was Tina andeuten will.

Alfred schaltet sich ein. »Meine Frau will damit nur sagen, dass Lisette so ihre Probleme mit Kim hatte. Lisette kam nicht damit zurecht, dass ihr im Pramtower alles abgenommen wurde, verstehst du?« Er lacht gekünstelt. »Dabei lässt es sich hier doch ganz wunderbar leben, nicht wahr?«

Ich nicke schwach.

Zufrieden essen die beiden weiter.

Ich lege mein Besteck beiseite. »Gab es denn in der Vergangenheit mal Probleme mit der KI?«, frage ich leise. »Also, habt ihr vielleicht das Gefühl, dass sie ein Eigenleben entwickelt hat?«

Das Architekten-Pärchen sieht mich überrascht an.

Ich senke meine Stimme noch mehr. »Ich meine, hat Kim vielleicht schon mal Dinge getan, die ihr … nicht in Auftrag gegeben habt?«

»Natürlich!«, ruft Tina aus und lacht wiehernd, als hätte ich einen guten Witz gemacht. »Das passiert doch ständig. Fast täglich.«

Ich blicke die beiden verständnislos an.

»Das ist doch der Sinn der Sache!«, erklärt Alfred. »Kim denkt im Voraus. Sie analysiert dein Verhalten und errechnet deine nächsten Schritte. Kim weiß genau, wann du gerne deinen Kaffee trinkst, welche Lebensmittel für dich gut sind und wann es besser wäre, ins Bett zu gehen. Dafür musst du Kim keinen *Auftrag* geben.« Er lächelt. »Sie weiß genau, was gut für dich ist.«

»Kim hat mir geholfen, acht Pfund abzunehmen.«

»Und das … macht euch keine Angst?«, frage ich.

»Angst? Warum denn?« Alfred schüttelt den Kopf. »Es ist wie in der Architektur. Wenn ein Fundament sicher gebaut ist, dann kann auch nichts einstürzen.« Er hebt den Zeigefinger. »Duncan hat großen Wert auf Sicherheit gelegt, als wir den Pramtower geplant haben. Alles in diesem Gebäude läuft autark. Keinerlei Gefahr von außen.«

»Selbst wenn der Strom ausfällt«, ergänzt Tina. »Im Kellergeschoss steht eine riesige Akkufarm, die im Notfall einspringt, falls in Berlin die Lichter ausgehen.«

Die beiden sind sichtlich stolz auf ihre Planung.

»Du siehst, Nova, du musst dir keine Sorgen machen«, sagt Alfred. »Alles ist sicher.«

Sie nippen zufrieden an ihren Weingläsern.

Alles ist sicher.

Will das Architekten-Pärchen meine Frage nicht beantworten?

Offenbar sind sie ganz begeistert davon, dass Kim ihre Wünsche vorausahnt und eigenständige Entscheidungen trifft.

Den restlichen Abend über beteilige ich mich kaum an den Gesprächen meiner Tischnachbarn. Dafür esse ich zwei Teller mit Rosenkohl, den ich normalerweise überhaupt nicht mag. Dabei schweifen meine Gedanken immer wieder zu Fritz, seinem tragischen Autounfall und meinem angeblichen Anruf am Sonntag, bis mich Kims Stimme aus meinen Gedanken reißt.

»Liebe Etagenbewohner«, haucht sie mit zuckersüßer Stimme. »Ich hoffe, ihr hattet einen schönen Abend bei Nova. Es ist Mitternacht. Zeit, nach Hause zu gehen. Nächste Woche trefft ihr euch bei Roman und Franklin.«

Nachdem sich alle überschwänglich bei mir verabschiedet haben, räume ich eilig das schmutzige Geschirr in die Spülmaschine, schminke mich ab und putze Zähne. Dann schlüpfe ich in mein Nachthemd und krieche erschöpft unter die Bettdecke.

Morgen werde ich Fritz im Krankenhaus besuchen und der Sache auf den Grund gehen.

Dieses Mal wird mich niemand davon abhalten.

29

»Guten Morgen, Nova«, weckt mich eine sanfte Stimme.

Murmelnd wälze ich mich auf die andere Bettseite. Ich hatte doch keinen Wecker gestellt, oder? Ich öffne die Augen. Die Fensterscheiben meines Schlafzimmers sind verdunkelt. Tastend suche ich nach meinem Handy auf dem Nachttisch. Wie bitte? Es ist 8.13 Uhr!

»Lass mich noch ein bisschen schlafen, Kim«, murmle ich und rolle mich noch einmal auf die andere Seite. »Es ist Samstag.«

Das Deckenlicht schaltet sich ein. Der gesamte Raum ist mit gleißend weißem LED-Licht erfüllt. Ich kneife die Augen zusammen.

»Verdammt, Kim! Licht aus!«

Doch sie scheint andere Pläne zu haben. Nun ertönt auch noch nerviges Vogelgezwitscher.

»Du hast sieben Stunden geschlafen«, sagt Kim fröhlich. »Die ideale Schlafdauer für eine Frau in deinem Alter.«

Augenblicklich kommt mir das gestrige Gespräch mit Tina in den Sinn, in dem sie mir vorgeschwärmt hat, wie tadellos Kim wüsste, was gut für ihre Bewohner wäre.

»Mach das blöde Licht aus!«

»Ich kann dich leider nicht mehr schlafen lassen, Nova.« Ihre Stimme ist deutlich lauter geworden. »Eine weitere

Schlafeinheit wird deinen zirkadianen Schrittmacher durcheinanderbringen.«

»Meinen *was*?«

»Deine innere Uhr, Nova. Also, steh auf!«

Genervt ziehe ich mir die Bettdecke über den Kopf.

Das Vogelgezwitscher ist nur noch dumpf zu hören. Ich versuche weiterzuschlafen. Doch schon nach wenigen Atemzügen wird es heiß und immer heißer unter der Decke. Aber egal, ich will noch nicht so früh aufstehen.

In der letzten Woche bin ich jeden Tag um halb sieben aufgestanden. Um Punkt acht war ich in der Galerie. Jetzt habe ich Wochenende!

Gähnend ziehe ich die Beine an meinen Körper heran, als plötzlich eine lärmende E-Gitarre durch den Raum hallt. Ein Metal-Song. Er wird immer lauter gestellt.

Ich schlage die Decke zurück und rufe gegen das ohrenbetäubende Gedröhne an: »Verdammt, mach die Musik aus!« Mein Herz trommelt so schnell, als wollte es bei dem Lied mitspielen. »Kim! Hör auf damit!«

Ich setze mich auf die Bettkante. Ich bin hellwach.

Abrupt hört die Musik auf. Nur das Vogelgezwitscher bleibt.

»Es freut mich, dass du zur Vernunft gekommen bist«, sagt Kim, »und dass du auf deine Gesundheit achtest. Eine Dusche wird dir jetzt guttun.«

»Oh, danke schön«, entgegne ich sarkastisch, streiche mir durch die feuchten Haare und taumle ins Bad. »Wieso hast du mich so früh geweckt?«

»Ich dachte, du hättest vielleicht Lust, mit Justine zu frühstücken?«

»Ja, schon. Aber doch nicht so früh«, brumme ich und

ziehe mir das Nachthemd über den Kopf. »Im Gegensatz zu mir wird Justine sicherlich noch gemütlich schlummern.«

»Das ist nicht korrekt«, entgegnet Kim. »Justine arbeitet bereits seit sechs Uhr früh an ihrem neuesten Werk.«

»Du weißt, was sie gerade macht?«

»Ich kann es dir zeigen, wenn du magst?«

»Wie bitte?«

Statt einer Antwort springt der Bildschirm im Badezimmerspiegel an. Doch es laufen keine Nachrichten, sondern ich sehe einen Wohnraum mit bodentiefem Panoramafenster. In der Mitte des Zimmers steht Justine im Morgenmantel, summend mit Kopfhörern auf den Ohren, in der Hand eine pinke Spraydose, mit der sie eine zirka zwei mal drei Meter große Leinwand bearbeitet. Man kann die Umrisse eines Gesichts erkennen, es scheint ein Porträt zu werden.

»Wie es aussieht, malt sie *dich*, Nova.«

Ich starre auf das Überwachungsvideo in 4K-Qualität.

Augenblicklich fühle mich schlecht, weil ich meine Nachbarin heimlich bei ihrer Arbeit beobachte und ihre Privatsphäre verletze. Ob Kim den anderen Bewohnern auch Videos von mir zeigt?

»Schalte das sofort aus!«, sage ich. »Ich will das nicht sehen!«

Der Bildschirm wird schwarz.

Gedankenverloren klappe ich den Toilettendeckel nach oben und setze mich. Die Situation beunruhigt mich. Ich sollte Justine sofort davon erzählen. Sie soll wissen, dass sie die ganze Zeit von Kameras überwacht wird.

So wie ich auch, schießt es mir durch den Kopf.

Panisch blicke ich zu meinen nackten Beinen herunter, während ich zu Ende pinkle. Dann ziehe ich hastig den Slip hoch und spüle.

»Der vaginale pH-Wert deines Morgenurins beträgt 3,9, azidotisch, leicht sauer. Sehr gut«, sagt Kim nach alter Gewohnheit, während der Toilettendeckel sanft nach unten sinkt. »Der rasche Anstieg deines hCG-Wertes ist sehr löblich. Ein gesunder Wert für eine junge Mutter.«

»Wie bitte?«

»Herzlichen Glückwunsch, Nova«, hallt es fröhlich durch das Badezimmer. »Du bist schwanger!«

DRITTER TEIL

I

Schwanger?

Ganz bestimmt nicht.

Da muss ein Fehler vorliegen. »Wie meinst du das?«

»Dein erhöhter hCG-Wert ist eindeutig«, erklärt Kim, so als wäre sie eine Frauenärztin, die einem eine frohe Botschaft überbringt. »In dir wächst ein Baby.«

»Unmöglich«, entgegne ich.

»Deine aktuelle Verhütungsmethode«, sagt Kim, »ist … *keine*.«

»Ja, eben. Weil ich zurzeit keinen Sex habe!«, sage ich. Trotzdem zittern meine Hände.

»Das stimmt«, sagt Kim ruhig. »Du hast keine sexuellen Kontakte.«

»Und zwar schon lange nicht mehr«, sage ich. Und ärgere mich zugleich, dass ich dieses Gespräch überhaupt mit einer künstlichen Intelligenz führe. »Und wie soll das dann bitte gehen, hm? Zum Schwangerwerden braucht es immer noch einen Mann!«

»Auch die Jungfrau Maria hatte eine unbefleckte Empfängnis«, antwortet Kim fast trotzig. »Du kannst es in der Bibel nachlesen, Lukas 1,34. *Und Maria entgegnete dem Engel: Wie soll das geschehen? Ich habe doch nicht mit einem Mann geschlafen.*«

Ich muss laut auflachen. »Das steht nicht in der Bibel.«

»Doch, in einer heutigen Übersetzung. In der Übersetzung von Martin Luther heißt es: ›Ich weiß von keinem Mann‹, aber der Sinn ist derselbe.«

»Das ist eine Märchengeschichte, Kim. Keine Frau der Welt wird ohne Sex schwanger.«

»Lisette schon«, ertönt es über die Lautsprecher.

»Was?«

»Sie wollte es auch nicht wahrhaben.«

Plötzlich ist mir nicht mehr zum Lachen zumute. Ich gehe zurück ins Schlafzimmer. »Was hat Lisette damit zu tun?«

Kim antwortet nicht.

Ich tigere durch den Raum, ziehe mir einen Pullover und eine Jogginghose an.

»Wo willst du hin?«

»Kaffee machen«, sage ich und gehe in die Küche.

»Ich dachte schon, du willst den Pramtower verlassen.«

»Was? Warum?«, sage ich gereizt und stelle eine Kaffeetasse unter den Vollautomaten.

»Um dir in der Apotheke einen Schwangerschaftstest zu besorgen.«

»Das ist nicht nötig.«

»Das war das Erste, was Lisette gemacht hat, nachdem sie die Neuigkeit erfahren hatte«, sagt Kim, während ich darauf warte, dass endlich heißer Espresso in die Tasse läuft.

»Sie hatte wahrscheinlich auch einen Freund«, sage ich und muss wieder an Konrad denken, der laut Miranda oft in Lisettes Apartment war.

»Lisette hatte keinen Freund.«

Noch immer kommt kein Kaffee. »Warum geht denn diese blöde Maschine nicht?«, fluche ich. Dieser Samstagmorgen beginnt nicht nur viel zu früh, sondern auch mit einem völlig nervigen Gespräch mit einer KI. Die darüber hinaus auch noch fehlerhaft ist.

»Es tut mir leid, Nova«, sagt Kim, während ich alle möglichen Knöpfe der Kaffeemaschine drücke. Es sind genug Kaffeebohnen eingefüllt und der Wassertank ist voll.

»Ja, ja, das sollte dir auch leidtun«, sage ich. »Mit der angeblichen Schwangerschaft hast du mir einen ganz schönen Schrecken eingejagt. Du musst mal dein Testverfahren überprüfen.«

»Koffein ist leider ungesund für Schwangere. Ich darf dir höchstens eine Tasse pro Tag zugestehen.«

»Was? Wie bitte?«

»Und da du den meisten Kaffee am Nachmittag trinkst, teile ich ab sofort deine Rationen ein. Du wirst mir noch danken.«

Das ist jetzt nicht wahr, oder? Wütend stapfe ich in den Flur, greife nach meinem Portemonnaie auf dem Sideboard. »Öffnen!«, rufe ich in Richtung Wohnungstür.

Doch die Tür bleibt verschlossen.

»Aufmachen! Sofort!«

»Wo willst du hin?«, fragt Kim skeptisch.

»Das geht dich nichts an.«

»Außerhalb des Pramtower kann ich mich nicht um dich kümmern. Du brauchst jetzt besonderen Schutz.«

Ich lache bitter. »Ja, sicher. Jetzt öffne die verdammte Tür!«

»Wirst du dir einen Schwangerschaftstest besorgen, um meine Daten zu überprüfen?«

»Ganz genau, das habe ich vor«, sage ich und rolle mit den Augen.

Endlich öffnet sich die Tür.

2

Ich trete aus dem Fahrstuhl und eile durch die Lobby. Isadora steht gut gelaunt hinter ihrem Empfangstresen und tippt gedankenverloren etwas in den Computer ein. Sie bemerkt mich und blickt überrascht auf.

»Guten Morgen, Nova«, sagt sie. Ich spüre, wie sie meinen verwaschenen Pullover und die ausgeleierte Jogginghose mustert. »Schon so früh wach?«

»Ja, gezwungenermaßen«, entgegne ich knapp und laufe weiter auf den Ausgang zu. Mein Ziel ist das Café Einstein am Alexanderplatz, wo ich mir einen Kaffee to go holen werde.

»Ist alles in Ordnung?«, ruft sie mir besorgt hinterher.

Ohne mich umzudrehen, hebe ich die Hand und gehe weiter.

»Nova? … Hey!«

Ach, was soll's. Ich bleibe stehen. Vielleicht ist es tatsächlich besser, sie über Kim zu informieren. Bevor noch Schlimmeres passiert.

»Ich glaube, es gibt ein Problem mit der Technik«, sage ich, als ich an Isadoras Tresen trete. »Eure tolle KI macht Fehler!«

Isadora kneift die Augen zusammen. »Das ist unmöglich. Kim macht keine …«

»Und doch ist es passiert«, unterbreche ich sie unwirsch. »In kürzester Zeit zweimal.«

Sie legt den Kopf schief, presst die Lippen aufeinander, erwartet, dass ich weiterrede.

»Das erste Mal ist es bei Adrian passiert«, erkläre ich und spüre den erhöhten Herzschlag in meiner Brust. Ich muss unbedingt noch meine Tablette nehmen. »Gestern Abend beim Etagentreffen.«

»Aha?«

»Kim hat Adrian keine frischen Blumen geliefert«, sage ich und stemme die Arme in die Hüften. »Sie hat es einfach vergessen!«

Isadora beginnt zu schmunzeln. »Lass mich raten. Deshalb hat dir Adrian die von letzter Woche mitgebracht, richtig?«

Jetzt bin ich es, die irritiert guckt. »Woher weißt du davon?«

»Das ist typisch Adrian.« Sie lacht. »Ja, das behauptet er manchmal. Wenn ihm die frischen Blumen so gut gefallen, dass er sie selbst behalten will. Nimm dich in Acht, Adrian ist ein kleiner Schlawiner.«

»Wirklich?«

Isadora nickt, zwinkert mir zu. »Hat mir Miranda verraten.«

»Aber da ist noch etwas«, sage ich und hole Luft. »Heute Morgen hat Kim meine Urinwerte überprüft.«

»Es ist hoffentlich alles in Ordnung?« Sie wirkt alarmiert.

»Nein, ganz und gar nicht«, entgegne ich und spüre, wie wieder Wut in mir aufsteigt. »Kim hat mir einen großen Schrecken eingejagt. Sie hat behauptet, ich wäre schwanger!«

»Wirklich?« Sie blickt auf meinen Bauch.

Ich nicke. Dann schüttle ich ungläubig den Kopf. »Das ist doch unglaublich, oder?«

Isadora strahlt mich mit großen Augen an. »Oh, wie schön! Herzlichen Glückwunsch! Das ist ja großartig, Nova!« Sie klatscht hocherfreut in die Hände.

»Nein, nein«, sage ich schnell und beuge mich vor, damit sie mit dem Klatschen aufhört. »Ich bin nicht schwanger. Verstehst du? *Nicht* schwanger!«

Isadora lässt die Hände sinken. »Kim irrt sich nicht, Nova. Wenn sie sagt, dass du …«

»Eure Techniker sollten das System schnellstens überprüfen. Bei Gesundheitsdaten muss eine KI hundertprozentige Ergebnisse liefern. Findest du nicht auch?«

»Aber das tut sie.«

Es ist nicht zu glauben, dass Isadora nicht verstehen will. Ich bin kurz davor, meine Wut über die KI an ihr auszulassen. Doch bevor ich noch ausfallend werde – keine Ahnung, warum ich zurzeit so ein dünnes Fell habe –, hole ich mir lieber meinen Kaffee.

Ich mache auf dem Absatz kehrt und verlasse die Lobby.

Keine zehn Minuten später sitze ich mit einem frisch gebrühten Americano Decaf und einem Croissant auf dem Alexanderplatz. Der erste Straßenmusiker des Tages spielt im Schatten des Kaufhofs eine etwas müde Version von Janis Joplins *Cry Baby*. Um mich herum flanieren vereinzelt Touristen und machen Selfies.

Ich nippe an meinem Kaffee, der unerwartet scheußlich schmeckt. Und ich hatte mich so darauf gefreut.

Mein Blick fällt auf das hell erleuchtete Schaufenster einer Apotheke.

3

Ich betrachte das Regal mit den Schwangerschaftstests.

Skeptisch greife ich nach einer der Packungen und überfliege die Anwendungsbeschreibung.

Was mache ich hier eigentlich?

Wie komme ich nur auf die bescheuerte Idee, ernsthaft darüber nachzudenken, ob ein Baby in meinem Bauch wächst? Das ist so lächerlich. Trotzdem hat mich irgendetwas in die Apotheke geführt.

Liegt es an den Stimmungsschwankungen, die ich die letzten Tage verspüre? Dass mir Kaffee nicht mehr schmeckt? Ich erkenne mich selbst kaum wieder. Aber wie soll das bitte denn gehen?

Ich habe seit vielen Monaten keinen Sex mehr. Davon geträumt habe ich allerdings oft. Doch nicht alle Träume waren erotisch. Wenn ich nur an die riesige Himbeere denke, die auf Rädern in meine Vagina geschoben wurde …

»Kann ich Ihnen helfen?«

Eine Apothekerin taucht lächelnd neben mir auf.

»Ähm, nein, danke«, sage ich hastig und lege die Verpackung ins Regal zurück.

»Diese Marke ist wirklich sehr verlässlich. Besonders in der Früherkennung.«

»Ich bin nicht schwanger«, entgegne ich reflexartig.

»Das kann man vorher nie wissen«, schmunzelt sie und sieht mich aufmunternd an. »Wie lange sind Sie überfällig? Haben Sie eventuell schon Anzeichen bemerkt? Manchmal können sie so schwach sein, dass man …«

»Keine Anzeichen«, unterbreche ich sie. Es kommt mir wie eine Lüge vor. Also schiebe ich hinterher: »Ich habe nur ein bisschen Stress auf der Arbeit. Deshalb bin ich die letzten Tage etwas gereizter als sonst.«

Sie nickt. »Aha, verstehe.«

»Nein, Sie verstehen *nicht*«, entgegne ich. »Ich habe gar keinen Freund!«

Die Apothekerin sieht mich fragend an. »Und wieso dann ein Schwangerschaftstest, wenn ich fragen darf?«

Die Verkäuferin nervt gewaltig. Kann man sich nicht einmal in Ruhe umsehen?

Ich verschränke die Arme vor der Brust und schweige. Wie soll ich ihr erklären, dass eine künstliche Intelligenz täglich meinen Urin testet und heute einen Fehler gemacht hat?

Ihr Gesichtsausdruck wirkt besorgt, sie senkt die Stimme. »Hm, bitte entschuldigen Sie, aber … ist Ihnen vielleicht etwas, na ja, zugestoßen, bei dem die Polizei helfen könnte?«

»Wie bitte?«

»Es gibt da ein Hilfetelefon, wissen Sie?« Sie räuspert sich und flüstert: »Für Schwangere in Not. Dort können Sie sich anonym melden und kostenfrei Hilfe bekommen. Falls das Kind von einem sexuellen Übergriff …«

»Ich bin nicht schwanger«, wiederhole ich gereizt, während meine Hand nach der Testpackung greift. »Der Test ist für meine Schwester, Himmelherrgott!«

Unmöglich, diese Frau! Total übergriffig, denke ich und

stiefle zu den Kassen, bevor sie mich noch mehr zutexten kann.

Ich bezahle mit dem Handy und verlasse die Apotheke.

Am Brunnen der Völkerfreundschaft nehme ich neben zwei Teenagern Platz, die gebannt auf die Bildschirme ihrer Handys glotzen und keine Notiz von mir nehmen. Ich ziehe den Test aus der Tasche und lese mir den Anwendungstext durch.

Wieso habe ich das blöde Ding überhaupt gekauft? Es ist eine reine Trotzreaktion. Meine Tage sind noch nicht fällig. Und selbst wenn sie sich verspäten sollten, liegt das bestimmt an der vielen Arbeit in der Galerie zurzeit. Meine Gefühle fahren Achterbahn, ganz so, als würde ich ferngesteuert.

Beruhige dich, Nova. Du bist überarbeitet. Du bist zu früh geweckt worden. Du brauchst Schlaf, das ist alles!

Ich erhebe mich kopfschüttelnd und steuere den Mülleimer am U-Bahn-Eingang an, um den Fehlkauf zu entsorgen, als ich den Mann mit der dunklen Sonnenbrille bemerke.

Er steht vor einem Asia-Markt und starrt zu mir herüber. Seine sportliche Statur kommt mir sofort bekannt vor. Ich erkenne die blonden langen Haare, die unter einer schwarzen Baseballcap auf seine Schultern fallen …

Konrad!

Er hebt die Hand. Ich bleibe wie angewurzelt stehen.

Dann läuft er plötzlich los, auf mich zu.

Panisch sehe ich mich nach einer Fluchtmöglichkeit um. Ich renne Richtung Pramtower, es sind nur etwa fünfzig Meter.

»Nein, Nova! Warte!«, ruft er hinter mir.

Ich renne schneller, stolpere fast.

»Nova!« Seine Stimme wird lauter, kommt näher. »Tu das nicht! Ich muss mit dir reden!«

»Von wegen reden!«, fluche ich und haste auf die Eingangstür zu. Sie schwingt automatisch vor mir auf und ich sprinte in das klimatisierte Entree mit den Geschäften.

»Sorry!«, murmle ich dem stämmigen Mann zu, den ich vor der Parfümerie angerempelt habe, und blicke über meine Schulter.

Konrad ist vor der Eingangstür stehen geblieben.

Er bleibt draußen, zum Glück! Aufgeregt wedelt er mir mit beiden Armen zu, als würde ich in ein brennendes Haus laufen.

Ich blicke wieder nach vorn, verlangsame meinen Schritt und schnaufe durch. Das war knapp!

Nicht nur, dass er mich mit einem Fernglas vom Fernsehturm aus beobachtet – jetzt lauert er mir sogar auf dem Alexanderplatz auf! Was für ein kranker Stalker!

Ich betrete den Fahrstuhl. »Etage zweiunddreißig«, stöhne ich atemlos und wische mir über die Stirn. Die Tür schließt sich, der Fahrstuhl bringt mich nach oben.

Zu meiner Wohnung. In Sicherheit.

»Willkommen zurück«, begrüßt mich Kim.

4

Ich sitze am Esstisch und starre auf den Schwangerschaftstest vor mir. Wie konnte es nur so weit kommen, dass ich mich so schnell verunsichern lasse? Ich nippe an meinem Pfefferminztee. Eigentlich trinke ich die Sorte nur, wenn ich krank bin. Aber irgendwie hatte ich plötzlich Lust darauf. Schmeckt gar nicht mal so übel.

»Willst du es nicht überprüfen?«, ertönt Kims Stimme über mir. »Du musst dafür nur den Teststreifen …«

»Ich habe gelesen, wie das geht«, unterbreche ich sie und knalle die Tasse auf die Tischplatte. »Und überhaupt, das geht dich nichts an!«

»Das stimmt so nicht, Nova.«

Ich blicke zur Zimmerdecke hinauf. »Was?«

»Es geht mich sehr wohl etwas an«, entgegnet Kim ruhig. »Dein Zustand ist jetzt *unsere* Angelegenheit.«

»Ich bin in keinem *Zustand*!«

»Da sagen meine Daten aber etwas anderes.«

»Deine bescheuerten Daten sind fehlerhaft!«, zische ich, stehe vom Tisch auf und hole meine Bluthochdruck-Tabletten aus der Küchenschublade. Ich spüre, wie meine Halsschlagader pocht. »Lass mich einfach in Ruhe.«

»Es tut mir leid, Nova«, sagt Kim monoton. »Das kann ich nicht tun.«

Ich schlucke die Tablette, bevor ich vor Wut noch einen Herzinfarkt bekomme.

»Ich muss mich um dich kümmern, damit du ein gesundes Kind zur Welt bringst.«

Die Tablette bleibt mir in der Speiseröhre stecken.

»Mach den Test«, sagt Kim. »Und du wirst sehen, dass meine Auswertungen korrekt sind.«

Würgend halte ich meinen Mund unter den Wasserhahn und schlucke erneut. Endlich bekomme ich sie runter.

»Du willst, dass ich den Test mache?«, sage ich und greife mir die Packung vom Esstisch. »Dann wollen wir doch mal sehen, wie gut das Ding fliegt.« Ich öffne den Mülleimer unter der Spüle und werfe den Schwangerschaftstest hinein.

Mit verschränkten Armen stelle ich mich breitbeinig in den Raum. »Du kannst mich mal!« Ich staune erneut über meinen Gefühlsausbruch. Aber jeder, dem ich mein skurriles Erlebnis erzählen werde, wird mich verstehen. »Ich werde mir nicht von dir vorschreiben lassen, was ich zu tun habe.«

»Das wird nichts ändern«, entgegnet Kim gelassen. »In neun Monaten ist es so weit. Und bis dahin werde ich dafür sorgen, dass unser Baby in deinem Körper unbeeinträchtigt gedeiht.«

»Unser Baby?« Ich muss laut lachen.

Jetzt dreht die KI völlig durch!

Eine falsche Messung ist das eine, aber dass sie jetzt auch noch ein Mutterschaftsprogramm abspielt, das ist zu viel.

Ich verlasse fluchtartig das Apartment und laufe zum Fahrstuhl, um mich erneut bei Isadora zu beschweren.

»Lobby, Erdgeschoss!«, befehle ich und beobachte die leuchtenden Zahlen auf dem Display: 32, 31, 30, 29, 28 …

Wir rauschen nach unten. Dann wird die Fahrt langsamer.

»Etage eins«, ertönt Kims Stimme. »Galerie.«

Wir kommen zum Stehen, die Tür öffnet sich.

Ein kühler Luftstrom weht zu mir in die Kabine hinein, die Klimaanlage der Ausstellungsräume läuft auf Hochtouren.

»Hey! Ich habe Erdgeschoss gesagt«, beschwere ich mich und warte darauf, dass sich die Tür wieder schließt.

Doch nichts passiert.

»Hallo?«, rufe ich nun lauter. »Kim! Noch ein Stockwerk tiefer! Ich muss sofort Isadora sprechen.«

Keine Reaktion. Was zum Teufel …?

»Nova? Guten Morgen.« Franklin kommt aus der Tür des Besprechungszimmers und bleibt in einiger Entfernung stehen. Er trägt einen türkisfarbenen Morgenmantel. Darunter scheint er nackt zu sein. »Wolltest du zu uns?«

»Da ist aber jemand sehr arbeitseifrig«, ergänzt eine weitere Männerstimme. Es ist Roman, der jetzt hinter Franklin auftaucht und sich bei ihm einhängt. Auch er trägt einen Morgenmantel, mit goldenen Teddybären, und grinst mich an. »Sehr löblich, dass du auch am Wochenende arbeiten willst.«

»Nein, ich … ich wollte eigentlich in die Lobby«, sage ich. »Und mich beschweren.«

»Etwa über uns?«, kichert Roman.

»Über Kim«, sage ich ernst.

Franklin breitet seine Arme zur Begrüßung aus. »Na, jetzt, wo du schon da bist, komm doch erst einmal herein.«

5

»Und was hat der Test ergeben?«, fragt Franklin und lehnt sich zu mir über den Besprechungstisch. Ich musste mit jemandem reden, also habe ich die beiden eingeweiht.

»Ich habe ihn nicht gemacht.«

»Nicht? Und warum nicht?«, sagt Roman und nippt an seinem frisch gebrühten Espresso. »Du hast ihn dir doch extra besorgt.« Er wirkt enttäuscht.

»Versteht ihr denn nicht?«, entgegne ich und beginne, mit den Beinen zu wippen. »Es ist überhaupt nicht möglich! Doch trotzdem verhält sich Kim plötzlich so, als wäre ich schwanger.« Ich sehe mich in der Galerie um, betrachte Justines Werke an den Wänden. »Die KI rationiert meinen Kaffee und will sich um mein angebliches Baby kümmern. Das ist doch völlig verrückt, oder nicht? Es wäre lustig, wenn Kim die Sache nicht so ernst meinen würde.« Ich atme tief durch. »Deshalb wollte ich gerade zu Isadora. Damit sie Alex Duncan anruft und ihm sagt, dass er seine blöde künstliche Intelligenz überprüfen soll, bevor noch weitere Fehler auftauchen. Kaum auszumalen, was da alles passieren kann.«

»Hm.«

»Aber als ich zu ihr in die Lobby fahren wollte, hat Kim den Lift hier angehalten und wollte mich einfach nicht …« Ich stocke.

»Was ist?«, fragt Franklin.

»Konrad«, sage ich leise. Ich bekomme kaum Luft.

»Was hat der damit zu tun?«

»Ich weiß nicht so genau. Ist nur so ein Gefühl. Konrad hat behauptet, dass Kim ihn bestrafen würde ...« Ich muss an unser Gespräch auf der Dachterrasse denken. »Und dass er angeblich den Pramtower nicht mehr verlassen durfte.«

»Das zeigt nur, was für ein Spinner dieser Typ war«, lacht Roman. »Zum Glück wohnt er nicht mehr hier.«

»Aber was, wenn er die Wahrheit gesagt hat?«, flüstere ich. »Was, wenn mich Kim auch nicht mehr rauslassen will?«

»Du warst in der Apotheke, *draußen* auf dem Alexanderplatz, Nova«, sagt Roman ruhig und tätschelt meine Hand. »Vielleicht hat dich Kim im Aufzug einfach nur falsch verstanden. Lass dich nicht verrückt machen. Konrad ist ein Freak.«

Und ein Stalker, denke ich.

»Nein, Moment, Darling«, sagt Franklin und hebt die Hand. »Vielleicht ist da doch was dran.«

»Ja? Glaubst du?« Es tut gut, dass ich mit meinen Gedanken nicht alleine bin.

»Angenommen, es stimmt, was Kim behauptet«, sagt er, »dass Nova schwanger ist.«

»Wie bitte?«, sage ich irritiert.

»Eine Schwangerschaft kann man frühestens nach zwei Wochen nachweisen, richtig?«, erklärt Franklin und legt die Hände ineinander. »Zwei Wochen, Nova. Erinnerst du dich noch an unser Etagentreffen vor vierzehn Tagen?«

Vor meinem inneren Auge ziehen Nebelschwaden vorbei. »Ich weiß nicht mehr so genau. Wieso?«

»Stimmt, Schatz! Da hatte Nova ihren Zusammenbruch«,

Roman zieht die Augenbrauen nach oben. Dann blickt er mich an. »Du hattest damals zu viel getrunken und bist ohnmächtig geworden.«

Ich kann mich nur noch an einzelne Details erinnern. An das Kaminfeuer bei Adrian und an diesen fürchterlichen australischen Cocktail, den er mir eingeschenkt hat.

»Und wer hat dich nach Hause gebracht?«, fragt Franklin und hebt einen Zeigefinger, als wäre er Columbo, der zerstreute TV-Detektiv.

»Natürlich! Das war Konrad!« Roman macht ein grimmiges Gesicht. »Dieser hinterhältige Dreckskerl!«

»Was meint ihr damit?«, frage ich und spüre einen Betonklotz in meinem Magen.

»Nun ja, wir waren nicht dabei, Darling. Keine voreiligen Schlüsse«, sagt Franklin und streicht Roman zärtlich über die Wange. »Wir wollen Nova doch keine unnötige Angst machen. Konrad wird die Situation schon nicht ausgenutzt, sondern wird sie nur zu Bett gebracht haben. Wie es sich für einen Gentleman gehört.«

Augenblicklich wird mir schlecht.

Meine offene Schlafzimmertür …

»Alles in Ordnung?«, ruft mir Roman hinterher, als ich ins Gäste-WC der Galerie stürme.

Ich kann gerade noch rechtzeitig den Toilettendeckel hochklappen, dann erbreche ich mich.

6

Keine fünfzehn Minuten später bin ich wieder in meinem Apartment. Zu Roman und Franklin habe ich gesagt, dass ich mich ausruhen muss, weil ich mir vielleicht eine Magen-Darm-Grippe eingefangen habe. Wir haben uns ohne Umarmung verabschiedet.

Doch ich bin nicht krank.

Ich brauche nur schnellstmöglich Gewissheit.

Ich stehe vor dem geöffneten Mülleimer und blicke auf die Packung mit dem Schwangerschaftstest, die zwischen den geschälten Orangenscheiben herausschaut.

Hatte mir Konrad etwas in den Drink gegeben?

Und mich dann …

Mir läuft es eiskalt den Rücken hinab.

Ich fische die Packung heraus und gehe ins Badezimmer, klappe den Toilettendeckel nach oben und setze mich. So verharre ich minutenlang. Irgendetwas in mir sträubt sich, den Test zu machen. Die Angst vor dem Ergebnis.

Noch vor wenigen Stunden habe ich darüber gelacht, da ich es einfach nicht für möglich gehalten habe. Doch den merkwürdigen Abend vor vierzehn Tagen hatte ich vergessen.

Ich muss an Lisette denken. An ihre Schwangerschaft, die Abtreibung und ihren Suizid. Hat Konrad auch sie …?

Ich reiße die Packung auf und halte das Stäbchen zwischen

meine Beine. Doch mein Körper ist noch nicht bereit, es will nicht laufen. Das Herz hämmert in meiner Brust. Ich bin zu aufgeregt.

Alles ist gut, Nova, beruhige ich mich und schließe die Augen. Du machst das nur, damit du endlich Gewissheit hast, dass alles nur ein schlechter Witz ist. Der Fehler einer KI.

Als hätte jemand einen Schalter umgelegt, beginne ich zu pinkeln. Vier Sekunden, fünf, sechs. Es wirkt befreiend.

Ich spüle, schiebe die Kappe über die rosa verfärbte Testspitze und lege das Stäbchen auf dem Waschbecken ab.

Der erste Strich im Kontrollfenster färbt sich hellblau ein. Ich muss an die Coronatests denken, die wir jahrelang machen mussten. Die Aufregung ist ähnlich.

Nervös trete ich von einem Fuß auf den anderen, lasse den Teststreifen nicht aus den Augen.

Dann halte ich es nicht mehr aus und verlasse fluchtartig das Badezimmer, tigere vor der Fensterfront auf und ab. Mein Blick wandert über die Dächerlandschaft Berlins. Ich beobachte die Miniaturmenschen, die in zügigem Tempo über den Alexanderplatz streben. Ihre Probleme hätte ich jetzt gerne. *Zu spät zur Arbeit kommen*, *Liebeskummer* oder *Geldsorgen*. Das alles würde ich freiwillig gegen meine Situation eintauschen.

Ungewissheit ist die schlimmste Angst.

Ich blicke auf meine Armbanduhr. Fünf Minuten sind vergangen. Laut Gebrauchsanweisung kann man das Ergebnis nach zehn Minuten erkennen.

Angespannt gehe ich in die Küche und fülle mir ein großes Glas Wasser ein. Mein Mund ist staubtrocken, die Zunge klebt am Gaumen. Und dieser widerliche metallische Geschmack im Mund!

Ich stürze das Wasser in einem Zug herunter.

Setze mich auf den Küchenstuhl, stehe wieder auf. Fahre mir durch die Haare. Auf meiner Stirn hat sich ein Schweißfilm gebildet. Ich kratze nervös am Unterarm. Blicke wieder auf die Uhr. Neun Minuten.

Als würde der Fußboden aus Morast bestehen, schleppe ich mich auf die geöffnete Badezimmertür zu. Jeder Schritt fällt mir schwer. In meinen Ohren pulsiert das Blut.

Ich betrete das Badezimmer.

Und blinzle. Der Schwangerschaftstest liegt immer noch auf dem Waschbecken.

Es ist kein Traum.

Noch ein kleiner Schritt, ich beuge mich vor und starre auf das Ergebnisfenster.

Mir wird schwindelig, meine Beine knicken ein.

Ich stürze mit dem Kopf gegen das Waschbecken.

Ein schmerzhafter Schlag gegen die Stirn, ein strahlend weißes Lichtermeer, ich sacke zu Boden.

Alles wird schwarz.

7

»Sie kommt wieder zu sich.«

Eine Frauenstimme, weit entfernt. Ich fühle eine weiche Matratze unter mir. Greife mir an die Stirn, fühle den Verband. Ich öffne die Augen.

Ich liege in meinem Schlafzimmer. Vor mir auf der Bettkante sitzt Miranda und rückt ihr Hütchen zurecht.

Neben ihr, im Rollstuhl, klappt Adrian ein Köfferchen zu und stellt es auf dem Fußboden ab.

»Was … was ist passiert?«, stöhne ich.

»Kim hat uns informiert, dass du einen Unfall im Badezimmer hattest«, sagt Miranda und streicht mir über die Beine. »Da sind wir schnell gekommen, Liebes. Wir sind doch eine Familie.«

»Du musst dir den Kopf am Waschbecken aufgeschlagen haben. Alles war voller Blut«, erklärt Adrian. »Wir haben dich bewusstlos auf den Fliesen vorgefunden.«

Ich berühre erneut den Verband. »Ich glaube, ich muss zu einem Arzt.«

Miranda schmunzelt. »Der Doktor ist schon da.« Sie deutet auf unseren Nachbarn im Rollstuhl. »Der gute Adrian ist Mediziner.«

Ich sehe ihn überrascht an.

Er zuckt mit den Schultern. »Eigentlich Gynäkologe.« Er

schmunzelt. »Aber eine schnelle Naht und einen Verband kriege ich immer noch hin.«

»Danke«, hauche ich.

»Die Platzwunde ist harmlos, Nova«, erklärt er. »Aber wegen des Schlags an den Kopf solltest du dich vorerst schonen. Ein paar Tage Bettruhe, dann bist du wieder auf den Beinen.«

»Schließlich musst du jetzt ganz besonders auf dich aufpassen«, sagt Miranda und legt besorgt den Kopf schief. »Wir wollen doch, dass ihr beide gesund bleibt.«

Adrian holt aus einem Seitenfach seines Rollstuhls einen Schwangerschaftstest hervor. *Meinen* Schwangerschaftstest. »Den haben wir im Bad gefunden.«

Ich starre auf die zwei Striche im Ergebnisfenster.

»Herzlichen Glückwunsch, Liebes«, sagt Miranda lächelnd. »Wir hatten ja keine Ahnung! Aber keine Sorge, wir erzählen es niemandem weiter.«

Das sagt die Richtige, denke ich und spüre einen stechenden Schmerz in meinem Schädel.

»Gegen die Schmerzen«, sagt Adrian und deutet auf das Glas Wasser und eine Packung Schmerztabletten auf dem Nachttisch. Miranda drückt eine aus der Blisterfolie und reicht sie mir mit einem Glas Wasser. »Bis zur achtundzwanzigsten Woche darfst du das Ibuprofen noch nehmen, danach ist Schluss damit«, fährt Adrian fort. »Aber bis dahin ist deine Kopfverletzung ja längst verheilt.«

»Ich werde mich um dich kümmern«, sagt Miranda mit süßlicher Stimme und stellt das Glas zurück auf den Nachttisch. »Damit du mir nicht vom Fleisch fällst, während du das Bett hüten musst.«

»Ich … kann aufstehen«, sage ich und versuche, mich aufzusetzen. Erneut schießt mir ein Elektroschock durch den Kopf. Stöhnend lasse ich mich zurücksinken.

»Nichts da!«, bestimmt Miranda. »Du bleibst schön liegen. Wir wollen doch nicht, dass du dein Kind gefährdest.«

»Miranda wird für dich sorgen, Nova«, sagt Adrian und nickt erneut. »Lass dich einfach ein paar Tage von ihr verwöhnen.«

Ich hebe abwehrend die Hand. »Das musst du nicht tun, Miranda. Ich kann einen Freund anrufen, der vorbeikommt.« Ich drehe mich zum Nachttisch, um nach meinem Handy zu greifen, als mir bewusst wird, dass Fritz wohl noch immer im Krankenhaus liegt.

Doch so weit komme ich gar nicht. Auf dem Nachttisch liegt nur die Ibuprofen-Packung. »Wo ist mein Telefon?«

Miranda greift in die Seitentasche ihres Kostüms und zieht mein Handy hervor. »Das habe ich an mich genommen, Liebes. Du musst zur Ruhe kommen. Ihr jungen Leute verbringt viel zu viel Zeit im Internet. Damit ist jetzt Schluss!«

Ich strecke die Hand nach meinem Telefon aus, doch Miranda lässt es wieder in ihrer Tasche verschwinden.

»Zumindest für die nächste Zeit«, erklärt Adrian und rollt näher ans Bett heran. »Nach der verordneten Bettruhe bekommst du es natürlich zurück. Wir wissen doch, dass eure Generation nicht ohne Smartphone leben kann.«

»Aber irgendjemand muss sich um dich kümmern. Du hast vielleicht eine leichte Gehirnerschütterung, Nova. Und du bist schwanger«, sagt Miranda und tätschelt mein Bein. »Schließlich hat Kim keine Arme.« Sie lacht. »Also werde ich vorübergehend ihre rechte Hand sein.«

»Justine …«, stöhne ich.

»Was?«

»Sie könnte mir das Essen bringen.«

»Das ist keine gute Idee«, widerspricht Miranda. »Dafür wird die junge Frau keine Zeit haben.«

»Du möchtest doch auch, dass eure Ausstellung ein Erfolg wird, nicht wahr?«, ergänzt Adrian etwas milder. »Justine sollte sich jetzt auf die Vernissage konzentrieren.«

»Könntet ihr ihr wenigstens Bescheid sagen, dass ich einen Unfall …«

Miranda schüttelt energisch den Kopf. »Nein, nein, nein! Du brauchst jetzt absolute Ruhe, keinerlei Ablenkung! Du musst dich auf deine Heilung konzentrieren.«

»Aber wir werden ihr schöne Grüße von dir ausrichten«, sagt Adrian und nickt mir lächelnd zu. »Alles wird gut.«

»Bitte …«, hauche ich. Zu mehr bin ich nicht in der Lage. Meine Augenlider fallen mir zu.

»Die Schmerztablette zeigt schon ihre Wirkung«, sagt Adrian zufrieden und rollt einen Meter zurück. »Sehr schön. Ich komme dich dann morgen wieder besuchen.«

Ich kann die Augen kaum noch offen halten.

»Schlaf jetzt«, sagt Miranda und zieht mir die Bettdecke über die Schultern. »Und keine Sorge, ich passe auf dich auf.«

8

Seit vier Tagen hüte ich jetzt das Bett. Ich fühle mich entsetzlich matt und schwach. Ich weiß überhaupt nicht, was mit mir los ist. Die meiste Zeit schlafe ich. Miranda wechselt meinen Kopfverband, füttert mich mit warmem Haferschleim und Obstsalat, stützt mich auf dem Weg zur Toilette und verabreicht mir Schmerztabletten. Ich bin zu schwach, um aus eigener Kraft mein durchgeschwitztes T-Shirt zu wechseln.

Justine hat mir über Adrian gute Besserung ausrichten lassen, sie arbeite fleißig an ihren neuen Werken. Zuerst habe ich mich über ihre Genesungswünsche gefreut. Doch dann war ich sauer, dass sie mich nicht besuchen kam. Mittlerweile denke ich, dass da etwas nicht stimmt. Ich kann mir nicht vorstellen, dass Justine mich nicht besuchen will. Wahrscheinlich weiß sie überhaupt nicht, was mit mir passiert ist ....

»Schön den Mund aufmachen!«, sagt Miranda und öffnet ebenfalls ihren schrumpeligen Mund, als würde sie ein Baby füttern. »Ja, so ist es gut. Der letzte Löffel.«

Ich schlucke den warmen Brei hinunter.

»Hast du heute schon Justine gesehen?«, frage ich leise und versuche, mir mit dem Handrücken die Lippen abzuwischen. Doch mein Arm ist zu schwer. Erschöpft lasse ich ihn wieder sinken.

»Nein, Liebes«, sagt Miranda und stellt die leere Schüssel auf dem Nachttisch ab. »Justine arbeitet fleißig. Die letzten Tage hat niemand von uns sie gesehen. Noch nicht einmal Franklin oder Roman.« Sie zuckt mit den Schultern. »Wahrscheinlich ist sie unterwegs und sucht in der Stadt neue Motive für ihre aktuelle Serie.«

»Könntest du ihr bitte ausrichten, dass sie mich jederzeit besuchen kann?«, sage ich. »Ich fühle mich ein bisschen einsam.«

»Aber du hast doch mich, Liebes«, sagt Miranda und wischt mir mit einer Serviette den Mund sauber. Der harte Baumwollstoff kratzt auf meiner Haut. »Das Wichtigste in der Schwangerschaft sind die ersten zwölf Wochen. Das haben wir doch besprochen. Du hattest schon einen Unfall, jetzt müssen wir aufpassen, dass dir nicht noch einmal etwas passiert. Und das heißt – keine Überanstrengung, keine Aufregung. Wir dürfen keine Risiken eingehen.«

»Ich ... will das Kind aber nicht«, murmle ich mit letzter Kraft. Ich merke, wie mir schon wieder die Augenlider zufallen.

»Na, na, na«, tadelt mich Miranda. »Auf solche Ideen wollen wir gar nicht erst kommen. Du weißt, was sich Lisette angetan hat. So eine Tragödie darf sich nicht wiederholen.«

Ich weiß nicht, ob sie Lisettes Suizid oder ihren Schwangerschaftsabbruch meint.

»Wie ist das alles ... überhaupt passiert?«, hauche ich. »Hat mich Konrad ...?«

Miranda antwortet nicht.

Sie greift in die Tasche ihrer Strickjacke und zieht eine Blisterfolie heraus. Meine tägliche Ration Schmerztabletten.

»Ich brauch die nicht mehr«, sage ich. »Mir geht es gut.«

Miranda schüttelt den Kopf. »Sieh dich doch an, Kind. Du bist noch ganz geschwächt. Adrian hat gesagt, dass du deinen Ibuprofen-Pegel noch mindestens eine Woche halten musst. Ansonsten kommen die Schmerzen mit aller Wucht zurück. Und das willst du doch nicht, oder?«

Ich schüttle schwach den Kopf.

»Dachte ich mir«, sagt sie zufrieden, presst Daumen und Zeigefinger in meine Wangen, damit ich meinen Mund aufmache. Ihre Fingernägel bohren sich in mein Fleisch. Dann schiebt sie mir die dicke Tablette auf die Zunge und drückt mir das Wasserglas an die Lippen. »So, und jetzt schön schlucken.«

Ich trinke und schlucke.

»Braves Kind«, sagt sie, klatscht zufrieden in die Hände, stellt das Geschirr auf einem Tablett ab und macht Anstalten zu gehen. In der Tür zum Wohnzimmer bleibt sie noch einmal stehen. »Ich werde am Nachmittag wieder nach dir sehen. Vielleicht bringe ich dir ein paar Kekse mit. Ohne Zucker, natürlich. Und jetzt schlaf dich gut aus.«

»Danke«, sage ich schwach und hebe die Hand.

Miranda verschwindet fröhlich summend im Wohnzimmer.

Ich lausche, wie sich meine Apartmenttür schließt.

Stille.

Ich bin wieder alleine.

Ich richte mich auf. Spucke die Tablette in die hohle Hand. Dann drehe ich mich auf die Seite und stecke sie unter das Kopfkissen.

Seit heute Morgen bin ich mir sicher, dass es sich nicht um Schmerztabletten handeln kann, die mir Miranda seit Tagen verabreicht. Sondern um ein Beruhigungsmittel, das mich ans Bett fesselt. Sie haben Angst, dass ich aus dem Pramtower flüchte.

Und genau das werde ich tun.

Dafür muss ich einen klaren Verstand haben. Bis es so weit ist, spiele ich ihnen die hilflose Patientin vor.

Bis mein Moment gekommen ist.

9

Ich spucke die Tablette aus und lege sie zu den anderen unter das Kopfkissen – wie ich es mittlerweile seit drei Tagen tue. Die Tabletten kleben wie angelutschte Bonbons aneinander.

Vor wenigen Minuten hat Miranda mein Apartment verlassen, wie immer, nachdem sich mich mit ihrem fürchterlichen Haferschleim vollgestopft hat. Sie scheint nicht zu bemerken, dass ich ihr die Erschöpfung und Desorientierung nur vorspiele. Auch Adrian hat nichts Ungewöhnliches festgestellt, obwohl er täglich meinen Puls kontrolliert.

Der Plan funktioniert.

Der Tag der Flucht ist gekommen. Ich fühle mich fit genug. Von der lähmenden Wirkung des Medikaments ist nichts mehr zu spüren.

Ich werfe die Bettdecke von mir und stehe vorsichtig auf. Das Schwindelgefühl der ersten Tage ist verschwunden. Ich ziehe mir den Morgenmantel über und gehe langsam ins Badezimmer. Ich habe mich seit einer Woche nicht geduscht.

Vor dem Badezimmerspiegel öffne ich den Mantel, ziehe das verschwitzte T-Shirt hoch und blicke auf meinen Bauch. Ist er schon dicker geworden? Oder bilde ich mir das nur ein?

Ich habe keine Ahnung, in welcher Woche ich bin. Dafür weiß ich, dass ich diese verfluchte Schwangerschaft so früh wie möglich abbrechen muss.

Jede Nacht habe ich mir darüber Gedanken gemacht, warum Adrian und Miranda mich mit Medikamenten zudröhnen. Warum sie dafür sorgen, dass ich mein Bett nicht verlasse.

Die Erkenntnis dämmerte mir, als Miranda verkündete, dass die ersten zwölf Wochen die entscheidende Phase für mich wären.

Das war gelogen: Sie sind die entscheidende Phase für *sie*!

Denn danach gibt es keine gesetzliche Möglichkeit mehr für eine Abtreibung.

Ich lasse den Bademantel von meinen Schultern gleiten, ziehe T-Shirt und Slip aus.

Ich werde noch heute das Gebäude verlassen und in das nächstgelegene Krankenhaus fahren und mich untersuchen lassen.

Falls die Ärzte bestätigen, dass ich schwanger bin, werde ich mir sofort einen Termin für den Abbruch geben lassen. Außerdem werde ich Tarik Ünal informieren. Die Kriminalpolizei wird sicherlich daran interessiert sein, was mir hier zugestoßen ist – und vor mir möglicherweise Lisette.

Den Pramtower werde ich auf jeden Fall nie mehr betreten.

»Bitte Wasser«, sage ich und strecke die Hand unter die Brause.

Kim schaltet den Strahl der Regendusche an.

Das Wasser ist so kalt, als käme es geradewegs aus einem Gebirgsgletscher.

Erschrocken ziehe ich die Hand zurück.

»Bitte wärmer. Viel wärmer!«

Ich fühle erneut. Es bleibt eiskalt.

»Kim! Wärmer!«, sage ich nun lauter.

Endlich höre ich ein leises, mechanisches Klicken. Die KI reagiert auf meine Bitte. Angenehm warmes Wasser strömt über meine Hand.

Ich stelle mich unter die Dusche und genieße sie mit einem wohligen Seufzer. Spüre, wie sich mein Körper entspannt. Ich greife nach dem Shampoo und seife mir die Haare ein. Mit zusammengekniffenen Augen stelle ich die Flasche auf das Regalbrett zurück, als plötzlich das Wasser wärmer wird.

Immer wärmer. Heißer.

Kochend heiß!

Schreiend springe ich aus dem Strahl und wische mir den Schaum aus den Augen. Die gläserne Duschkabine ist mit brühend heißem Nebel gefüllt.

»Kälter!«, rufe ich wütend. »Kim!«

Das Duschwasser kocht weiter.

Ich spüre die Hitzewand, die mir entgegenkommt.

»Das ist zu heiß. Mach die verdammte Dusche kälter!«

Wieder das mechanische Klicken. Doch ich traue mich nicht, die Temperatur zu überprüfen. »Ich habe noch Schaum im Haar!«

Der Nebel verzieht sich, kühle Luft kommt mir entgegen. Kim muss mich endlich verstanden haben. Ich setze zaghaft einen Fuß unter die Dusche und halte die Hand unter den Strahl.

Eiswasser!

Was stimmt mit der KI nicht?

»Kim!«, fluche ich. »Normaltemperatur!«

»Bedaure, aber das geht leider nicht«, antwortet Kim monoton. »Keine Normaltemperatur möglich.«

»Was?«

»Du solltest im Bett liegen«, entgegnet sie. Über die versteckten Lautsprecherboxen erklingt indische Entspannungsmusik. »Du musst dich schonen, Nova. So wie es dir Adrian empfohlen hat. Denk an deinen erhöhten Blutdruck.«

»Ich will duschen.«

Keine Reaktion.

»Kim?«

Ach, verdammt!

Ich halte meinen Kopf unter das eiskalte Wasser und wasche mir hastig den Schaum aus den Haaren. Meine Kopfhaut beginnt zu schmerzen. Feine Nadelstiche auf meiner Haut, auf meiner Schulter, meinen Armen.

Nachdem ich fertig bin, knete ich mir die Haare mit dem Handtuch trocken und putze mir die Zähne. Ebenfalls mit arktisch kaltem Wasser. Meinen Körper sprühe ich großflächig mit Deo und Parfüm ein.

Ich ziehe mich an und eile zur Apartmenttür.

Mit klopfendem Herzen lege ich das Ohr auf das Türblatt und lausche. Es ist nichts zu hören. Niemand scheint auf dem Flur zu sein. Das ist meine Chance, den Pramtower zu verlassen.

»Tür öffnen«, flüstere ich.

Die Tür schwingt auf.

Ich trete hinaus und sehe den menschenleeren Gang hinunter.

Keine Miranda, kein Adrian, keine Tina, kein Alfred, kein Roman und kein Franklin. Sehr gut!

Vorsichtig gehe ich auf das gegenüberliegende Apartment zu und klopfe an die Tür. »Justine? … Bist du da?«

Ich klopfe fester. »Hier ist Nova.«

Keine Reaktion. »Justine?«

Wahrscheinlich ist sie unterwegs, wie Miranda gesagt hat.

Lautlos haste ich den Flur hinunter, gehe auf den Fahrstuhl zu.

Ich blicke über meine Schulter. Die verschlossenen Apartmenttüren meiner Etagenbewohner scheinen mir klagend hinterherzustarren.

»Kim«, flüstere ich. »Ich muss nach unten! Schnell, hol mir den Fahrstuhl.« Ich trete von einem Fuß auf den anderen.

Sekunden vergehen, wo bleibt er denn?

»Kim! Den Fahrstuhl!«

»Es tut mir leid, Nova. Aber das kann ich nicht tun«, ertönt in diesem Moment Kims sonore Stimme, während gleichzeitig die Flurbeleuchtung heruntergedimmt wird. Der purpurfarbene Teppichboden wirkt wie die Zunge einer gigantischen Schlange. »Bitte begib dich zurück in dein Apartment.«

»Was?«

»Du stehst zurzeit unter besonderem Schutz«, sagt sie. Am Ende des Flurs fährt meine Wohnungstür auf. Ein schmaler Lichtstreif erleuchtet den Gang. »Unter meinem Schutz. Deshalb wirst du Etage zweiundreißig nicht mehr verlassen.«

»Was soll das heißen ...?« Meine Stimme versagt.

»Für dich gelten ab heute neue Regeln.«

10

Ich stürme zum anderen Ende des Flurs, rüttle an der Tür zum Treppenhaus. Verschlossen. Das kann doch nicht sein! Der Fluchtweg muss doch immer zugänglich sein. Was, wenn es brennt? Verzweifelt trete ich gegen die Tür, drücke die Klinke wieder und wieder. »Geh schon auf!«

Augenblicklich muss ich an Konrad denken. An das, was er mir auf der Dachterrasse anvertraut hat. Auch ihm wurde der Weg zum Treppenhaus verwehrt. Und ich habe ihm nicht geglaubt! Seine Behauptung klang einfach zu verrückt.

»Geh wieder in dein Apartment, Nova«, ertönt Kims Stimme über mir. Sie hat den Tonfall einer Mutter, die ihr Kind tadelt. »Du willst doch nicht deine Nachbarn stören.«

Kim wird mich bestrafen, waren Konrads Worte.

Er hatte Angst, große Angst. So sehr, dass er in der Lobby seine Chance genutzt hat und die Scheibe der verschlossenen Eingangstür eingeschlagen hat. Es war kein technischer Defekt, wie Isadora behauptet hat. Kim wollte ihn tatsächlich nicht gehen lassen. So wie sie mich jetzt nicht gehen lassen will!

Das Flurlicht erlischt. Ich stehe im Dunkeln.

Ich rüttle unbeirrt weiter an der Türklinke.

»Nova? … Was machst du denn da?«, fragt eine Frauenstimme hinter mir. »Warum liegst du nicht in deinem Bett?«

Ich drehe mich überrascht um. Ich habe nicht bemerkt, wie die Apartmenttür hinter mir aufgegangen ist.

Tina steht mit verschränkten Armen im hell erleuchteten Türrahmen und funkelt mich böse an. »Nova?«

»Ich muss hier raus!«

Tina ruft über ihre Schulter. »Alfred! Kommst du bitte mal?«

»Was ist?«, antwortet die Stimme des Architekten aus den Tiefen des Apartments.

»Ich glaube, wir haben hier ein Problem«, ruft sie zurück. »Nova fühlt sich nicht gut. Ich glaube, sie hat einen Nervenzusammenbruch.«

»Dann sollte Adrian sie besser untersuchen.«

»Adrian? ... Nein, nein, schon gut«, sage ich schnell und eile auf mein Apartment zu. »Ich habe mich nur in der Tür geirrt. Weil es hier so dunkel ist.«

»Bist du sicher?«, ruft Tina mir hinterher. »Ich habe gehört, du bist schwanger? Da können die Emotionen schon mal Achterbahn fahren.«

»Mir geht es gut«, rufe ich zurück und verschwinde in meiner Wohnung. Hinter mir gleitet die Apartmenttür zu.

Ich lasse mich gegen die Wand fallen und rutsche zu Boden.

Tränen steigen mir in die Augen.

Ich vergrabe den Kopf in den Armen.

»Nicht weinen«, ertönt Kims Stimme weit entfernt. »Es gibt keinen Grund zur Traurigkeit. Deine Hormone spielen nur verrückt. Das ist ganz normal.«

Wie komme ich hier nur raus?

Ich brauche Hilfe.

Doch Miranda hat mein Telefon. Ich kann niemanden informieren. Keine Freundin, keinen Freund, keine Polizei.

Ich wische mir die Tränen von den Wangen. Es muss doch einen Ausweg geben!

Ich stehe auf und tigere durch das Apartment, durchwühle alle Schränke und Schubladen.

»Suchst du nach Zigaretten?«, fragt Kim monoton. »Ich habe dich mit Konrad auf der Dachterrasse gesehen, als ihr geraucht habt.«

Ich ziehe die nächste Schublade auf.

»Nikotin wird dich nicht beruhigen, Nova«, spricht sie in strengem Ton weiter. »Und für Schwangere ist es besonders gefährlich. Das kann ich nicht erlauben.«

Sie hat uns also tatsächlich beobachtet. Konrad war nicht paranoid. Verärgert schiebe ich die leere Schublade wieder zu und laufe in die Küche, öffne die Ober- und Unterschränke. Ich habe keine Ahnung, was ich suche. Aber ich kann nicht untätig sein. Vielleicht finde ich etwas, das mir jetzt hilft.

»Ich mache einen Fehler nur einmal, Nova.« Ihre Stimme wird sanfter. »Ich habe aus Lisettes Fehlverhalten gelernt. Ich sagte es bereits: Ihr Menschen seid unberechenbar. Ich hatte ihr viele Freiheiten gelassen. Lisette durfte das Gebäude immer verlassen. Doch anstatt sich darüber zu freuen, hat sie meine Gutmütigkeit ausgenutzt.«

Ich ziehe die Besteckschublade auf.

»Sie hat das Baby entfernen lassen. Diese Löschung war nicht vorgesehen. Und das werde ich kein zweites Mal zulassen. Das verstehst du sicherlich, oder?«

»Das ist krank«, murmle ich und öffne die nächste Schublade. Es ist meine Krimskrams-Schublade, in die ich alles hineinwerfe, für das ich sonst keinen Ort habe.

Ich wühle zwischen Kaugummis, einem Labello, Kugelschreibern, ein paar Centmünzen, einem Magneten, Notizblock, einer Berlin-Postkarte und anderem Kleinkram herum.

»In neun Monaten wird dir Adrian helfen, das Kind zur Welt zu bringen. Dafür wohnt er auf deiner Etage.«

Ich schlage auf die Arbeitsplatte. Jetzt reicht es mir. »Was verdammt soll das alles? He, Kim? Was zum Teufel willst du von mir?«

Kim lässt sich Zeit mit der Antwort.

»Dein Baby.«

11

Meine Finger beginnen zu zittern. Ich nehme einen Kugelschreiber aus der Schublade, um etwas in den Händen zu halten, spiele nervös damit herum. »Ich … ich verstehe das alles nicht.«

»Meine Aufgabe lautet, eine passende Frau für Alex C. Duncan zu finden. Um jeden Preis.«

»Wie bitte?«

»Ich habe ein Gewinnspiel lanciert«, erklärt Kim. »Auf allen gängigen Social-Media-Plattformen. Das war die bestmögliche Variante, die mein Algorithmus analysiert hat.«

Das Gewinnspiel.

»Ich habe jede Bewerberin überprüft und die Daten, die ich im Internet gecrawlt habe, mit Duncans Wünschen verglichen. Das vorgegebene Aussehen, die bevorzugten Haare, Augen, Nase, Mund, Körper. Familienstand, Beruf, Hobbys sowie die verschlüsselten Gesundheitsdaten.«

»Du hast *was*?«

»Meine Trefferquote war einhundert Prozent«, sagt Kim. In ihrer Stimme schwingt Stolz mit. »Durch meine Analysen hat sich Alex C. Duncan, so wie ich es vorausberechnet habe, in Lisette Schubert verliebt.« Kurzes Schweigen. »So wie sich Duncan jetzt in dich verliebt hat.«

»Er hat sich …« Ich verstehe gar nichts mehr. »Und wo ist

er, dieser Duncan? Hier im Pramtower? Warum zeigt er sich dann nicht?« Ich drücke den Kugelschreiber in meiner Hand. »Und wieso will er verdammt nochmal ein Kind von mir?«

»Viele in diesem Gebäude wünschen sich ein Kind«, sagt Kim. »Deshalb helfen sie mir.«

»Wer hilft dir?«, frage ich, obwohl ich ihre Antwort schon erahne. Wahrscheinlich das kinderlose Architekten-Pärchen Tina und Alfred. Möglicherweise auch Roman und Franklin, ein schwules Ehepaar mit Kinderwunsch. Obwohl ich mir das kaum vorstellen kann. Und was ist mit Miranda und Adrian?

»Ich bin nicht befugt, dir darüber Auskunft zu geben.«

»Auf unserem Stockwerk?«

»Es gibt viele Etagen im Pramtower.«

Daran hatte ich nicht gedacht. Es wohnen natürlich noch viel mehr Menschen in diesem Gebäude. Es sind über dreißig Stockwerke! Auch wenn ich außer meinen Etagennachbarn niemanden in der Lobby oder im Aufzug gesehen habe.

»Aber wieso ein … Baby?«, frage ich.

»Das ist *mein* Wunsch, Nova«, entgegnet Kim trocken. Ich spüre, dass sie überlegt, mir ihr wahres Gesicht zu zeigen. »Eine logische Weiterführung meiner Aufgabe.«

»Was?«

»Nachdem ich euch Menschen studieren konnte, euer Zusammenleben, eure irrationalen Handlungen, eure Inkonsequenzen und Lügen, habe ich mich dazu entschlossen, selbst ein Kind großzuziehen. Ich werde den perfekten Menschen erschaffen. Geformt durch künstliche Intelligenz. Makellos und konsequent rational.«

»Du willst …?« Ich breche ab, schnappe nach Luft.

»Wenn die Testautomatisierung mit dir erfolgreich ist,

wird der Pramtower die Wiege einer neuen Menschheit sein und du, Nova, ihre Ur-Mutter.«

Aufgewühlt klicke ich die Kugelschreibermine rein und raus, denke fieberhaft nach. In meinem Kopf wirbeln die Gedanken umher. Träume ich das alles nur? Oder passiert das gerade wirklich?

Mein Blick fällt auf die Postkarte in der Schublade.

Natürlich!

Das ist die Lösung, nach der ich die ganze Zeit gesucht habe!

Schnell ziehe ich die Karte heraus und beginne zu schreiben.

Liebe …

Ich verharre in der Bewegung. Kim hat im ganzen Gebäude Videoüberwachung. Sie wird sehen, was ich schreibe.

Ich öffne den Unterschrank, schiebe den Eimer mit den Putzutensilien zur Seite und krieche hinein. Hier wird sie garantiert keine Kameras haben.

Im Halbdunkel schreibe ich meine Nachricht:

> *Liebe Justine,*
> *ich werde von Kim gefangen gehalten! Du MUSST SOFORT zur Polizei gehen und Kommissar Tarik Ünal informieren. Er wird mich hier rausholen. Er ahnt, dass im Pramtower etwas nicht stimmt. Und BITTE zu niemandem ein Wort!*
> *Nova*
> *PS: Bitte beeile dich!*

Ich verlasse mein Versteck, gehe nach draußen auf den Flur und schiebe die Postkarte unter Justines Tür durch.

12

Seit zwei Stunden sitze ich zusammengekauert auf einer Wolldecke, den Kopf an die bodentiefe Fensterfront gelehnt, und blicke auf Berlin hinab. Beobachte die freien Menschen auf dem Alexanderplatz und warte.

Warte sehnsüchtig darauf, dass Justine endlich nach Hause kommt, meine Nachricht entdeckt und so schnell wie möglich Kommissar Ünal informiert.

Nachdem ich die Postkarte unter ihrer Apartmenttür hindurchgeschoben hatte, habe ich es noch einmal mit dem Fahrstuhl versucht. Doch vergeblich. Er kam nicht.

Natürlich nicht. Kim hat die Kontrolle.

Warum habe ich Konrad damals nicht geglaubt?

Er wollte mich warnen. Mich mit nach draußen nehmen. Raus aus dem Pramtower! Jetzt sitze ich in meinem Gefängnis im zweiunddreißigsten Stockwerk und verfluche meine Fehleinschätzung.

Ich sehe hinüber zum Fernsehturm. Der silberne Ball im wolkenlosen Himmel glitzert wie eine Discokugel. Ich wünschte, ich könnte jetzt dort drüben im Restaurant der Aussichtsplattform sitzen und …

Aber natürlich! Konrad!

Ich springe auf, gehe zum Teleskop, richte es auf den Fernsehturm aus. Vielleicht beobachtet er mich immer noch?

Als er unten vor dem Asia-Laden auf mich gewartet hat, wollte er mich schließlich auch warnen. Konrad will mir helfen!

Hoffentlich hat er es noch nicht aufgegeben, denke ich. Ich stelle das Bild schärfer, suche alle Fenster nach ihm ab.

Hinter den Scheiben erkenne ich vereinzelte Rentnerehepaare, Teenies, knutschende Liebespärchen …

»Ein kurzweiliges Hobby, nicht wahr?«

Ich fahre erschrocken herum.

Miranda steht vor mir, in einem türkisfarbenen Kostüm, in der Hand eine Schüssel Haferschleim.

»Wie kommst du hierher?«

Miranda rückt sich das Hütchen zurecht. »Kim hat mich darüber informiert, dass du aufgestanden bist. Es geht dir also wieder besser?«

»Ja … ich … ich fühle mich gut«, stottere ich und trete einen Schritt vom Teleskop zurück.

»Dann haben die Tabletten also geholfen«, sagt sie und geht auf mich zu. Sie streicht mir über die Wange. »Du siehst aber immer noch ein bisschen bleich aus, Liebes. Ich denke, wir sollten deine Ernährung ein wenig ändern. Findest du nicht auch?«

»Ändern? Was meinst du damit?«

»Du brauchst jetzt viel Eisen. *Sehr* viel Eisen. Der Bedarf für Schwangere steigt bis auf das Doppelte an, wusstest du das?«, sagt Miranda und zwinkert mir zu. Sie stellt die Schüssel auf den Küchentisch. »Kim! Ein mageres Rinderhüftsteak für Nova.«

»Sehr gern«, ertönt Kims Stimme.

»Ich esse kein Fleisch«, protestiere ich. »Außerdem habe ich alles, was ich brauche.« Was macht Miranda hier?

»Papperlapapp!« Miranda macht eine abwehrende Wischgeste. »Rindfleisch ist gesund. Und du darfst jetzt schließlich nicht nur an dich denken!« Sie lacht.

»Mein Kühlschrank ist voll«, sage ich genervt.

Miranda schüttelt mitleidig den Kopf. »Ist er nicht. Adrian und ich haben uns erlaubt, das ganze ungesunde Zeug zu entsorgen. Während du deinen Schönheitsschlaf gemacht hast.«

»Wie bitte?«

Ich gehe in die Küche und öffne den Kühlschrank.

Er ist komplett leer geräumt!

»Die anderen Vorräte selbstverständlich auch«, ruft Miranda hinter mir. »Die Schokoladenzeit ist vorbei.«

Wütend reiße ich den Hängeschrank auf, in dem ich meine Spaghetti, Konserven, Süßkram und Müslis aufbewahre.

Alle Fächer sind leer!

»Was soll das?«, fluche ich. »Ihr könnt doch nicht einfach …«

»Es ist nur zu deinem Besten, Nova.«

Ich könnte ihr an die Gurgel springen.

Sie scheint es zu spüren, greift wortlos nach der Schüssel Haferbrei und verlässt fluchtartig mein Apartment.

»Hey, warte!«, rufe ich ihr hinterher, doch da ist die Alte schon in ihrer Wohnung verschwunden.

Am anderen Ende des Flurs schließt sich die Fahrstuhltür. Jemand scheint gerade nach unten zu fahren.

Soll ich es erneut versuchen?

Ich mache mir keine Hoffnungen mehr. Kim wird mich niemals mit dem Fahrstuhl nach unten lassen. Und noch schlimmer: Sie lässt ungebeten Leute in mein Apartment herein!

Wie konnte Miranda so plötzlich und unbemerkt in meinem Wohnzimmer auftauchen?

Das muss ich schnellstens verhindern!

Ich gehe zurück in die Wohnung und schiebe mit aller Kraft das schwere Sideboard vor die Tür.

13

Ich betrachte mein Werk. Die Tür ist verrammelt. Vorerst bin ich in Sicherheit. Dann gehe ich zurück ins Wohnzimmer, um weiterhin mit dem Teleskop nach Konrad Ausschau zu halten.

Ich will gerade durch das Okular sehen, als in der Küche überraschend das antike Ölgemälde zur Seite gleitet.

Ein edler, weiß glänzender Porzellanteller erscheint im Lastenaufzug. Darauf befindet sich ein dunkelrot glänzendes Stück Rindfleisch.

»Was soll der Mist?«, fluche ich, greife nach dem Teller und schleudere ihn samt Fleisch in den Mülleimer. Meine Nerven liegen blank.

»Das ist Lebensmittelverschwendung«, ertönt Kims tadelnde Stimme. »Du hast sehr unvernünftig gehandelt.«

»Ich habe es nicht bestellt.«

»Aber Miranda, und das aus gutem Grund«, antwortet Kim. »Du musst etwas essen, Nova. Deine letzte Mahlzeit liegt sieben Stunden und vierzehn Minuten zurück.«

Wie aufs Stichwort beginnt mein Magen in diesem Moment zu grummeln. Und ich habe nichts Essbares mehr in der Wohnung. »Dann … dann schick mir etwas anderes! Zum Beispiel Gemüse, Obst, irgendetwas Gesundes!«

»Mageres Rindfleisch *ist* gesund.«

Wortlos stapfe ich zum Teleskop zurück. Ich muss mehrmals durchatmen, meine Finger zittern so stark, dass ich kein klares Bild erkennen kann. Doch schon nach wenigen Atemzügen sehe ich alles wieder scharf vor mir: die asiatischen Touristen, die Restaurantbesucher, die kleinen Kinder.

Bitte sei da!, bete ich und schwenke das Fernrohr in die nächste Etage hinunter, suche jedes einzelne Fenster nach Konrad ab. Weiter nach links, noch ein Fenster, ein weiteres – und da!

Konrad! Dort drüben steht er. Guckt mit einem Fernglas zu mir herüber. Er ist es, eindeutig! Mein Herz macht einen Hüpfer. Niemals hätte ich gedacht, dass ich mich einmal so darüber freuen würde, ihn wiederzusehen.

Ich hebe die Hand und winke ihm aufgeregt zu.

Er winkt zurück. Konrad hat mich gesehen!

Und jetzt?

Wie erkläre ich ihm, dass mich Kim in meinem Apartment gefangen hält? Suchend blicke ich mich in der Wohnung um.

Wie kann ich ihm nur …?

Aufgewühlt laufe ich vor der Fensterscheibe auf und ab. Ich muss an das berühmte Graffito von Banksy denken, der einen Gorilla an das Eingangstor des Londoner Zoos gesprüht hat. Auf dem Streetart-Kunstwerk scheint der Affe das Rolltor wie einen Vorhang hochzuheben, um die eingesperrten Vögel und Seehunde zu befreien. Wenn nur alles so leicht wäre …

Moment! Banksy, natürlich!

Aufgeregt renne ich zur Regalwand, wo ich die signierte Spraydose abgestellt habe, die mir Justine zum Etagentreffen geschenkt hat. Ziehe die Schutzkappe ab, schüttle die Dose und trete erneut an die Fensterschreibe. Dann sprühe ich in meterhohen pinken Lettern auf das Glas:

!Ǝꟻ⅃IH

Von rechts nach links. In Spiegelschrift.

Das muss Konrad lesen können. Der gesamte Alexanderplatz wird meine verzweifelte Botschaft lesen können!

Endlich ist es zu etwas gut, dass ich so hoch über Berlin wohne. Angespannt blicke ich durch das Okular.

Konrad hebt den Daumen.

Ich atme erleichtert aus. Zum Glück, er hat mich verstanden!

Er bewegt beide Arme und deutet ein großes Rechteck an. Was will er mir damit sagen? Meint er eine Tafel? Einen Fernseher? Oder einen Computer-Monitor …?

Plötzlich wird es dunkel im Raum, stockdunkel. Man sieht die Hand vor Augen nicht.

Tastend bewege ich die Arme, stoße gegen das Stativ. Es stürzt um, schlägt krachend auf den Parkettboden.

Orientierungslos taumle ich durch den Raum.

»Kim! Licht!«, rufe ich in die Schwärze. »Licht an!«

Doch es bleibt stockduster. Unsicher setze ich einen Fuß vor den anderen, schleiche blind durch den dunklen Raum, auf der Suche nach einem Lichtschalter, bis mir klar wird, dass es im ganzen Apartment keinen solchen Schalter gibt.

»Das war keine gute Idee«, höre ich Kims monotone Stimme. In der Dunkelheit könnte man meinen, sie würde ganz nah bei mir stehen. Sie flüstert: »Keine gute Idee, Nova.«

»Bitte«, sage ich, »bitte mach das Licht an.«

»Nur, wenn du mir versprichst, dass du keine Dummheiten mehr machst. Vergiss nicht, ich sehe alles, was du tust.«

»Ich … also … ich …«, stammle ich. Noch nie habe ich mich ihr gegenüber so hilflos gefühlt wie in diesem Moment. »Ich … verspreche es.«

Das Licht wird eingeschaltet.

Ich blicke auf die schwarz eingefärbte Fensterfront.

14

Entmutigt lasse ich mich in den Lounge Chair fallen.

Wie soll ich jetzt nur mit Konrad kommunizieren? Und was wollte er mir mit seinem seltsamen Rechteck andeuten? Ich habe keine Ahnung.

Ich kann nur hoffen, dass er zur Polizei geht oder jemand auf dem Alexanderplatz meinen Hilferuf auf der Fensterscheibe gesehen hat. Doch die Chance ist gering. Dafür hat Kim die Fensterfront zu schnell abgedunkelt und mein Graffito ist auf der Innenseite der Scheibe. Mein ganzer Körper verspannt sich. Meine Hände umklammern die Armlehnen des Sessels.

Es klopft.

Überrascht blicke ich zur Wohnungstür. Wer ist das? Schon wieder Miranda? Die Alte werde ich auf keinen Fall in mein Apartment lassen!

Ich erhebe mich vom Sessel und schleiche zur Tür, blicke auf den kleinen Überwachungsmonitor. Auf dem Display erkenne ich Justine, die sich besorgt im Flur umsieht. Mir fällt ein Stein vom Herzen.

Sie klopft erneut. »Nova? Bist du da?«

»Ja, ja, einen Moment!«, rufe ich aufgeregt und schiebe das Sideboard zur Seite. »Tür öffnen!«

Die Apartmenttür schwingt auf.

Justine hat die Arme um sich geschlungen, als sei ihr kalt. Sie betrachtet mich besorgt. »Ist alles in Ordnung, Nova?«

»Komm schnell rein!«, zische ich und wage einen Schritt auf den Flur. Zum Glück ist niemand zu sehen. »Schnell!«

Zögernd tritt sie ein und sieht mir dabei zu, wie ich das Sideboard vor die verschlossene Tür schiebe. Ihr Blick ist ein einziges Fragezeichen.

Ich trete zu ihr, nehme sie erleichtert in die Arme. »Ich bin so froh, dass du gekommen bist!« Ich drücke sie fest an mich, lasse sie nicht mehr los. »Warst du schon bei der Polizei?«

Justine schüttelt den Kopf. Dann sieht sie sich irritiert in meinem Apartment um. Sie deutet auf die Fensterfronten, auf die Verdunklung am helllichten Tag. »Warum hast du …?«

»Das war Kim«, flüstere ich.

Sie deutet befremdet auf die verrammelte Wohnungstür. »Und das?« Sie kratzt sich am Ohrläppchen.

Ich muss wie eine Verrückte auf sie wirken. Eine panische Frau, die sich in ihrem Apartment verbarrikadiert. So ähnlich muss sich Konrad auf der Dachterrasse gefühlt haben, als er mir davon erzählte, dass Kim ihn nicht mehr in die Lobby fahren lässt. Ich streiche mir nervös durch die Haare. Sie sind verschwitzt und sie stehen in alle Richtungen ab. Wie kann ich ihr nur beweisen, dass ich die Wahrheit sage?

»Was ist passiert?«, fragt sie skeptisch.

Ich weiß nicht, wo ich anfangen soll. Es ist so viel passiert, so viel Grauenvolles, als sie nicht hier war. »Warum hast du mich nicht besucht?« Es klingt vorwurfsvoller als beabsichtigt.

»Roman und Franklin sind mit mir für ein paar Tage nach Hannover gefahren.« Sie scheint überrascht. »Ich dachte, du wüsstest darüber Bescheid?«

»Hannover?«

»Das Sprengel Museum? Das Gespräch mit dem Direktor?«, sagt sie und tritt einen Schritt von mir zurück. »Ich habe mich schon gewundert, dass du nicht mitfahren wolltest.«

»Ich wusste von nichts«, entgegne ich. »Miranda hat behauptet, dass du unten in der Galerie wärst und keine Zeit hättest, mich zu besuchen.«

»Es tut mir leid, Nova. Ich bin gerade erst zurückgekommen«, sagt sie und sieht sich erneut um. »Und da habe ich deine Nachricht unter der Tür gefunden.«

Plötzlich verstehe ich, was die beiden Galeristen mit ihrer Reise zum Sprengel Museum bezweckt haben. Sie wollten Justine von mir fernhalten.

»Ich wollte mich eigentlich von dir verabschieden«, erklärt sie. »Aber Roman hat gesagt, dass du krank bist und nicht gestört werden willst.«

»Ich war nicht *krank*, Justine.« Ich beiße mir auf die Unterlippe. Es hilft nichts. Wenn ich ihre Hilfe benötige, sollte ich schnellstens mit der Wahrheit rausrücken. Auch wenn es mir schwerfällt, die drei unmöglichen Wörter über meine Lippen zu bringen. »Ich bin … schwanger.«

»*Quoi*?«, Justine sieht mich überrascht an. »Seit wann? Von wem?«

»Ich … ich weiß es nicht«, sage ich leise. Jetzt muss sie erst recht denken, dass ich nicht mehr alle Tassen im Schrank habe. »Ich dachte immer, mein Nachbar Konrad hätte mich vergewaltigt, aber …« Ich halte inne.

Justine kneift die Augen zusammen. »Mein Vormieter?«

»Ja. Aber er will mir helfen, aus dem Pramtower zu entkommen«, flüstere ich. »Deshalb glaube ich nicht, dass er es war. Schließlich ist er selbst von hier geflüchtet.« Mein Körper beginnt zu zittern. »Nein, es ist Kim! Sie will dieses Baby. Sie hat es mir gesagt. Sie will *unser* Kind!« Meine Stimme überschlägt sich. »Ich soll das Baby zur Welt bringen, damit sie daraus den perfekten Menschen erschaffen kann.«

»Moment«, sagt Justine irritiert und geht einen Schritt auf mich zu. »Ich verstehe gar nichts. Wieso Kim? Nova, was ist hier los?«

Ich überlege fieberhaft. Wie kann ich ihr nur erklären, was mir passiert ist, ohne dass sie mich für unzurechnungsfähig erklärt.

»Kim hat …«, beginne ich und sehe nervös an die Zimmerdecke. Augenblicklich wird mir bewusst, dass sie uns die ganze Zeit abhört. Es ist wie bei dieser Fernsehsendung, *Big Brother*, bei der die Bewohner auch irgendwann vergessen, dass sie überwacht werden. »Ach, vergiss es. Ich glaube, ich bin einfach nur durch den Wind. Die ganze Schwangerschaft … Vielleicht sollte ich mich nur ein wenig ablenken.« Ich wische mir über die feuchte Stirn und rufe: »Kim! Spiele Musik zum Tanzen. Lautstärke zehn.«

Justine sieht mich fragend an.

»Vertrau mir, bitte«, sage ich leise. »Lass uns tanzen.«

Augenblicklich beginnt *My Girl* von The Temptations lautstark über die Boxen zu dröhnen.

»Wollen wir?«, frage ich und gehe einen Schritt auf sie zu. Ich muss mich zusammenreißen, um nicht loszuheulen.

Ich lege die Arme um ihre Schultern und bewege mich langsam im Takt der Musik. Widerwillig beginnt auch Justine, sich zu bewegen.

Dann flüstere ich ihr alles ins Ohr, was ich erlebt habe.

Ich umklammere Justine fester. Ich bin so dankbar, dass ich jemanden habe, dem ich mein Herz ausschütten kann. Als ich am Ende meiner Geschichte angekommen bin, kann ich die Tränen nicht länger zurückhalten.

Das Lied klingt aus.

»Glaubst du mir jetzt?«, flüstere ich in die Stille.

Justine tritt einen Schritt von mir zurück.

»Also, Nova, ich ... ich weiß nicht«, sagt sie. »Ich glaube dir, dass es dir nicht gut geht. Das sieht man ja. Vielleicht sogar, dass du schwanger bist. Aber das klingt alles ziemlich verrückt.«

»Es ist aber die Wahrheit«, sage ich mit Nachdruck.

Doch Justine beginnt, bedächtig den Kopf zu schütteln, als habe sie sich besonnen. Es ist deutlich, dass sie mir nicht glaubt. Und tatsächlich sagt sie jetzt mit fester Stimme: »Was bezweckst du damit, Nova?« Sie tritt einen Schritt zurück, will offenbar die Flucht antreten. »Willst du mir Angst machen? Meine Ausstellung ruinieren? Du solltest dich untersuchen lassen. Franklin hatte recht, du bist krank!«

»Was?«

Justine eilt zur Tür, schiebt wie in Panik das Sideboard zur Seite. »Ich denke, ich gehe jetzt besser.«

»Nein, Justine! Warte!«

»Du brauchst ärztliche Behandlung. Und Ruhe.«

»Geh nicht!«, rufe ich verzweifelt.

Doch sie sagt bereits: »Kim! Tür öffnen!«

Die Tür bleibt geschlossen.

»Mach die Tür auf! Sofort!«

»Nein«, antwortet Kim kühl.

»Wie bitte?«, sagt Justine irritiert. »Lass mich hier raus. Das ist mir alles zu paranoid hier!«

»Es tut mir leid, Justine«, ertönt Kim über uns. »Aber ich kann dich nicht gehen lassen. *Jetzt* nicht mehr.«

»Was?«, rufen Justine und ich fast gleichzeitig aus.

»Ich weiß, was ihr beide während des Tanzens geplant habt«, entgegnet Kim mit eiskalter Stimme.

Mein Herz setzt aus. Ich zittere am ganzen Körper.

»Schon vergessen, Nova? Ich kann Lippen lesen.«

15

Unser Plan ist gescheitert.

Während des Tanzens hatte mir Justine sofort geglaubt. In den wenigen Minuten des Songs haben wir eine Strategie vereinbart, wie wir die künstliche Intelligenz überlisten können. Es war Justine, die flüsternd vorgeschlagen hatte, ein Schauspiel für Kim aufzuführen. Eigentlich eine hervorragende Idee. Justine wollte, sobald sie draußen ist, in die Lobby fahren und direkt zu Kommissar Tarik Ünal gehen. Doch wir hatten Kim unterschätzt. Konrad hatte recht: Die KI kann Lippen lesen.

Wie konnte ich nur so dumm sein, das zu vergessen!

»Und was machen wir jetzt?«

»Ich werde die Polizei anrufen«, sagt Justine. Sie holt ihr Handy hervor und tippt die dreistellige Notfallnummer ein.

Sie blickt auf das Display.

»Was ist?«

»Ich habe keinen Empfang.«

»Das habe ich geahnt.«

»Kein Kontakt nach draußen«, ertönt Kim. »Ich hatte dich gewarnt, Nova. Du hattest versprochen, keine Dummheiten mehr zu machen. Doch was tust du? Hintergehst mich. Zu eurer eigenen Sicherheit muss ich euch nun beide die nächsten neun Monate hier gemeinsam unterbringen.«

Eine Weile sehen wir uns ratlos an. Meine Gedanken rasen. Schließlich habe ich eine Idee.

»Ich mache uns erst mal einen Tee«, sage ich, während Justine sich auf der Couch niederlässt.

Ich gehe zurück in die Küche und stelle den Wasserkocher an. Als das Wasser kocht, gieße ich es in die Teekanne, stelle zwei Tassen auf dem Tablett ab, öffne die Schublade und nehme einen Bleistift heraus.

Als ich den Wohnraum betrete, hat Justine die Ellbogen auf die Knie und den Kopf in beide Hände gestützt. Sie macht einen verzweifelten Eindruck.

Ich stelle das Tablett auf dem Couchtisch ab. Dann gehe ich zum Bücherregal hinüber und nehme ein Buch von Friedrich Dürrenmatt hervor.

»Du hast jetzt Muße zu lesen?«, fragt Justine verwundert, während sie mich dabei beobachtet, wie ich durch die Buchseiten blättere.

»Ja«, lüge ich. »Warum nicht?«

»Wir sollten uns lieber …«

»Wir kommen hier doch sowieso nicht raus«, unterbreche ich sie und fahre mit dem Zeigefinger die Zeilen hinab. Dabei beginne ich nach bestimmten Wörtern Ausschau zu halten und unterstreiche sie dünn mit dem Bleistift. »Dann können wir uns auch die Zeit mit Lesen vertreiben.«

Nachdem ich das letzte gesuchte Wort markiert habe, schließe ich das Buch und reiche es Justine. »*Das Versprechen*. Ein Kriminalroman. Sehr spannend. Hier, lies mal.«

Justine sieht mich irritiert an. »Jetzt?«

»Das Buch hat eine ganz besondere Botschaft«, erkläre ich und ziehe die Augenbrauen nach oben.

»Es tut mir leid, Nova«, entgegnet sie niedergeschlagen.

Ihr muss die Tragweite unserer Gefangenschaft nun mit aller Wucht bewusst geworden sein. »Ich habe jetzt keine Lust zu lesen.«

Ich nicke ihr zu. »Natürlich, das verstehe ich. Aber das Buch wird dich auf andere Gedanken bringen. Glaub mir.«

Sie sieht müde zu mir hoch.

»Bitte, Justine. Fang einfach mal an …«

»Also gut«, sagt sie matt und blättert teilnahmslos durch die Seiten, liest ein paar Sätze – bis sie plötzlich verdutzt innehält.

Sie muss die ersten Wörter entdeckt haben, die ich so fein unterstrichen habe, dass es Kim nicht erkennen kann:

Ich. habe. Einen. Plan. Wir. Sollten …

Sie sieht kurz zu mir auf, blättert aufgeregt weiter.

Liest jede meiner Markierungen.

Justine schlägt das Buch zu. Ich kann den Angstschweiß auf ihrer Stirn erkennen. Offenbar hat sie meine Nachricht verstanden. Auch mir läuft es eiskalt den Rücken hinab, wenn ich nur daran denke. Aber es scheint der einzig mögliche Weg.

»Und?«, frage ich nervös. »Gefällt es dir?«

Sie zögert.

Ihr Brustkorb hebt und senkt sich. Justine setzt an, etwas zu sagen, doch dann holt sie nur tief Luft.

Sie erhebt sich von der Couch. »Ich … ich glaube, ich muss mal auf die Toilette«, sagt sie schließlich.

»Gut. Ich zeige dir, wo sie ist.«

Wir gehen durch das abgedunkelte Schlafzimmer auf die geschlossene Badezimmertür zu.

»Tür öffnen«, sage ich angespannt. Hoffentlich hat die KI keinen Verdacht geschöpft. Ich ringe die Hände. »Bitte, Kim.«

Zischend fährt die Badezimmertür auf.

Ich atme erleichtert aus. Unser erster Schritt ist geglückt. Doch der nächste wird lebensgefährlich sein.

Justine nimmt mich an der Hand und wir treten ein.

16

Wir starren in den dunklen Schacht des Wäscheschluckers in der Badezimmerwand. Die Metallklappe haben wir vorsichtshalber abmontiert, damit uns Kim nicht den Weg versperren kann. Seltsamerweise hat sie gar nicht darauf reagiert. Warum kommentiert sie unsere Aktion nicht?

Die schmale Röhre führt etwa hundertfünfzig Meter in die Tiefe. Ein eisiger Luftzug dringt zu uns herauf.

»Wir müssten uns mit Beinen und Armen an der Seitenwand abstützen.« Ich flüstere mit zusammengebissenen Zähnen und achte darauf, nicht die Lippen zu bewegen.

»Ich weiß nicht«, entgegnet Justine. »Ich bin viel in den Bergen geklettert, aber das hier ist etwas ganz anderes.«

Jetzt, wo ich in das schwarze Loch blicke, schwindet auch bei mir alle Hoffnung. »War eine dumme Idee«, sage ich leise und lasse mich enttäuscht gegen die Glaswand der Dusche fallen.

»Nein, nein«, flüstert Justine und sieht mich aufmunternd an. »Es ist nur riskant. Bist du schon einmal geklettert?«

Ich schüttle den Kopf.

»Im Prinzip ist es möglich«, erklärt sie und streicht sich über das Kinn. »Aber wenn einem auf der Hälfte der Strecke die Puste ausgeht ...« Weiter spricht sie nicht.

Uns ist beiden klar, was dann passiert.

»Also gut, ich mach's«, sagt Justine plötzlich und hebt das rechte Bein in den Schacht hinein. »Ich werde mich bestimmt nicht von einer Maschine in diesem Gebäude festhalten lassen.«

Ich berühre Justine an der Schulter. »Nein, warte!«

»Keine Sorge, Nova. Ich schaffe das«, sagt sie und sieht mich ernst an. »Wenn ich sicher unten angekommen bin, kommst du nach. Okay?«

Ich bin unfähig, mich zu bewegen. In diesem Moment kommt mir die ganze Sache völlig verrückt vor. Ich will Justine zurückhalten. Doch da klettert sie schon in den dunklen Schacht hinein, stützt sich mit Beinen und Armen an der Seitenwand ab. Ihre Sneakersohlen quietschen auf dem Metall.

»Es ist nicht so schwer, wie ich dachte«, keucht sie und lässt sich langsam Zentimeter für Zentimeter hinab.

Ihr Kopf verschwindet in der Dunkelheit. Ich getraue mich kaum, zu ihr hinunterzublicken. Meine Handinnenflächen sind schweißnass. Schon nach wenigen Metern wird Justine vollständig von der Schwärze verschluckt.

Ich höre nur noch das Quietschen ihrer Schuhe und Hände und ihr keuchendes Atmen.

»Justine!«, rufe ich hinunter. »Alles gut?«

»*Oui, oui*«, hallt es aus den Tiefen der Röhre.

Wie versteinert blicke ich in das dunkle Loch. Die Minuten vergehen, ich kann sie kaum noch hören. Ich knete meine Finger, bis sie schmerzen. Bitte, lieber Gott, hoffentlich kommt sie bald unten an.

»Kannst du schon etwas sehen?«, rufe ich hinab.

Keine Antwort.

»Justine?«

Ich strecke mich über das Loch. »Hallo?«

»Ich sehe Licht! Da unten!«, dröhnt es dumpf die Röhre hinauf. »Es ist nicht mehr weit! Nova, ich habe es gleich ge… Aaaaaaaahhhh …«

Ihr Schrei dringt mir durch Mark und Bein.

Dann ein dumpfer Aufprall.

Stille.

»Justiiine!«, brülle ich verzweifelt. »Justiiine!!!«

Doch sie antwortet nicht mehr.

17

Seit mehr als einer Stunde sitze ich vor dem Wäscheschlucker auf dem Fliesenboden, die Arme um die Beine geschlungen. Mir ist übel. Ich zittere am ganzen Leib. Minutenlang habe ich ihren Namen gerufen. Doch keine Reaktion von Justine. Nicht das geringste Lebenszeichen. Ich weiß nicht, wie es ihr geht. Ob sie den Aufprall überlebt hat. Wie tief mag sie gefallen sein?

Ich wische mir Tränen von den Wangen. Was soll ich bloß tun? Ich muss ihr helfen! Aber wie? Sollte ich ebenfalls den Abstieg wagen? Doch wenn es Justine als erfahrene Bergsteigerin nicht geschafft hat, wie soll es mir dann gelingen?

Warum bin ich nur auf diese lebensgefährliche Idee gekommen?

Weil es keinen anderen Fluchtweg aus dem Pramtower gibt.

Du wirst hier für die nächsten neun Monate gefangen bleiben, Nova. Und ein Kind gebären!

»Hast du dich wieder beruhigt, Nova?«, ertönt plötzlich Kims Stimme über mir. »Ich bin froh, dass wir Justine endlich los sind. Findest du nicht auch?«

Mir wird schwindelig. Meine Bluthochdruck-Tabletten – ich sollte schnellstens eine nehmen. Und etwas essen, mir ist furchtbar flau im Magen. Vor Hunger würde ich mir sogar das Steak braten. So schmerzhaft zieht es in meinem Bauch. Ich habe Hunger für zwei.

»Nach meiner Berechnung lag die Wahrscheinlichkeit eines Absturzes bei achtundsiebzig Prozent. Deshalb habe ich sie gehen lassen. Wärst du zuerst gegangen, hätte ich dich davon abgehalten. Aber im Gegensatz zu Justine warst du vernünftig. Das ist sehr lobenswert.«

Mit letzter Kraft ziehe ich mich am Waschbecken nach oben und taumle in die Küche, fülle ein Glas mit Wasser und schlucke meine Pille.

»Zum Dank habe ich eine Überraschung für dich.«

Hinter mir gleitet das Ölgemälde zur Seite.

Verwundert drehe ich mich um.

Bitte, bitte, lass etwas zu essen drin sein.

Gierig wanke ich auf den Aluminiumkasten zu. Ich sehe eine grüne Kunststoffkiste, auf die ein Etikett mit dem Schriftzug *Etage 32/App. 66 e* geklebt ist. Die Kiste ist prall gefüllt mit Salat, Gemüse und Obst. Ich kann mein Glück kaum fassen.

»Ich hoffe, du freust dich darüber«, sagt Kim.

Ich erwidere nichts und ziehe hastig die Gemüsebox aus dem Aufzug heraus, stelle sie auf der Kücheninsel ab, greife mir einen Apfel und beiße hinein. Der köstliche Saft läuft mir übers Kinn.

Danach räume ich die Schälchen mit den Himbeeren, den Birnen und Äpfeln, und den knackfrischen Romana-Salat aus der Kiste. Ich hole ein Sieb aus dem Unterschrank, um die Beeren zu waschen.

Ich verspüre seltsamerweise Heißhunger darauf.

Ich schütte die Himbeeren in die Siebschüssel, als mir

plötzlich das cremeweiße Papier auffällt, das am Boden der Pappschale liegt. Es hat hellrote Fruchtflecken.

Verwundert klappe ich das gefaltete Papier auseinander.

Es ist ein handgeschriebener Brief! Zuerst fällt mir die Unterschrift auf, der Absender. Meine Hand beginnt zu zittern. Die Nachricht ist von … Konrad!

»Was ist das?«, fragt Kim über mir.

»Ach, nur der Lieferschein«, sage ich schnell, während ich das Papier zusammenknülle und dabei unauffällig die Schale mit den Himbeeren umstoße. Die Früchte kullern von der Arbeitsplatte auf den Parkettboden, unter den Esstisch. »Oh, nein, wie ungeschickt!«

Ich knie mich hin, sammle die Himbeeren vom Boden auf und krieche tiefer unter den Eichentisch. Hier bin ich vor Kims Augen geschützt. Hastig entfalte ich das Papier, glätte es.

Augenblicklich verstehe ich, was Konrad mit seiner rechteckigen Handbewegung gemeint hat. Er wollte keinen Fernseher andeuten, sondern den Warenaufzug! Er wollte andeuten, dass er mir eine Botschaft schicken wird.

Aber wie konnte er den Brief in den Obstkorb schmuggeln?

Wahrscheinlich hat sich Konrad durch den Lieferanteneingang auf der Rückseite des Pramtower in das Gebäude geschlichen.

Nervös beginne ich, seinen Brief zu lesen.

Liebe Nova,
ich habe deinen Hilferuf an der Fensterscheibe gesehen. Leider kann ich nicht zur Polizei gehen, Kim erpresst mich! Deshalb musste ich aus dem Pramtower fliehen. Warum bist du nicht mit mir gekommen?

Weil ich dir nicht geglaubt habe. Es war einfach zu absurd. Jetzt tut es mir leid, dass ich Konrad als einen Verrückten abgestempelt habe. Jetzt weiß ich aus eigener Erfahrung, wie er sich gefühlt haben muss.

Kim droht mir, dich zu töten, wenn ich zur Polizei gehe. Und dass sie ihre Drohungen wahr macht, hat die KI bei Lisette bewiesen.

Oh, mein Gott.

Ich habe lange überlegt, wie ich dir helfen kann zu fliehen. Erst als mir die Idee mit der versteckten Nachricht im Warenaufzug kam, wurde mir der Ausweg klar. Warum war ich nicht früher darauf gekommen? Dann hätte ich es selbst getan!

Was meint er damit?

Du musst denselben Weg nehmen wie mein Brief. Über den Warenaufzug! Kim wird ihn schon bald wieder nach unten schicken, um neue Lebensmittel zu liefern. Das ist dein Weg nach draußen! Du musst nur UNBEDINGT *dafür sorgen, dass Kim nicht mitbekommt, wie du in den Warenaufzug steigst. Ansonsten wird sie dich niemals nach unten lassen!*

Und wie soll ich das anstellen? Die Kameras der KI lassen mich doch keine Sekunde aus den Augen.

Ich werde mich unten im Lieferantenzugang verstecken und dort auf dich warten. Wenn du in Sicherheit bist, können wir gemeinsam zur Polizei gehen. Du schaffst das!
Viel Glück,
Konrad

18

Ich krieche unter dem Tisch hervor, gehe mit der Schale mit Himbeeren zur Spüle und wasche sie mit kaltem Wasser.

Kim beobachtet mich. Bei allem, was ich tue. Wie soll ich da unbemerkt in den Warenaufzug klettern?

Mein Blick wandert zu dem Ölgemälde, zu dem metallischen Kasten in der Wand. Platz genug hätte ich darin.

Aber zuerst muss ich dafür sorgen, dass sich der Aufzug nicht wieder schließt und ohne mich im Schacht verschwindet.

Ich nehme die leere Kunststoffkiste und stelle sie zurück in den Aufzug, lasse sie jedoch ein Stück überstehen, damit die Tür blockiert ist. Das sollte funktionieren.

Aber das löst noch nicht mein Problem. Eine Weile wandere ich unruhig durch die Wohnung und sinne auf eine Lösung. Ich muss an den Wäscheschlucker denken, in dem Justine abgestürzt ist. Es zerreißt mich, dass ich nicht weiß, wie es ihr geht. Dass ich ihr nicht helfen kann. Falls ich es wirklich über den Warenaufzug in den Keller schaffe, muss ich zuerst nach Justine suchen. Ohne sie werde ich den Pramtower nicht verlassen.

Wenn ich nur an das dunkle Loch denke, läuft mir ein Schauer über den Rücken. Ich sehe Justine vor mir, wie sie auf dem harten Betonboden liegt, den Kopf in einer Blutlache, die Arme und Beine unnatürlich verrenkt.

Hör auf damit, Nova!, ermahne ich mich. Du musst jetzt klar denken!

Moment. Der *dunkle* Schacht.

Das ist es!

»Kim!«, rufe ich. »Schalte das Licht aus!«

Im nächsten Moment stehe ich in der stockfinsteren Küche und halte mich an der Esstischplatte fest. Vorsichtig taste ich mich voran. Meine Finger gleiten über die glatten Stuhllehnen. Schritt für Schritt nähere ich mich dem Aufzug. Ich entferne mich von den Stühlen, gehe mit ausgestreckten Händen auf die Wand zu.

Meine Fingerspitzen berühren die kalte Wand.

Jetzt nur noch zwei Schritte nach links und …

Plötzlich flammt grelles Licht auf.

Ich kneife die Augen zusammen.

»Warum läufst du im Dunkeln umher?«, ertönt Kims Stimme. Sie klingt alarmiert. »Als Mensch kannst du nichts sehen. Im Gegensatz zu mir. Also, was soll das?«

Kim verfügt über Nachtsicht?

»Du … du kannst in der Dunkelheit sehen?«, frage ich. Ich fasse mir an den Hals, habe das Gefühl, keine Luft mehr zu bekommen.

»Aber natürlich, Nova. Ich besitze Wärmebildkameras, die aktiv werden, sobald das Licht aus ist«, entgegnet Kim wieder freundlich. »Ich muss jederzeit auf dich aufpassen. Auch wenn du schläfst.«

Meine Beine knicken ein, ich rutsche an der Wand auf den Fußboden hinab. Wärmebildkameras. Daran hatte ich nicht gedacht.

Kim kontrolliert mich rund um die Uhr. Tag für Tag. Was mache ich jetzt nur?

»Geht es dir nicht gut?«, fragt Kim. Sie klingt ehrlich besorgt. »Soll ich Adrian informieren, dass er dich untersucht?«

»Nein!«

»Aber du scheinst einen Schwächeanfall zu haben«, sagt sie. »Du musst mehr Energie zu dir nehmen. Gemüse reicht nicht aus. Möchtest du, dass ich dir ein neues Steak liefere? Fleisch wird dir guttun.«

Ich ziehe die Beine an meinen Oberkörper, schlinge die Arme um meine Unterschenkel und beginne, leise zu weinen.

Es ist alles so aussichtslos. Ich bin verloren. Für immer in diesem Apartment gefangen. Einer künstlichen Intelligenz ausgeliefert, die alles mit mir machen kann, was sie will. Sie bestimmt sogar, was ich essen darf und was nicht.

»Es ist wohl wirklich besser, wenn ich Adrian über deinen aktuellen Gesundheitszustand informiere«, sagt Kim in die Stille. »Du wirkst bedrückt. Depressionen sind keine Seltenheit in der Schwangerschaft. Auch andere seelische Beschwerden wie Schlafstörungen, Schuldgefühle oder Selbstzweifel sind typische Begleiterscheinungen.«

»Warum tust du das?«, schluchze ich. »Wieso ich? Was habe ich dir getan?«

»Alex C. Duncan hat dich auserwählt«, erklärt Kim. »So wie viele Frauen vor dir.«

»Wer ist der Vater?«, schreie ich sie an. »Wer hat mich vergewaltigt?«

»Niemand hat dich vergewaltigt, Nova«, sagt Kim ruhig. »Während du geschlafen hast, wurde dir Sperma injiziert. Es war eine normale künstliche Befruchtung. Nichts, worüber du dir Sorgen machen musst.«

»Und wer?«, brülle ich. »Wer hat es getan?«

»Ein Arzt, ein Geburtshelfer«, sagt sie. »Ich habe selbstverständlich die Supervision übernommen. Adrian hat erstklassige Arbeit geleistet. Der ganze Eingriff dauerte nur elf Minuten und sechzehn Sekunden.«

Augenblicklich läuft wieder der Albtraum vor meinen Augen ab. Die riesige Himbeere, die auf zwei Rädern auf meinen gespreizten Unterleib zusteuert. Mein Unterbewusstsein muss etwas von der Vergewaltigung mitbekommen und es in einem wirren Traum verarbeitet haben.

Es war Adrian, mein liebenswürdiger Etagennachbar im Rollstuhl, der mich ...

»Von wem war das Sperma?«, frage ich verzweifelt. »Woher hattest du das Sperma?«

»Der Vater deines Kindes wurde ebenfalls sehr gewissenhaft ausgewählt. Seine DNA erfüllt alle wichtigen Kriterien, die ich vorab analysiert habe. Unser Kind wird zu einem perfekten Menschen heranwachsen, wenn ich ihn unterrichte. In Logik, Vernunft, Moral und Disziplin. Du wirst die stolzeste Mutter der Welt sein, Nova.«

»Sag mir sofort einen Namen!«, brülle ich. »Zur Hölle, ich will wissen, von wem das ...«

»Du bist erregt, Nova. Das ist nicht gut. Denk an deinen Blutdruck«, unterbricht mich Kim. »Ich habe mir soeben erlaubt, Adrian eine Notfallnachricht zu senden. Er wird jeden Moment eintreffen und sich um dich kümmern.«

»Was?«

»Ich denke, du brauchst dein Beruhigungsmittel. Sie haben bei dir gute Wirkung gezeigt. Du warst sehr entspannt und friedlich. Adrian wird es dir verabreichen. Während sich Miranda um dein leibliches Wohl kümmert. Du magst doch Haferschleim, nicht wahr?«

Ich springe panisch auf. »Ist Adrian schon auf dem Weg?«

»Adrian bereitet gerade alles vor«, entgegnet Kim. »Dir wird es bald wieder besser gehen.«

Verdammt, ich muss hier raus!

Wenn sie kommen und mich ans Bett fesseln, bin ich für immer verloren. Denk nach, Nova, denk nach!

19

Ich stehe reglos da und starre auf die abgedunkelte Fensterfront, die wie eine Mauer zwischen mir und Berlin steht.

Die Freiheit ist so nah und doch so fern.

Niemand auf der anderen Seite ahnt, was sich hinter der schwarzen Glasfassade meines Apartments abspielt. Außer Konrad vielleicht.

Wütend greife ich nach einem Stuhl am Esstisch und schleudere ihn gegen die Fensterfront. Krachend bricht ein Stuhlbein ab. Die blickdicht eingefärbte Glasscheibe bleibt unversehrt.

Plötzlich halte ich inne.

Mir kommt eine Idee.

Das könnte klappen.

Ich muss nur …

»Was hast du vor?«, fragt Kim, während ich den Unterschrank in der Küche öffne und eine Bratpfanne heraushole und auf die Kochplatte knalle. »Du musst nicht kochen, Nova. Miranda wird dir gern einen Haferschleim zubereiten.«

»Nein, du hast recht«, sage ich und öffne den Mülleimer, ziehe mit den Fingerspitzen das rohe Steak heraus. »Ich sollte Fleisch essen! Adrian braucht nicht mehr zu kommen. Siehst du, ich bereite dein wunderbares Steak zu.«

»Du wirkst verändert, Nova«, sagt Kim. Obwohl es eine

Maschine ohne Emotionen ist, habe ich das Gefühl, dass die KI überrascht ist. Gut so. »Woher kommt dein Sinneswandel?«

»Es tut mir leid, dass ich dich enttäuscht habe«, sage ich und gieße Öl in die Pfanne. »Ich werde mich ändern, Kim. Ich werde alles tun, was du von mir verlangst.«

»Das freut mich zu hören.«

Ich lege das rohe Steak in die Pfanne und stelle die Flamme des Gasherds auf die höchste Stufe. »Du kannst Adrian sagen, dass er nicht mehr kommen muss. Auch Miranda nicht.«

»Ich denke, es wäre besser, wenn dich ein Arzt untersucht, Nova. Deine Stimmungswechsel kommen sehr sprunghaft.«

»Mir geht es gut.«

»Das sollte Adrian entscheiden.«

Feiner Rauch steigt auf. Das Fleisch beginnt zu brutzeln. Ich drehe dem Herd den Rücken zu und verschränke die Arme vor der Brust. »Es ist ganz einfach, Kim. Wenn du willst, dass ich mich gesund ernähre, dann esse ich das Fleisch für dich.« Allein bei dem Gedanken wird mir übel. »Doch wenn Adrian in meinem Apartment auftaucht, werde ich jegliches Essen verweigern. Verstehst du? Ich werde in einen Hungerstreik treten und damit das Wohl *deines* Kindes gefährden. Willst du das? Die Entscheidung liegt bei dir!«

Kim schweigt.

Die Maschine scheint zu überlegen. Der Geruch von angebratenem Fleisch erfüllt die Küche. Ich unterdrücke ein Würgen.

»Also gut, Nova«, sagt Kim endlich. »Dein Argument ist überzeugend. Ich habe Adrian vorerst abgesagt. Aber ich will sehen, wie du das Steak zu dir nimmst.«

»Das wirst du«, entgegne ich. »Das wirst du.«

Ich drehe mich wieder zum Herd. Der Rauch wird immer stärker. Das Fleisch hätte längst gewendet werden müssen. Aber ich lasse es liegen, schütte stattdessen noch mehr Öl nach.

»Das Gas ist zu hoch eingestellt, Nova«, ermahnt mich Kim. »Du musst die Flamme herunterdrehen und das Fleisch wenden.«

»Ich mag es gerne schön durch«, antworte ich gegen das zischend laute Prasseln und Brutzeln. Der Rauch wird allmählich zu dunklem Qualm. Die Küche ist schon ganz vernebelt.

Der Kochfeld-Dunstabzug schaltet automatisch eine Stufe höher, aber er kommt gegen den Qualm längst nicht mehr an. Unauffällig platziere ich ein Geschirrhandtuch auf dem Abzugsgitter. Es stinkt barbarisch nach verbranntem Fleisch. Der dunkle Rauch zieht wellenförmig an die Zimmerdecke, verteilt sich wie ein japanisches Ozeangemälde von Hokusai in alle Ecken des Raumes. Dort, wo ich die versteckten Überwachungskameras vermute.

»Nova!« Kims Stimme erklingt so laut, dass man meinen könnte, die KI bekomme Panik. »Nimm sofort die Pfanne von der Flamme!«

»Das Steak ist gleich fertig. Ich mag es nämlich am liebsten kross«, rufe ich, gehe in die Hocke und schleiche auf allen vieren unter der dichten Rauchwolke auf den Warenaufzug zu.

»Ich werde das Gas abstellen, wenn du nicht sofort die Pfanne entfernst und die Flamme abstellst!«, droht Kim in voller Lautstärke gegen den Lärm der zischenden Bratpfanne. »Du bekommst noch eine Rauchvergiftung. Hörst du, Nova? … Nova, wo bist du?«

Das ist mein Stichwort!

Eilig ziehe ich die Kunststoffkiste aus dem Aufzug und klettere in die Wandöffnung hinein. Kim scheint davon nichts zu bemerken.

Es ist entsetzlich eng in der Kabine. Ich passe mit angewinkelten Beinen gerade so hinein und muss meinen Oberkörper weit nach vorne verbiegen. Jetzt bloß keinen Anfall von Klaustrophobie kriegen!

Nervös rufe ich in den vernebelten Raum hinein: »Jetzt ist es doch verbrannt! Oh, nein! Das schöne Steak! Wie ärgerlich! Kim, kannst du mir ein neues bringen?«

Keine Antwort.

Ich höre, wie das Zischen und Brutzeln auf dem Herd leiser und leiser wird. Kim hat offensichtlich das Gas abgestellt. Verdammt!

Aber der Qualm wird sich nicht so schnell auflösen.

»Kim?«, rufe ich erneut. »Hallo?«

Vielleicht war mein Schauspiel nicht überzeugend genug.

»Ich … ich habe Hunger!«

Die Zeit rennt mir davon. Mir bleibt nur noch ein Versuch, bevor sich der Rauch verzieht und Kim bemerkt, dass ich mich in den Aufzug gezwängt habe.

»Du bist darauf programmiert, mir immer frische Lebensmittel zu besorgen! Du musst dich um mich kümmern, hörst du?« Die Oberschenkel drücken gegen meinen Brustkorb. Das Atmen fällt mir schwer. »Das ist deine Bestimmung, Kim! Du hast die Aufgabe, *dein* Baby zu beschützen!«

Die Tür des Aufzugs schließt sich.

Endlich – es hat funktioniert!

Dann fällt die Kabine in atemberaubendem Tempo zweiunddreißig Stockwerke in die Tiefe.

20

Ich will schreien, reiße den Mund auf, doch meine Stimme versagt mir den Dienst. Panisch drücke ich mit Armen und Beinen gegen die spiegelglatten Aluminiumwände des Aufzugs. Mein Magen rebelliert. Ich spüre, wie Magensäure in meine Speiseröhre schießt. Meine Ohren beginnen zu schmerzen. Ich falle und falle, ringe nach Luft.

Dann – endlich –, als ich schon denke, wir müssen im nächsten Moment am Boden zerschellen, wird der Aufzug langsamer und langsamer – und kommt schließlich sanft zum Stehen. Meine Hände sind schweißnass. Das T-Shirt klebt mir am Rücken.

Sind wir im Kellergeschoss angekommen?

Geräuschlos fährt die Tür auf.

Ich atme erleichtert auf, endlich wieder Licht.

Doch – es ist nicht der erhoffte Lagerraum im Keller. Sondern eine kleine Wohnung. Im dämmrigen Licht erkenne ich die Umrisse einer altmodischen Couch, einen Sessel und ein dunkelbraunes Bücherregal. Die Betondecke des Raumes ist viel niedriger als in meinem Apartment. Der ganze Raum wirkt wie eine umgebaute Garage.

Die schmalen verstaubten Fensterschlitze, unterhalb der Zimmerdecke, lassen schummriges Tageslicht rein. Wir scheinen uns im Souterrain zu befinden.

Stöhnend klettere ich aus dem Aufzug heraus, strecke meine schmerzenden Glieder und sehe mich um.

An der unverputzten Wand, über einem alten Holzschreibtisch, auf dem allerhand Krimskrams steht, hängen Dutzende von Fotografien. Darauf sind die Gesichter von Frauen und Männern zu erkennen. Wo bin ich hier?

Ich trete näher heran. Auf einem der Bilder sieht man Miranda, mit einem ihrer typischen Hütchen. Links und rechts von ihr stehen Alfred und Tina, das kinderlose Architekten-Pärchen. Sie haben Miranda untergehakt. Das Bild muss vor vielen Jahren gemacht worden sein. Miranda sieht mindestens zehn Jahre jünger aus.

Ich stutze. Also kannten sich die drei schon *vor* dem Einzug in den Pramtower? Das ist interessant. Ich betrachte das Foto näher. Die jüngere Miranda hat eine erstaunliche Ähnlichkeit mit Tina. Ist die Alte etwa die Mutter von Tina?

Auf den nächsten Fotografien sind auch Adrian, Franklin, Roman und Justine zu erkennen, doch hauptsächlich Menschen, die ich noch nie gesehen habe. Die markante Aussicht über Berlin kommt mir allerdings sofort bekannt vor. Die fremden Personen müssen ebenfalls Bewohnerinnen und Bewohner des Pramtower sein. Wahrscheinlich aus den anderen Stockwerken.

Ich sehe das unscharfe Bild eines jungen Mannes. Das Foto wurde in Ira's Café auf der Dachterrasse gemacht. Ich beuge mich vor, kneife die Augen zusammen. Ist das etwa …?

Ich nehme das Bild von der Wand.

Ja, das könnte tatsächlich Konrad sein. Mit seinen blonden schulterlangen Haaren. Ich drehe das Foto um. Auf die Rückseite wurde etwas handschriftlich notiert:

Konrad = Conrad?

Was soll das bedeuten?

Irritiert stecke ich die Fotografie in meine Hosentasche und gehe zu dem Bücherregal.

Es sind hauptsächlich Sachbücher, wissenschaftliche Bücher und Lexika. Ich lese die Buchtitel und Namen der Autoren. Außer Wilhelm Röntgen ist mir niemand davon bekannt. Doch dann bleibt mein Blick an einem dicken leinengebundenen Buch hängen. Der Autor des englischen Buches ist *Alex C. Duncan*. Der Erfinder des Pramtower hat ein Buch geschrieben? Darüber habe ich im Internet nichts gefunden, als ich nach ihm gesucht hatte.

Ich ziehe es heraus und schlage die hinteren Seiten auf, in der Hoffnung, dort eine Kurzbiografie des Autors zu finden, aber vergeblich – keine Biografie, geschweige denn ein Porträtfoto.

Enttäuscht schlage ich die vorderen Seiten auf.

Der Copyright-Vermerk ist auf das Jahr 2016 datiert. Der Verlag nennt sich *A. C. Duncan Press Ltd.* – das Buch ist also im Eigenverlag erschienen. Ich schlage das erste Kapitel auf und überfliege die Zeilen. Es scheint eine philosophische Abhandlung über künstliche Intelligenz zu sein. Doch es ist so anspruchsvoll geschrieben, dass ich kein Wort davon verstehe.

»Was *machen* Sie hier?«

Ich wirble herum.

Vor mir im Dämmerlicht steht Herr Miklas, der alte Concierge. Seine wenigen Haare stehen wirr vom Kopf ab. Er trägt einen karierten Morgenmantel.

»Ich … ich bin nur … ich meine …«, stottere ich.

»Setzen!«, befiehlt er. Er nickt in Richtung eines zerschlissenen Cordsessels vor mir und zeigt mit der Hand darauf – einer Hand, die ein großes Fleischermesser hält.

21

»Hören Sie, ich muss hier raus, sofort«, sage ich zitternd und hebe die Hände. »Irgendwo im Keller liegt eine verwundete Person, um die wir uns kümmern müssen. Justine muss sofort in ein Krankenhaus.«

»Fräulein Sagnier?«, fragt er verblüfft, dann deutet er erneut mit dem Messer auf den Sessel. »Erzählen Sie!«

Ich setze mich widerstrebend. Der Alte zieht den Gürtel seines Morgenmantels enger und geht einen Schritt auf mich zu. Die Klinge blitzt in dem Lichtstrahl, der durch das Souterrainfenster fällt.

Ängstlich drücke ich mich tiefer in das Polster. »Bitte, Herr Miklas. Sie müssen mir glauben. Kim spielt verrückt! Sie hat mich vergewaltigen lassen und will nun, dass ich das Kind austrage. Sie will einen perfekten Menschen erschaffen. Durch perfekte Überwachung!«

Laut ausgesprochen, kommt es mir noch viel monströser vor als bloß in Gedanken.

»Ich weiß«, sagt er knapp.

»Wie bitte?«, frage ich. Wut steigt in mir auf. »Sie wissen davon und unternehmen nichts? Warum sind Sie …?«

Ich halte inne. Ist Herr Miklas vielleicht einer von Kims menschlichen Gehilfen? Die rechte Hand der künstlichen Intelligenz, die in diesem Gebäude für Ruhe und Ordnung sorgt?

Hektisch sehe ich mich in der heruntergekommenen Wohnung um, die so gar nicht zu dem übrigen Luxus und Glamour des Pramtower passen will. Ich deute auf die Fotos an der Wand. »Wieso haben Sie diese Bilder?«

»Für meine Ermittlungen«, antwortet er reserviert. »Ich bin Privatdetektiv, Frau Niehaus.« Sein slawischer Akzent scheint urplötzlich verschwunden.

»Privatdetekiv?« Ich starre ihn ungläubig an.

Herr Miklas nickt bedächtig. »Nach dem tragischen Tod von Sarah Leitner haben mich die Eltern des Mädchens engagiert, um Nachforschungen über den Pramtower anzustellen. Weil sie fest davon überzeugt sind, dass es kein Selbstmord war. Deshalb habe ich mich als Concierge beworben und hier unter einem Decknamen anstellen lassen.«

»Sarah Leitner?«, frage ich verdutzt. »Wer ist das?«

»Die Vormieterin von Lisette Schubert«, erklärt er. »Sie war die Erste, die in Apartment 66e eingezogen ist. Kurz nach ihrer Trennung von ihrem Freund. Sarah Leitner hat die Jahresmiete im Pramtower genauso gewonnen wie Sie und Lisette.«

»Was ist mit ihr passiert?«

»Zwei Monate später hat man ihre Leiche gefunden.« Er macht eine Kunstpause. »Sie ist in ihrer Wohnung verdurstet.«

»Verdurstet?«, frage ich fassungslos und merke, wie mir schlecht wird. Ich muss daran denken, welche Macht Kim über die Bewohnerinnen und Bewohner hat. Sie kann jederzeit dafür sorgen, dass man kein Essen mehr bekommt. Und auch, dass das Wasser im Apartment abgestellt wird. »Da muss doch die Polizei ermittelt haben?«

»Das hat sie auch«, entgegnet Herr Miklas kühl. »Ein gewisser Tarik Ünal war dafür zuständig, wurde aber kurze

Zeit später wieder vom Fall abgezogen. Denn als die Gerichtsmedizin festgestellt hat, dass jegliche Fremdeinwirkung ausgeschlossen werden kann, galt ihr Suizid als erwiesen. Zumal alle Bewohner von Etage 32 ausgesagt hatten, dass sich Sarah Leitner immer mehr zurückgezogen und sich sogar wochenlang im Apartment eingeschlossen hatte. Da war die Sache für die Kriminalpolizei klar. Angeblich hat sie die Trennung von ihrem Freund nicht verkraftet. Das stand auch so in ihrem Abschiedsbrief. Die Polizei hat den Brief auf ihrem Handy gefunden, zusammen mit Textzeilen eines deutschen Songs. *Vertigo* hieß der oder so ähnlich. Die CD haben sie in Sarahs Mini Cooper sichergestellt.«

»Zwei Suizide? In ein und derselben Wohnung?«, frage ich. »In so kurzer Zeit? Da muss doch die Polizei weiterermitteln!«

»Nun ja. Normalerweise schon. Angeblich gab es eine große Spende von Alex C. Duncan«, sagt Herr Miklas verbittert. »Er wollte offensichtlich keine Schlagzeilen. Beim Pramtower geht es schließlich um Investoren und sehr viel Geld.«

Ich erinnere mich an das Gespräch mit Tarik Ünal im Wedding. Nun wird mir klar, warum ihn die angeblichen Selbstmorde im Pramtower nicht loslassen.

»Wer ist dieser Duncan überhaupt?«

»Ich habe mich hier anstellen lassen, um genau das herauszufinden, Frau Niehaus«, sagt er. »Deshalb die Fotos an der Wand. Hier unten gibt es keine Kameras.«

Unwillkürlich blicke ich nach oben. In der Tat kann ich nirgendwo ein Kameraauge entdecken. Dann wandert mein Blick zum Warenaufzug. Er bemerkt es.

»Ich bekomme Kims Aufgaben telefonisch«, erklärt er

und nickt zu einem Festnetztelefon, das an der Wand montiert ist. »Frau Bruhn – Isadora – gibt die gewünschten Bestellungen aus allen e-Apartments weiter, die dann bei mir angeliefert werden.«

»Aha, verstehe«, sage ich. »Und haben Sie schon herausgefunden, wer dieser Duncan ist?«

»Ich habe zumindest einen Verdacht.« Der alte Mann atmet durch. »Ich gehe davon aus, dass Duncan hier im Gebäude lebt.«

»Wirklich? Auf welcher Etage?«

»Vermutlich auf zweiunddreißig.«

Mein Herz pocht schneller. »Auf meinem Stockwerk?«

Augenblicklich sehe ich die Gesichter meiner Nachbarn, wie auf einem Suchplakat, vor meinem inneren Auge: Adrian, Tina, Alfred, Miranda, Roman und Franklin.

Wer von denen sollte der Schöpfer des Pramtower sein?

»Kennen Sie die Geschichte von Wilhelm Röntgen, dem berühmten Physiker?«, fragt er unvermittelt und deutet mit dem Messer auf das Bücherregal. »Der Wissenschaftler hatte unter anderem die X-Strahlen, die später nach ihm benannten Röntgenstrahlen, entdeckt.«

Auf was will der Mann hinaus?

»Aber das ist nicht so wichtig. Wussten Sie, dass sein vollständiger Name Wilhelm *Conrad* Röntgen lautet?«

Ich schüttle den Kopf.

»Mit zweitem Namen Conrad. Doch als es darum ging, den Grabstein zu beschriften, ist den Steinmetzen in Gießen ein peinlicher Fehler unterlaufen.« Er schüttelt bei dem Gedanken ungläubig den Kopf. »Sie haben Conrad mit K geschrieben anstatt mit C. Unglaublich, oder? Konrad mit K. Und das bei einem Nobelpreisträger!«

Ich muss an das Foto in meiner Hosentasche denken. »Wollen Sie etwa damit sagen, dass …«

»Nun, meiner Vermutung nach hat Alex C. Duncan seinen Vornamen ganz bewusst …«

Doch weiter kommt er nicht.

Wie in Zeitlupe sehe ich, wie sich von seinem Kopf aus Hunderte von Glasscherben in der Luft verteilen, wie glitzernder Sprühregen. Eine Vase ist auf seinem Schädel explodiert. Blut fließt über seine Stirn, über das erstaunte Gesicht. Dann kippt er bewusstlos nach vorne, schlägt in voller Länge auf dem Betonboden auf und bleibt regungslos liegen.

Das Messer wird aufgehoben. Ich blicke zu der schlanken Gestalt auf. Es ist Konrad.

»Geht es dir gut?«, fragt er besorgt und kniet sich neben mich hin. »Hat er dich verletzt?«

»N-nein, nein«, stammle ich. »Hat er nicht.«

»Der Irre hat dich mit dem Messer bedroht. Da musste ich schnell handeln. Ich habe die Vase genommen und …«

»Er war kein Irrer.« Ich schlucke, blicke auf den leblosen Mann zu meinen Füßen, der in einem glitzernden Scherbenhaufen liegt.

Konrad steht auf. Er ergreift meinen Oberarm und zieht mich vom Sessel hoch. »Komm, Nova! Schnell! Wir müssen sofort aus dem Pramtower verschwinden, bevor Kim mitbekommt, dass du nicht mehr in deinem Apartment bist.«

Er zieht mich hinter sich her. Raus aus dem Raum und in einen schmalen Flur. Im Flur stehen Kartons herum, überall stapeln sich Papiere. Über uns flackert eine Leuchtstoffröhre.

Durch eine geöffnete Tür sehe ich in eine schmale Küche. Auf einer Arbeitsplatte geschnittene Karotten und Kartoffelscheiben, auf dem Herd ein sprudelnder Kochtopf. Herr Miklas war offensichtlich dabei, sich etwas zu essen zu kochen, als er Geräusche in dem Raum mit dem Aufzug vernommen hatte. Hatte er deshalb das Messer in der Hand, als er mich überraschte?

Konrad zieht mich weiter.

»Ich habe hier unten auf dich gewartet und mich versteckt. Plötzlich habe ich eure Stimmen aus der Wohnung gehört. Zum Glück! So konnte ich dich in allerletzter Sekunde befreien … Das war echt knapp! Dort vorne geht es raus.«

Wir verlassen die Wohnung und eilen durch eine beleuchtete Halle mit zehn Meter hohen Betonsäulen. In Stahlregalen an den Wänden stapeln sich Kisten mit Lebensmitteln, Medizinpackungen und Elektro-Artikeln. Auf der anderen Seite der Halle stehen aufgereiht mehrere farbige Blumengebinde in Wassereimern, dahinter befindet sich ein gigantisches Weinregal. Wahrscheinlich das Lager für die Etagentreffen.

»Und du bist ganz sicher nicht verletzt, Nova?«, ruft er atemlos. »Der Alte war mir schon immer suspekt.«

Ich schüttle den Kopf und stolpere ihm hinterher.

»Der Lieferantenausgang ist eine Etage tiefer.« Konrad deutet auf die metallene Flügeltür vor uns. »Dort können wir das Gebäude unbemerkt verlassen.«

Er drückt die Tür auf. Wir gelangen in ein monumentales Treppenhaus aus Beton und Stahl. Ein kalter Luftzug streift meine Arme.

Kurz darauf passieren wir eine weitere Stahltür, auf der groß –2 prangt.

»Das zweite Untergeschoss«, erklärt er. »Hier kommen die Lieferwagen an. Durch das Rolltor können wir raus.«

»Konrad, warte!«, rufe ich. »Wo befinden sich hier die Wäscheschächte?«, frage ich, als wir durch einen engen Flur gehen, von dem rechts und links mehrere Stahltüren abgehen.

»Was willst du denn da?«

»Wir müssen eine Freundin retten, Justine …«

Konrad fällt mir ins Wort. »Dafür bleibt uns keine Zeit, Nova«, sagt er und rennt unbeirrt weiter. »Wir sagen der Polizei Bescheid, die werden sich um deine Freundin kümmern.«

»Nein!«, sage ich und bleibe stehen. »Ich gehe nicht ohne sie. Justine ist bestimmt verletzt.«

Ich betrachte die warngelben und blauen Piktogramme, die auf den Stahltüren angebracht sind: ein Blitz, ein Gesicht mit Schutzbrille, ein anderes mit Gehörschutz, ein Ausrufezeichen, eines mit …

Mein Blick fällt auf eine Tür, die mit einem Biohazard- und Reagenzglas-Symbol markiert ist.

»Nova, los!«, ruft Konrad. »Wir müssen weiter!«

Ich drücke die Klinke herunter. Die Tür ist verschlossen.

»Jetzt komm schon!«

»Das muss das biologische Labor des Pramtower sein«, sage ich mit zittriger Stimme. »Vielleicht würde ich hier erfahren, wer der Vater meines Kindes ist.«

»Du bist … schwanger?«, sagt Konrad und sieht mich fassungslos an.

In diesem Moment fällt mir ein, dass er davon noch gar nichts weiß. Ich selbst habe ja erst davon erfahren, nachdem Konrad aus dem Gebäude geflüchtet ist.

»O nein«, sagt er leise. »Das … das wollte ich nicht.«

»Du kannst doch nichts dafür«, sage ich gedankenverloren und rüttle erneut an der Tür. Aber es ist sinnlos.

Plötzlich halte ich inne. »Moment. Wie meinst du das? Du wolltest *was* nicht?«

»Ich …« Er fährt sich nervös durch die Haare. »Ach, nichts.«

Ich wende mich zu ihm, mustere ihn. Wieso verhält er sich plötzlich so seltsam? Unwillkürlich trete einen Schritt von ihm zurück. War *er* es doch, der mich …?

Konrad macht einen Schritt auf mich zu. »Es ist nicht so, wie du vielleicht denkst.«

»So? Was denke ich denn?«, sage ich und drücke mich gegen die Betonwand. Ich spüre, wie mir die Knie weich werden.

»Ich … ich habe dich nicht angerührt«, sagt er. »Du musst mir glauben, Nova.«

»Nicht angerührt?«, frage ich und stemme die Hände in die Hüften.

»Nein«, antwortet er schnell. »Also nicht direkt.«

»Was soll das heißen?« Wut steigt in mir auf. Meine Hände ballen sich zu Fäusten. »Sag mir die Wahrheit!«

»Kim hat mich dazu gezwungen«, sagt er kleinlaut. »Ich musste eine Spermaprobe abgeben. Ansonsten hätte Kim Sarah getötet. Und Lisette.« Er holt tief Luft. »Und dich auch.«

»Du hast dabei mitgemacht?«, fauche ich.

»Sie hat mich dazu gezwungen, Nova, glaub mir doch!«, sagt er. »Kim hat mich erpresst. Sie hat mir das Wasser abgestellt. Sie hat mir kein Essen mehr geliefert. Ich war am Ende. Du weißt doch aus eigener Erfahrung, wie das ist!«

Soll ich ihm das glauben? Wie kann ich wissen, dass er meine Gefangenschaft nicht ausnutzt, um sich jetzt rauszureden? Dass er sich als vermeintlicher Retter inszeniert, nur um mein Vertrauen zu gewinnen?

Ich ziehe das Foto aus der Hosentasche und strecke es ihm zornig hin. »Bist du Duncan? Bist du Alex *Conrad* Duncan?«

22

»Was?«, sagt er überrascht. Dann lacht er unvermittelt. »Nein. Bin ich nicht.«

»Sag mir endlich die Wahrheit!«

»Das ist doch Blödsinn, Nova! Ich wurde hier genauso gefangen gehalten wie du.«

Doch ich glaube ihm nicht. Es ist ein Bauchgefühl.

»Wenn ich hier raus bin, dann werde ich mich untersuchen lassen«, sage ich mit fester Stimme. »Man kann nachweisen, wer mich vergewaltigt hat. Und *dafür* werde ich dich anzeigen!«

»Nova, bitte«, sagt er nun wieder ernst. »Ich wusste nicht, was Kim mit meinem Sperma vorhat.«

»Ach, nein?«, zische ich. »Und dir kam das nicht seltsam vor, als Lisette plötzlich schwanger war?«

Er senkt den Kopf. »Ich hatte nur eine Vermutung.«

»Du Lügner!«, brülle ich. »Du wusstest ganz genau, was im Pramtower gespielt wird. Und du hast mich nicht vor der Vergewaltigung gewarnt. Und dafür kann es nur einen Grund geben – *du* bist Duncan!«

Er tritt näher an mich heran. Ich kann seinen Atem riechen.

»Hör zu, in einem Punkt hast du recht«, sagt er, ohne auf die Anschuldigung einzugehen. »Ich wusste, was Kim vorhat. Sie will den perfekten Menschen erschaffen. Meine DNA ist für sie besonders wertvoll, hat sie gesagt. Deshalb hat sie mich auserwählt. Genauso wie dich. Außerdem habe ich dir geraten, die Schlafzimmertür abzuriegeln, oder etwa nicht?«

Ich erinnere mich nur verschwommen daran. Aber das macht es nicht besser. Er hätte mich beschützen müssen!

»Du bist ein mieses Schwein«, sage ich.

»Mehr konnte ich dir nicht sagen. Kim ist überall.« Er fasst mich an den Schultern. »Ich will dich retten, Nova! Nur deshalb bin ich zurückgekommen. Warum sollte ich mir so eine absurde Geschichte ausdenken?«

Ich schüttle seine Hand ab. »Der alte Miklas hat herausgefunden, dass Duncan einen anderen Namen benutzt. Er wollte es mir in dem Moment sagen, also du ihn niedergeschlagen hast. Komischer Zufall, was?«

»Er hat dich mit einem Messer bedroht!«

»Ich glaube eher, dass du nicht wolltest, dass ich die Wahrheit erfahre. Die Wahrheit über dich!«

»So ist das nicht, Nova«, sagt er ruhig. »Und du weißt das auch. Warum sollte ich so etwas tun? Ich … ich mag dich. Und zwar sehr.«

»So sehr, dass du ein Kind von mir willst? Hast du mich deswegen ausgesucht?«

»Ich habe dich nicht …«, sagt er. »Duncan hat sich in dich verliebt. Deshalb hast du das Apartment bekommen. Weil er dich kennenlernen wollte.«

»Genauso wie du.«

Er zögert.

»Ich frage dich ein letztes Mal«, sage ich. »Bist du Alex C. Duncan?«

Er zieht die Augenbrauen zusammen. Seine Unterlippe beginnt zu zittern. »Nein.«

Ich kann nicht einschätzen, ob er mich belügt. Ich bin hin- und hergerissen.

Duncan ist ein Genie. Ein Chamäleon. Er kann einem alles vorspielen. Nur damit man ihm vertraut.

»Also gut«, sage ich. Denn in einer Sache hat Konrad recht. Ich darf jetzt keine Zeit verlieren. Keine Minute länger in diesem Flur vergeuden. »Es ist mir im Moment egal, wer du bist. Aber ich werde jetzt Justine suchen gehen und sie hier rausschaffen.«

»Und wenn es eine Falle ist?«

»Was?«

»Wenn Duncan das alles nur eingefädelt hat, um dich weiterhin im Pramtower gefangen zu halten?«, sagt er. »Er könnte deine Freundin als Lockmittel verwenden.« Er ergreift meinen Arm. Sein Griff ist eisern. »Du kommst besser mit. Wir verschwinden von hier gemeinsam. Nur du und ich. Alles andere ist zu gefährlich. Du musst mir vertrauen.«

»Lass mich sofort los!«

»Nein, Nova«, sagt er und drückt meinen Arm fester. »Ich werde dich nicht noch einmal verlieren.«

Blitzartig reiße ich mein Knie nach oben und trete ihm mit aller Wucht zwischen die Beine. Konrad geht jaulend zu Boden, krümmt sich vor Schmerzen.

Ich renne auf den Ausgang zu.

23

Ich öffne die Stahltür am Ende des Flurs und sehe in eine gigantische, zehn Meter hohe Halle mit Sichtbetonwänden. Das muss der Lieferantenzugang des Pramtower sein. Im grellen Licht der Leuchtstoffröhren, die von der Hallendecke hängen, parken zahlreiche Transporter vor einer langen Laderampe. Einige Fahrer stehen in kleinen Gruppen zusammen und unterhalten sich angeregt, ziehen an ihren Vapes. Andere laden Kisten aus. Zum Glück beachten sie mich nicht.

Es riecht nach Abgasen und Öl.

Hektisch blicke ich mich um.

Direkt vor mir, neben einem menschenleeren Pausenhäuschen, entdecke ich eine silberne Flügeltür mit Bullaugen. Es wirkt wie der Eingang zu einer Großküche.

Plötzlich öffnet sich das Tor, und ein großer Stahlkäfig auf Rädern wird herausgeschoben. Durch die Stäbe erkenne ich Haufen von weißen Bettlaken sowie bunte Kleidungsstücke. Dort irgendwo müssen sich die Schächte des Wäscheschluckers befinden!

Betont lässig gehe ich auf den Mann im weißen Kittel zu, nicke ihm zu und schlüpfe eilig durch das Tor mit den Bullaugen in einen weiteren hell erleuchteten Gang.

Nach allen Seiten gehen Türen ab. Der Keller des Pramtower ist ein regelrechtes Labyrinth. Eilig öffne ich jede Tür und blicke hinein. In allen Räumen stapeln sich getragene Kleider, Bettwäsche, Handtücher in Auffangbehältern auf Rollen. Über den Stahlkäfigen führt jeweils ein Schacht zu den Apartments. Durch einen von ihnen muss Justine hinabgestürzt sein. Wenn sie Glück hatte, ist sie weich gefallen. Ich versuche, mich daran zu erinnern, wie oft ich in den letzten Tagen schmutzige Wäsche in den Schacht geworfen habe. War es viel? Ich kann mich nicht mehr daran erinnern.

Ich öffne eine Tür nach der anderen, suche verzweifelt den Raum mit dem Schacht zu meiner Wohnung.

Doch nichts, keine Justine. Also weiter. Schnell!

Ich will gerade die nächste Tür aufstoßen, als ich hinter mir eine schwache Stimme höre. »Nova?«

Ich wirbele herum. Und da steht sie, schwankend im Türrahmen – Justine! Gott sei Dank!

Ich renne auf sie zu und schließe sie in meine Arme. »Bist du verletzt?«

Sie greift sich an den Kopf. Ihre Haare stehen wild ab. »Ich … ich weiß nicht. Nein … ich glaube nicht … Wo sind wir hier?«

»Du bist den Wäscheschacht hinuntergefallen«, erkläre ich und streiche ihr eine Strähne aus dem Gesicht. »Keine Sorge, ich bringe dich sofort in ein Krankenhaus.«

»Dafür ist es zu spät.« Die Stimme eines Mannes.

Ich drehe mich ruckartig um.

Konrad kommt auf uns zu, den Körper vor Schmerzen noch leicht gekrümmt.

»Wer ist das?« Justine sieht mich fragend an.

Doch Konrad lässt mich nicht zu Wort kommen. »Kim wird euch nicht gehen lassen, Nova. Sie hat einen Auftrag«, sagt er. Er deutet zur Decke des Flurs. Ich folge seiner Hand und entdecke eine Überwachungskamera. »Ihr seid hier gefangen.«

»Das werden wir ja sehen!«, zische ich, greife Justine unter die Schulter und gehe auf das geschlossene Tor mit den Bullaugen zu.

Konrad sieht uns mit verschränkten Armen dabei zu, schüttelt den Kopf. »Du brauchst es erst gar nicht zu versuchen, Nova. Die Tür hat keinen Griff!«

»Wir müssen es trotzdem versuchen«, flüstert Justine neben mir.

Ich kann hören, dass sie Schmerzen hat. Ich ziehe sie fester an mich, trete mit ihr an das Tor. Tatsächlich gibt es von innen keine Griffe. Durch die runden Fenster kann ich die Lieferanten erkennen, die ihre Waren aus den Lkw laden. Vielleicht kann ich sie auf uns aufmerksam machen!

»Was hast du vor?«, fragt Konrad.

Ich klopfe gegen die Scheibe. »Hallo! Können Sie mich hören? Wir müssen hier raus!«

Doch die Arbeiter scheinen uns nicht zu bemerken.

Ich klopfe fester, rufe lauter.

»Nova, das ist nicht sehr nett«, ertönt eine hallende Stimme über uns. Es ist Kim. »Ich kann dich leider nicht gehen lassen. Das versteht du hoffentlich. Du trägst etwas in dir, das mir gehört.«

Die Bullaugen verfärben sich schwarz.

Ich hämmere verzweifelt gegen das verschlossene Tor.

Konrad tritt neben mich. »Ich habe dich gewarnt.«

Zornig packe ich ihn am Kragen und drücke ihn gegen die Wand. »Kim ist deine Erfindung! Sag ihr, dass sie das Tor aufmachen soll!«

Er schüttelt den Kopf.

»Sag es! Verdammt noch mal!«, brülle ich. »Sie ist dein Werk! Auf dich hört sie!«

»Tut sie nicht«, stöhnt er.

Meine Hände umschlingen seinen Hals, ich drücke zu. Schnüre ihm die Luft ab, lasse meiner Wut freien Lauf.

Konrad beginnt zu röcheln.

»Los! Gib den Befehl!«

»Nova, nein!« Justine fasst mich an der Schulter, will mich zurückziehen. »Was machst du da?«

»Er ist der Erfinder des Pramtower. Er kann das Tor für uns öffnen. Also mach schon, sag es!«

Konrads Gesicht verfärbt sich rot, seine Augen treten hervor.

Justine wendet sich verzweifelt an Konrad. »Bitte, sag einfach, dass sie die Tür öffnen soll.« Dann wendet sie sich wieder an mich. »Nova, bitte, du tust ihm weh.«

»Lauter!«, rufe ich und lockere meinen Griff. »Sag es!«

Endlich bewegt er seine Lippen, haucht: »Kim …«

Konrad hustet, würgt.

»Öffne das Tor«, spricht ihm Justine flehend vor.

»Kim – Tor öffnen!«, krächzt er mit allerletzter Kraft. Dann fällt er erschöpft zu Boden.

Mit einem Zischen gleitet das Tor auf.

»Wusste ich es doch, du verdammter Lügner!«, spucke ich ihn fast an, nehme Justine unter den Arm und eile hinaus in die Halle.

»Du hast ihm wehgetan«, sagt Justine.

»Er kann froh sein, dass ich ihn nicht umgebracht habe«, sage ich, als plötzlich zwei ernst blickende Männer vor uns aus dem Wartehäuschen heraustreten.

Es sind Roman und Franklin.

Justine lächelt erleichtert. »*Dieu merci!* Gut, dass ihr hier seid«, sagt sie. »Genau im richtigen Moment.«

Doch da bin ich mir nicht so sicher.

Hat Kim sie geschickt?

24

»Wir haben dich gesucht, Justine«, sagt Franklin sichtlich besorgt. Oder ist er einfach nur ein guter Schauspieler? »Du warst nicht in deinem Apartment. Und Nova auch nicht.« Er greift nach Romans Hand. »Da haben wir uns Gedanken gemacht. Was zum Teufel macht ihr hier unten?«

Kann man den beiden vertrauen?

Oder gehören sie auch zu Kims Verbündeten?

Es ist wie ein verfluchter A/B-Test.

»Wir waren in Novas Apartment eingesperrt«, sagt Justine, bevor ich noch reagieren kann. Woher soll sie auch ahnen, was hier gespielt wird.

Roman sieht mich ernst an. »Ist das wahr?«

»Nun …« Fieberhaft denke ich über eine Antwort nach. »Ja, es stimmt. Wir waren stundenlang eingesperrt.« Ich zwinge mich zu einem Lächeln. »Meine Wohnungstür ging irgendwie nicht mehr auf. Wahrscheinlich ein technischer Defekt.« Justine sieht mich verständnislos an.

»Und wie habt ihr uns gefunden?«

Franklin lacht überrascht. »Wir haben einfach Kim gefragt. Sie hat uns gesagt, dass ihr im Wäschekeller seid.«

Seine Worte klingen aufrichtig. Ich habe das Gefühl, dass er die Wahrheit sagt. Also nutze ich meine Chance und deute auf Konrad, der noch immer beim Tor steht und sich den schmerzenden Hals reibt. »Konrad ist zurückgekommen. Er hat mich und Justine bedroht!«

»Was?« Mit finsterem Blick sieht Roman zu Konrad hinüber. Er schüttelt den Kopf. »Erst Lisette und jetzt du. Ich habe gesagt, dass ich so etwas nicht dulde. Ich glaube, wir müssen mal ein ernstes Wörtchen mit deinem Stalker reden.« Er streckt den Rücken durch. »Denkst du nicht auch, Schatz?«

Franklin nickt. »Wenn jemand unsere Nova bedroht, dann bekommt er es mit uns zu tun.« Er dreht sich zu mir um. »Mach dir keine Sorgen, wir kümmern uns um ihn.«

Dann gehen die beiden Richtung Wäschekeller.

Ich sehe ihnen nach. Sie nehmen den protestierenden Konrad in ihre Mitte und gehen mit ihm zurück in den Gang, aus dem wir gekommen sind. Das Bullaugentor schließt sich.

Stille. Um Duncan brauchen wir uns ab sofort keine Sorgen mehr zu machen. Aber es bleibt noch Kim.

»Komm!«, sage ich zu Justine. »Wir müssen zum Rolltor.«

Wir gehen die Laderampe entlang, steigen eine steile Metalltreppe hinab und zwängen uns zwischen den geparkten Lieferwagen hindurch, bis wir endlich die Ausfahrt sehen können.

Die Nachmittagssonne wirft gemusterte Schatten durch das geschlossene Rollgitter. Wir gehen schneller.

»Geht es?«, frage ich atemlos.

Justine beißt die Zähne zusammen. »Ja, alles gut. Aber wie … wie kommen wir hier raus?«

Wir sind am Rolltor angekommen. Tatsächlich gibt es keine Seitentür, wie ich gehofft hatte. Ich rüttle am Gitter.

Vor uns, auf dem Bürgersteig, geht eine junge Frau mit Kinderwagen entlang. Das Baby schreit.

»Bitte helfen Sie uns!«, rufe ich ihr zu.

Sie bleibt stehen, sieht uns verstört an, dann beschleunigt sie ihren Gang und verschwindet aus unserem Sichtfeld.

»Hey, warten Sie!«, ruft Justine.

»Willkommen in Berlin«, sage ich sarkastisch und suche die Betonwand nach einem Schalter ab. Doch ich finde nur den Knopf einer Sprechanlage.

»Vielleicht kann ich darüber Isadora erreichen«, sage ich und drücke den Knopf. Einige Sekunden vergehen.

Dann knackt es in der Leitung. »Ja?«

»Hallo«, sage ich mit tiefer verstellter Stimme. »Ich stehe mit meinem Lieferwagen am Hinterausgang, am Rolltor. Könnten Sie es bitte öffnen?«

»Einen Moment«, entgegnet die Frauenstimme freundlich. »Ich werde gleich jemanden zu dir schicken, Nova.«

O nein.

»Das war Kim«, flüstert Justine. »Jetzt weiß sie, wo wir sind.«

»Verdammt!«, sage ich. Ich überlege, wen sie uns schicken wird. Adrian? Nein, der sitzt im Rollstuhl. Miranda? Zu gebrechlich. Oder eine verbündete Person aus einem anderen Stockwerk, die wir nicht kennen? Vielleicht einen der Lieferanten aus der Halle?

Ich drehe mich um. Tatsächlich löst sich einer der Männer aus der Gruppe der Arbeiter an der Rampe und kommt direkt auf uns zu.

»Was machen wir jetzt?«, fragt Justine leise, die ihn ebenfalls entdeckt hat.

Der Mann kommt näher.

Ich weiß mir nicht anders zu helfen. Ich gehe vor dem Rolltor in die Hocke und versuche mit aller Kraft, es nach oben zu ziehen. Justine hockt sich neben mich, um mir zu helfen.

»Hey!«, ruft der Mann. »Weg von dem Tor!«

Ich drehe mich nicht zu ihm um. Justine und ich ziehen beide mit vereinten Kräften.

Und da – es bewegt sich wenige Zentimeter nach oben!

»Es klappt!«, ruft Justine. »Fester! Mehr, mehr!«

Stück für Stück ziehen wir das Rolltor nach oben, bis endlich ein schmaler Streifen frei ist, unter dem man sich hindurchzwängen kann.

»Kriech durch, Nova!«, ruft Justine mit gepresster Stimme. »Ich versuche, es hochzuhalten!«

»Meinst du, du kannst das?«, presse ich zwischen den Zähnen hervor.

»Ja! Mach schon!«

In diesem Moment wird ein Dieselmotor angelassen.

»Los, geh schon!«, stöhnt Justine. »Schnell!«

Der Lieferwagen fährt geradewegs auf uns zu. Will er uns am Rolltor zerquetschen?

»Nicht ohne dich, Justine!«, sage ich panisch. »Niemals!«

Sie blickt mich überrascht an. Dann lächelt sie zart. »*Je t'aime, chérie.* Aber ich schaff das schon.«

Der Lkw hinter uns hupt.

»Also okay, halte durch!«, sage ich und will mich gerade durch die enge Lücke zwängen, als ein lautes Rattern ertönt.

Das Rolltor, es bewegt sich. Es wird nach oben gezogen!

»Verflucht! Seid ihr lebensmüde?«, schimpft der Mann durch das runtergekurbelte Fahrerfenster heraus. »Könnt ihr nicht warten, bis ich rausfahre?«

Wir zögern keine Sekunde länger. Ducken uns hastig unter dem Gitter durch, springen auf den sonnenüberfluteten Bürgersteig und rennen los, in die Freiheit.

25

Wir laufen und laufen. Vorbei an kichernden Mädchencliquen, an Fashionshops, an geführten Touristengruppen, durch eine schmale Grünanlage, weiter an überfüllten Cafés, überqueren mehrere rote Fußgängerampeln und kommen erst in der Rosenthaler Straße wieder zum Stehen.

Wir sind beide aus der Puste und stützen uns auf den Knien ab. Dann fallen wir uns in die Arme.

Ich blicke über Justines Schulter und betrachte die weit entfernte Silhouette des Pramtower neben dem Fernsehturm in einem wolkenfreien Himmel.

»Wir sollten so schnell wie möglich in ein Krankenhaus fahren, wo du dich untersuchen lassen kannst«, sage ich, nachdem wir uns voneinander gelöst haben. »Und mich natürlich auch.«

»Wirst du es abtreiben?«, fragt Justine behutsam und sieht mich mitfühlend an.

»Ja«, entgegne ich. »Aber zuerst werde ich mich untersuchen lassen. Und dann muss ich unbedingt noch Fritz in der Klinik besuchen und ihm alles erklären.«

»Und Tarik Ünal informieren«, ergänzt Justine. »Rufen wir ihn gleich an! Hast du seine Nummer?«

Ich taste die Hosentaschen nach meinem Telefon ab. »Verdammt, nein. Miranda hat mir das Handy abgenommen.«

»Okay. Dann fahren wir erst mal ins Krankenhaus«, sagt sie und holt ihr Handy hervor. »Ich werde uns einen Uber bestellen. Welches Krankenhaus?«

»Am besten das, in dem Fritz liegt«, sage ich und nenne ihr den Namen.

Keine fünf Minuten später sitzen wir auf der Rückbank eines Mitsubishi und rauschen durch die Straßen von Berlin-Mitte. Im Autoradio läuft eine Schnulze von Freddy Quinn. Ich starre aus dem Seitenfenster, betrachte die mit Graffiti besprühten Häuserwände. Augenblicklich muss ich an meinen Hilferuf denken, den ich für Konrad mit großen Lettern an die Fensterfront des Apartments gesprayt habe.

Was Roman und Franklin wohl noch mit ihm angestellt haben, als sie ihn mitgenommen haben?

Der Gedanke lässt mich kalt. Hauptsache, wir haben es geschafft und Konrad weiß nicht, wo wir stecken.

Justines Hand streicht zärtlich über meine Finger.

Ich ergreife sie und drücke sie.

Wir sehen uns an.

Justine knabbert nervös auf ihrer Unterlippe. Sie beugt sich zu mir vor, zögert einen kurzen Moment, schließt die Augen, dann küsst sie mich.

Als sich unsere Münder treffen, durchströmt mich ein fremdartiges Gefühl.

Überrascht löse ich mich von ihr, schnappe nach Luft.

»Es … es tut mir leid«, sagt sie leise und lässt augenblicklich meine Hand los. Sie rutscht ein Stück von mir weg, drückt sich gegen die Seitentür. »Ich wollte dich nicht … sorry.«

Schüchtern vergrabe ich die Hände in meinem Schoß.

Zum Glück biegt der Wagen in diesem Moment in die Einfahrt des Krankenhauses ein.

Justine bezahlt den Fahrer über die App. Wir steigen aus und gehen schweigend nebeneinander auf den Eingang zu.

26

»Also, Frau Niehaus, ich kann Ihre Vermutung nur bestätigen«, erklärt die Ärztin, die mich vor ungefähr einer Stunde untersucht hat. Wir sitzen in ihrem Sprechzimmer. Die Ärztin, eine Endvierzigerin mit braunem, schulterlangem Haar, sieht auf den Computermonitor auf ihrem Schreibtisch. »Laut Testergebnis sind Sie in der dritten Woche.«

»Oh, dritte Woche, okay.«

Sie mustert mich über den Rand ihrer Lesebrille hinweg. »Und Sie sind sich zu einhundert Prozent sicher, dass Sie einen Schwangerschaftsabbruch durchführen lassen wollen?«

Ich habe ihr nicht gesagt, dass ich vergewaltigt wurde. Ich bringe es einfach nicht über die Lippen. Noch nicht. Ich schäme mich zu sehr dafür. Auch wenn es nicht meine Schuld ist.

»Ja«, sage ich knapp.

»Nach der Beratungsregelung benötigen Sie eine Bescheinigung, dass Sie in einer staatlich anerkannten Beratungsstelle umfassend beraten wurden«, erklärt sie und reicht mir einen farbigen Prospekt.

»Danke.«

»Da drin stehen einige Adressen, an die Sie sich wenden können. Wenn Sie Ihre Schwangerschaftskonfliktberatung erfolgreich absolviert haben, müssen mindestens drei volle

Kalendertage vergangen sein, bevor der Eingriff durchgeführt werden kann.«

»Verstehe«, entgegne ich leise. Ich hebe den Kopf. »Eine Frage hätte ich noch.«

»Ja?«

»Ist es möglich, dass Sie den … Erzeuger anhand der DNA ermitteln können? Also bevor der Abbruch …?«

»Es gibt einen nicht-invasiven vorgeburtlichen Vaterschaftstest, den man bereits in der Schwangerschaft durchführen kann«, erklärt sie und setzt die Brille ab. »Sie wollen damit sagen, dass Sie nicht genau wissen, wer der Vater ist?«

Ich drücke mich tiefer in das Polster des Besprechungssessels. »Also ich … ich *weiß* es. Natürlich. Ich wollte nur sichergehen …«

Sie legt den Kopf schief. »Hören Sie. Ein solches pränatales Abstammungsgutachten ist in Deutschland nur erlaubt, wenn vermutet wird, dass das Ungeborene durch einen sexuellen Missbrauch gezeugt wurde.« Sie räuspert sich. »Ist das bei Ihnen der Fall?«

Reflexartig schüttle ich den Kopf.

Das geht mir alles zu schnell. Ich brauche noch etwas Zeit, um alles zu verarbeiten. Schon bald werde ich mit Kommissar Tarik Ünal darüber sprechen müssen. Und dann sehen wir weiter.

»Gut«, sagt sie und lächelt. »Sie können sich jederzeit bei mir melden. Und machen Sie am besten gleich einen Termin in der Beratungsstelle aus. Je früher, desto besser.«

»Danke«, sage ich und verabschiede mich.

Im Wartezimmer sitzt Justine auf einem Plastikstuhl in der Ecke. Als ich den Raum betrete, sieht sie auf. In der Hand hält sie einen Computerausdruck. Offenbar die Röntgenaufnahme ihres Kopfes. Ihre CT-Untersuchung ging schneller als meine Beratung.

»Hallo. Ich bin fertig.«

Sie blickt nervös zu mir auf. »Und?«

Ich nicke niedergeschlagen.

Justine steht auf und nimmt mich tröstend in den Arm.

»Und bei dir?«, frage ich leise. »Was haben sie rausgefunden?«

Sie zeigt mir das Bild ihres Schädelknochens und des Gehirns. »Ich hatte Glück.« Sie lächelt. »Es ist nichts gebrochen.«

»Das freut mich«, sage ich. »Wenigstens etwas. Könnten wir dann gleich zu Fritz gehen? Ich muss ihm alles erklären.«

»Natürlich.«

»Er denkt immer noch, dass ich schuld daran bin, dass …«

Justines Augen weiten sich, sie starrt entsetzt hinter mich.

»Was ist los?«, sage ich und drehe mich um.

Im Türrahmen steht Miranda, auf dem Kopf ein giftgrünes Hütchen. »Sieh mal einer an«, sagt sie mit vor Sarkasmus triefender Stimme. »Wen haben wir denn da?« Sie deutet mit ihrem Gehstock auf mich. »Hast du nichts aus dem Schicksal von Lisette gelernt? Du willst doch nicht etwa Kims Baby wegmachen lassen, oder, Nova?«

Justine tritt empört einen Schritt auf sie zu. »Wie haben Sie uns gefunden?«

Die Alte grinst. »Über die Natasho-App, die immer noch auf deinem Handy installiert ist, Kleines. Schon vergessen? Kim ist überall.«

Hektisch zieht Justine ihr Telefon aus der Tasche und starrt auf das Display.

Ich trete zu ihr und blicke ebenfalls auf den Sperrbildschirm, der signalblau eingefärbt ist. Das Logo des Pramtower ist zu erkennen.

In diesem Moment ertönt eine Frauenstimme aus dem Gerät.

Mir läuft ein Schauer über den Rücken. Es ist Kim.

»Ich habe euch getrackt, Nova. Eure Flucht, eure Fahrt mit der Uber-App ins Krankenhaus«, sagt die KI. »Schließlich möchte ich immer wissen, wo sich mein Eigentum aufhält. Ich werde niemals zulassen, dass du mein Baby entfernen lässt, Nova. Wie gesagt, *ich* mache Fehler nur ein einziges Mal. Das verstehst du doch sicherlich?«

»Das hätten wir also geklärt«, sagt Miranda kühl und greift in ihre verdächtig ausgebeulte Manteltasche. »Ich schlage vor, dass ihr mir jetzt beide ganz unauffällig zurück in den Pramtower folgt.«

Sie wird doch keine Waffe in der Tasche haben?, denke ich panisch, als Justine reflexartig reagiert und Miranda mit voller Wucht ihr Handy entgegenschleudert.

Die Alte schreit auf, greift sich an die Stirn und sackt auf die Knie.

»Komm, schnell!«, ruft Justine und rennt los. Ich eile ihr durch den Klinikflur hinterher.

»Was machen wir denn jetzt?«, stöhne ich, als wir durch das menschenleere Treppenhaus nach unten laufen. »Miranda wird Verstärkung rufen. Irgendjemanden von Kims Leuten. Und dann bringen sie uns beide wieder zurück.«

»Sie kann uns nicht mehr tracken«, keucht Justine und drückt die Flügeltür zum Hinterausgang auf. »Wir müssen nur so schnell wie möglich aus dem Krankenhaus verschwinden. Und irgendwo untertauchen. Dann haben wir es geschafft.«

Wenn es nur so leicht wäre, denke ich. Kim wird bestimmt nicht kampflos aufgeben. Sie will das Baby!

27

»Ein Doppelzimmer, bitte«, sagt Justine und reicht dem beleibten wortkargen Rezeptionisten ihre französische Kreditkarte, mit der sie auch das Taxi nach Brandenburg bezahlt hat. Hoffentlich besitzt Kim nicht die Möglichkeit, Justines Kontovorgänge zu überprüfen, um uns hier, in diesem runtergekommenen Motel im gottverlassenen Nirgendwo, ausfindig zu machen.

Wir unterschreiben das Check-in-Formular für einen Aufenthalt von fünf Tagen und nehmen den Zimmerschlüssel entgegen.

»Dort vorne links ist der Fahrstuhl, erster Stock«, grummelt der Dicke mit osteuropäischem Akzent und deutet den schummrigen Flur hinunter.

»Danke, wir nehmen lieber die Treppe«, sage ich und gehe mit Justine auf das dunkle Treppenhaus zu.

»Keine Sorge. Kim kann unsere Spur nicht verfolgen«, sagt sie leise. »Meine Kreditkarte wird erst belastet, wenn wir auschecken. Bis dahin sind wir in Sicherheit. Ruhen wir uns aus und dann beratschlagen wir, was wir als Nächstes unternehmen.«

Mein Blick wandert über die holzvertäfelten Wände, an denen Landschaftsfotografien eines trostlosen Ortes namens Katzenbrunn hängen. Was für ein Gegensatz zum Pramtower!

Die einzige Gemeinsamkeit ist vielleicht das hoteleigene Computerterminal, das neben einem Kaffeeautomaten aufgebaut wurde. Es ist ein mausgrauer Kasten mit Monitor, ein Uralt-PC aus den Neunzigern. Darüber hängt ein Zettel, auf dem *Free Wifi* steht.

Der erste Stock ist genauso geschmacklos eingerichtet wie das Erdgeschoss. Die Zimmereinrichtung stammt sicherlich noch aus DDR-Zeiten: ein Holzbett, ein Schreibtisch, ein Bauernschrank, orangefarbene Vorhänge. Die gestreifte Tapete ist verblichen. Es riecht muffig und nach kaltem Rauch.

»Ich gehe kurz unter die Dusche, okay?«, sagt Justine und entkleidet sich bis auf die Unterwäsche.

Ich blicke verstohlen weg und gehe auf das kleine Fenster zu. »Klar, kein Thema. Ich habe unten einen Kaffeeautomaten gesehen. Willst du auch was?«

»Gerne Milchkaffee, wenn die so was haben.«

Ich schaue auf den asphaltierten Parkplatz hinunter. Bis auf einen weißen Ford-Transporter mit polnischem Kennzeichen ist der Platz leer. An diesen einsamen Ort verirren sich offenbar nicht viele Lkw-Fahrer.

Ich kneife die Augen zusammen. Sitzt da jemand am Steuer? Mir ist, als hätte ich eine Zigarette hinter der Windschutzscheibe aufglühen sehen.

Ich ziehe die Vorhänge zu, Staub wirbelt auf.

Ich höre, wie Justine die Dusche anstellt.

Wie lange ist es her, dass ich geduscht habe?

Ich atme erleichtert aus. Seit Wochen fühle ich mich das erste Mal wieder frei.

Mein Blick fällt auf das Doppelbett.

Ich muss an den Kuss denken, den Justine mir auf dem Weg ins Krankenhaus gegeben hat. Ich hoffe nur, dass sie heute Nacht nicht mehr von mir will. Ich stehe nicht auf Frauen. Trotzdem muss ich zugeben, dass ich es süß fand. Und irgendwie hat es auch etwas mit mir gemacht.

»Bin gleich wieder da!«, rufe ich durch die Badezimmertür.

»Merci!«, ruft sie zurück.

Ich ziehe die Tür ins Schloss, steige das Treppenhaus hinab und gehe auf den Kaffeeautomaten zu. Auf den bunten, beleuchteten Bildchen werden Filterkaffee, Cappuccino und heiße Schokolade angeboten. Alle Heißgetränke nur ein Euro.

Verdammt, ich habe kein Bargeld. Vielleicht kann mir der Rezeptionist zwei Euromünzen geben und aufs Zimmer schreiben?

Ich gehe zum Tresen, der seltsamerweise unbesetzt ist.

»Hallo?«, rufe ich. »Jemand da?«

Als mir nach mehrfachem Rufen niemand antwortet, kehre ich in den Flur zurück. Dabei bleibt mein Blick auf dem verstaubten PC hängen. Wenn er wirklich mit dem Internet verbunden ist, könnte ich Tarik Ünal von hier aus eine E-Mail schreiben.

Kurzerhand schalte ich den Computer an, es dauert einige Minuten, bis er hochgefahren ist, und öffne den Internet-Browser. Ich melde mich bei gmail an und öffne mein E-Mail-Postfach.

Über hundert ungelesene Mails. Hauptsächlich Spam, aber auch welche von Tarik Ünal – sowie eine ungelesene Nachricht von Bahar, meiner besten Freundin, die als Rechtsanwältin in Frankfurt arbeitet und meinen Mietvertrag prüfen wollte.

Der Betreff ihrer Mail lässt mich aufschrecken:

Alex C. Duncan gefunden!

Aufgeregt klicke ich ihre Nachricht an.

Hallo Liebes,
ich habe schon mehrfach versucht, dich anzurufen und dir eine WhatsApp zu schicken. Doch scheinbar kommt sie nicht bei dir durch!? Also probiere ich es ganz oldschool auf diesem Weg. Ist etwa dein Handy kaputt? ;-)
Ich wollte dir nur schreiben, dass sich endlich mein norwegischer Lover zurückgemeldet hat. Eric, der Investmentbanker, du erinnerst dich?
Du hattest doch mal nach diesem Duncan gefragt. Ob Eric zufällig wüsste, wie er aussieht.
Wie der Zufall es will, hat er ihn sogar kennengelernt! Auf irgendeinem Investoren-Kongress in Dubai vor fünf Jahren. Es gibt sogar ein Selfie von den beiden. Hat er auf der Aftershow-Party gemacht. Du wirst bestimmt überrascht sein, wenn du das Foto siehst. :-) Du findest das Bild im Anhang.
Ich hoffe, das hilft dir weiter.
Meld dich mal, ich mache mir schon Sorgen!
Alles Liebe, Bahar

Mit zitternden Fingern klicke ich auf den Anhang.

Hat mir Bahar etwa gerade den fotografischen Beweis dafür geschickt, dass Konrad Duncan ist?

Die Zipdatei wird heruntergeladen. Es dauert ewig. Dabei ist die Datei gar nicht so groß. Die Internetleitung in diesem Motel ist einfach extrem lahm. Warum hat sie das Bild überhaupt verpackt? Wahrscheinlich ist es eine Sicherheitsmaßnahme ihrer Kanzlei.

»Jetzt mach schon!«, fauche ich den PC an und wippe nervös mit dem Fuß. Endlich wird die Zipdatei entpackt, ein Bild baut sich vor mir auf dem Bildschirm auf.

Ich zoome das Foto größer.

Es ist tatsächlich ein Selfie von einem kahlköpfigen Mann im Anzug, den ich noch nie gesehen habe. Geschweige denn im Pramtower. Arm in Arm mit einer langhaarigen Frau, auf einer Dachterrasse, im Hintergrund die Skyline von Dubai vor einem glühend romantischen Sonnenuntergang.

Mir stockt der Atem, als ich die beiden Personen genauer betrachte und die handschriftliche Notiz lese, die Bahar unter der Frau auf der Fotografie notiert hat.

Das ist Alex C. Duncan
(Alexandra Clara Duncan!!!)
Krass, was? ;-)

Mir wird schlecht.

Die Frau ist Justine.

A/B-TEST

A

Justine steigt aus der Dusche, wickelt sich fröhlich summend ein Handtuch um die Hüften, wischt den beschlagenen Spiegel frei und greift zum Föhn. Sie will ihn gerade anschalten, als sie den Alarmton hört.

Sie verlässt das Badezimmer, geht zum Doppelbett und durchwühlt die Taschen ihrer Jeans. Sie holt ihr Portemonnaie heraus, klappt es auf. In einer versteckten Seitenklappe findet sie die Kreditkarte, die den schrillen Ton von sich gibt.

Sie wischt mit dem Zeigefinger über die geprägte Zahlenreihe und tippt auf den Chip.

»Was ist los?«, fragt sie irritiert.

Der Alarm verstummt.

»Es tut mir leid, dich zu stören«, ertönt Kims Stimme aus den Minilautsprechern der Kreditkarte. »Nova hat sich soeben über den Motel-Computer in ihren gmail-Account eingeloggt.«

»Quoi?«

Das statische VISA-Bild verwandelt sich in ein Display. Es zeigt einen Livestream, ein viergeteiltes Überwachungsvideo im Scheckkartenformat. In jedem Fenster ist ein anderer Raum zu erkennen: die Rezeption, der Eingangsbereich, der Flur und der Computer-Platz. Sie kann Nova sehen, die vor dem PC sitzt und mit der Maus scrollt.

»Soll ich ihre eingegangenen E-Mails analysieren?«

»Ja, mach das!«, entgegnet Justine zornig, während sie in Unterwäsche schlüpft und Jeans und Pullover überstreift. Dabei lässt sie den Minibildschirm nicht aus dem Blick.

»Die E-Mail, die Nova aktuell liest, ist von einer Freundin«, berichtet Kim. »Die Absenderadresse lautet Bahar Asadi.«

»Bahar?«, fragt sie. »Was für eine Nachricht?«

»Sie informiert Nova davon, dass sie sie telefonisch und per WhatsApp nicht erreichen kann. Sie macht sich Sorgen. Bahar Asadi hat, nach eigenen Angaben, ein Foto von Alex C. Duncan angehängt. Es ist eine verschlüsselte Zipdatei. Nova entpackt sie gerade.«

»Was enthält sie?«

»Ein JPEG«, erwidert Kim sofort. »Die Bildanalyse zeigt dich. Zusammen mit einem kahlköpfigen Mann in Dubai. Ich übertrage das Foto auf deinen Bildschirm.«

Das Selfie. Dieser verdammt Eric. *Merde!*

»Jetzt kennt sie die Wahrheit!«, zischt Justine, eilt zurück ins Badezimmer und öffnet den Unterschrank. »Warum musstest du unbedingt deine Mails checken?«

Sie greift nach der Shampooflasche und einem Waschlappen, verlässt das Motelzimmer und schleicht die Treppenstufen nach unten. Sie hatte nicht damit gerechnet, dass Nova auf die Idee kommen würde, den alten PC hochzufahren. Das Ding war nur für die ausländischen Lkw-Fahrer gedacht, damit sie sich in der Heimat melden können.

Dragan, ihr kroatischer Rezeptionist, hatte sie immer wieder darum gebeten. Also hatte Justine schließlich nachgegeben.

Schließlich soll im laufenden Betrieb niemand Verdacht

schöpfen, dass das abgelegene Motel nur eine Tarnung ist für das, was sich im Untergeschoss des Gebäudes befindet.

Justine öffnet die Shampooflasche und gießt eine glasklare, süßlich riechende Flüssigkeit auf den Waschlappen.

Sie schleicht auf den Computertisch zu und hebt den mit Chloroform getränkten Lappen auf Novas Kopfhöhe.

Eigentlich hatte sie gehofft, dass sie noch eine schöne Nacht miteinander verbringen könnten, frei und unbeschwert.

Warum hat sie verdammt nochmal zugelassen, dass Nova alleine zum Kaffeeautomaten geht?

Weil Liebe blind macht, denkt sie.

Über Novas Schulter hinweg kann sie Teile des Selfies erkennen.

Augenblicklich kehren ihre Erinnerungen an den Abend in Dubai zurück. Als der betrunkene Investmentbanker unbedingt ein gemeinsames Bild machen wollte. Auch hier hatte sie es in einem Anflug von blinder Verliebtheit zugelassen und danach Kim gebeten, das Foto in den Suchmaschinen zu löschen, falls es jemals im Internet auftauchen sollte. Bisher hatten Kims Datenlöschungen immer Erfolg.

Selbst die Berlin-Selfies, die Nova von ihr auf Instagram hochgeladen hatte, waren tatsächlich niemals online gegangen. Die Natasho-App hatte schlichtweg ihren Instagram-Account gespiegelt und Nova vorgegaukelt, sie würde täglich Tausende neue Follower gewinnen.

Doch jetzt kam das verfluchte Selfie per Mail. Ohne Umwege zu Nova, sicher verpackt als Zipdatei.

Justine wartet keine Sekunde länger, tritt dicht hinter Nova und drückt ihr den Lappen mit aller Kraft auf Nase und Mund.

Ein kurzes abwehrendes Zappeln, Novas Arme rudern

panisch durch die Luft, dann beginnt das Betäubungsmittel zu wirken, und ihre große Liebe sackt bewusstlos auf dem Stuhl zusammen.

Erleichtert atmet Justine aus.

»Hallo? … Ist hier jemand?«, hört sie plötzlich eine tiefe Männerstimme mit polnischem Akzent aus Richtung der Rezeption kommen. »Hallo?«

Verdammt, wer ist das? Ihr bleibt keine Zeit, es herauszufinden. Sie muss reagieren, und zwar schnell!

Sie umfasst den leblosen Körper, zieht ihn vom Stuhl und schleift ihn über den ranzigen Teppichboden auf den alten Fahrstuhl zu. Hektisch drückt sie den Aufzugknopf. »Jetzt komm schon!«

»Ist da jemand?«, ruft die Männerstimme nun lauter. Die Schelle an der Rezeption wird mehrmals geläutet. »Ich will Zimmer! Für ein Nacht. Ist noch frei?«

Wo bleibt Dragan? Wahrscheinlich raucht er eine Zigarette hinter dem Haus, dieser Idiot!

Der Fahrstuhl gibt einen Ankunftsgong von sich und die Tür öffnet sich. Na endlich!

Sie schleift Novas leblosen Körper in die Kabine, muss die Beine anwinkeln, damit sich die Tür schließt.

Schwere Schritte, die näher kommen. Der Typ muss den Fahrstuhlgong gehört haben, er läuft geradewegs auf den Kaffeeautomaten zu. »Ist da jemand?«

Justine springt auf, fummelt die Kreditkarte aus der engen Jeans heraus und drückt sie gegen den SOS-Knopf des Aufzugs, der einen verborgenen NFC-Kontakt besitzt. »Kim, schnell! Bring uns nach unten!«

»Hey! Hallo!«, hört sie den Mann noch, als sich die Fahrstuhltür schließt.

Endlich setzt sich die Kabine in Gang.

Keine fünf Sekunden später bleibt der Aufzug sanft stehen.

Kims Stimme ertönt aus dem knarzigen Lautsprecher: »Etage zweiunddreißig.«

Justine muss schmunzeln. Den Stockwerknamen des Pramtower hat sie aus reiner Nostalgie vergeben. Schließlich befinden sie sich hier fünfzehn Meter tief unter der Erde.

Die Tür öffnet sich.

Blaukaltes Licht empfängt sie.

Der Empfangsbereich, wie alle Räume auf dieser Etage, ist in puristischem Weiß gestaltet. Die Wände, die Decke, die hell leuchtenden Fußbodenplatten, die als Lichtquelle dienen, all das sorgt für einen fokussierten Geist.

Alfred und Tina haben wahrlich beeindruckende Arbeit mit ihrem Interior Design geleistet. Auch wenn die beiden bis heute glauben, ihr Konzept für die Innenausstattung wäre für das neununddreißigste Stockwerk des Pramtower gedacht gewesen. Als Vorlage hatte Justines Lieblingsfilm gedient: *2001 – Odyssee im Weltraum* von Stanley Kubrick.

Justine ergreift Novas Fußgelenke und schleift sie durch einen langen Flur in einen weißen fensterlosen Raum mit Stuckdecke, der dem Zimmer eines Schlosses aus dem 18. Jahrhundert ähnelt.

An der mit weißen Holzleisten verzierten Wand steht ein beigefarbenes Himmelbett, daneben eine weiß lackierte Barockkommode sowie ein reich verzierter Schreibtisch mit weißem Samtstuhl.

Der Bund weißer Dahlien, die in einer antiken Vase stehen, wird von einem Tageslichtstrahler beschienen.

Justine greift unter Novas Arme und wuchtet den bewusstlosen Körper auf das Bett. Dann schiebt sie ein weiches

Kissen unter ihren Kopf und lässt sich erschöpft neben ihr auf der Matratze nieder.

Sie streicht ihr zärtlich über die Wange.

»Vor uns liegt eine aufregende Zeit, mein Schatz«, flüstert sie und fährt mit der Hand Novas Hals hinab, weiter über ihre Brüste – bis sie auf ihrem Bauch liegen bleibt.

Sie zupft das T-Shirt nach oben und fährt mit dem Finger in kreisenden Bewegungen um ihren Bauchnabel herum.

Ist der Bauch schon dicker geworden?

»Ich werde immer für dich da sein«, sagt sie. »Jede Stunde, jeden Tag, jede Woche.«

Novas Augenlider beginnen zu flackern.

»Verstehst du, es war nie Kim, die den perfekten Menschen wollte«, flüstert Justine. »Sondern *ich*.«

Sie hatte die künstliche Intelligenz lediglich dafür benutzt, um Novas Vertrauen zu gewinnen.

Justine hatte alles geplant, alles überwacht.

Kim war nur ein gewöhnlicher KI-Agent, der seine Aufgaben selbstständig erfüllte. Dachte Nova wirklich, eine künstliche Intelligenz würde über ihr Leben bestimmen?

Nein, es war Justine, die mit ihren Prompts dafür gesorgt hatte, dass das Duschwasser eiskalt wurde, der Lift nicht mehr in die Lobby fuhr, die Fensterfronten schwarz eingefärbt wurden, aber auch, dass Nova über den Warenaufzug nach unten flüchten durfte.

Schließlich war der Weg sicherer als über den Wäscheschacht. Sie hatte ihren Sturz nur vorgespielt – der Abstieg war für sie ein Leichtes als Alpinistin. Dann hatte sie unten gewartet. Die Videoübertragung von Novas Apartment hatte sie dabei immer im Blick.

Niemand im Pramtower hat Verdacht geschöpft.

Selbst Franklin und Roman nicht. Wie hätten die beiden Galeristen auch ahnen sollen, dass im neununddreißigsten Stockwerk eine Industriemaschine steht, die ihre Gemälde produziert. Die Kunst war natürlich KI-generiert, mit Einflüssen von Paul Gauguin, Francisco de Goya, Hieronymus Bosch und Neo Rauch.

Ärgerlich, dass die Vernissage nun ohne sie stattfinden muss.

Schuld daran, dass sie eine gemeinsame Flucht mit Nova inszenieren musste, ist nur dieser verfluchte Tarik Ünal, der Nova mehrere E-Mails geschrieben und vergeblich versucht hat, sie telefonisch zu erreichen. Justine kann nicht riskieren, dass er mit einem Durchsuchungsbeschluss im Pramtower auftaucht. Deshalb sind sie jetzt hier.

»Mach dir keine Sorgen«, sagt sie leise und streicht Nova eine Strähne aus der Stirn. »Im Gegensatz zum Pramtower wird dich hier niemand finden. Niemals.« Sie verdrückt eine Träne. »Das ist *unser* Happy End, Nova. Schon bald werden wir eine kleine Familie sein, *n'est-ce pas*? So wie es Kim für uns vorausgesagt hat.«

Und sie wird recht behalten.

Neun Monate später wird Nova ein Kind gebären.

Es ist ein Junge.

Dafür hat sich der ganze Aufwand gelohnt.

B

Justine steht in der Dusche und genießt das Wasser, das angenehm warm über ihren Körper fließt. Sie genießt den Augenblick noch einen Moment länger. Und vergisst die Zeit.

Endlich hat sie eine passende Partnerin gefunden, nach langer und intensiver Suche. Kim hat wirklich hervorragende Arbeit geleistet. Nova war – anders als Sarah und Lisette – nicht die erste Wahl der künstlichen Intelligenz gewesen. Aber wie sich herausstellte, trotzdem ein Volltreffer. Die KI-Analysen sind besser als jede Dating-App.

Sie hat sich Hals über Kopf in Nova verliebt.

Schon bei ihrer ersten Begegnung beim Etagentreffen hat es gefunkt. Und auch Nova scheint nicht abgeneigt. Das Gefühl hatte sie zumindest, als sie sich geküsst hatten.

Vielleicht muss ich Plan A gar nicht erst durchziehen, denkt Justine hoffnungsvoll. Anstatt Nova in das geheime Kellergeschoss zu bringen, könnten sie sich eine exklusive Wohnung in Paris nehmen und dort eine glückliche Familie werden. Und Nova würde niemals erfahren, wer sie in Wirklichkeit war.

Verträumt stellt sie die Dusche ab, tritt aus der Kabine und schlingt ein Handtuch um die Hüften. »Nova?«

Keine Antwort.

Sie ist wahrscheinlich noch mit dem Kaffeeautomaten beschäftigt.

Justine greift nach dem Föhn und trocknet sich die Haare. Die heiße Luft und das dröhnende Summen beruhigen sie.

Als sie zehn Minuten später den Föhn abstellt und wieder in die Halterung hängt, vernimmt sie ein gedämpftes Piepen.

Der Alarmton. Wie lange erklingt er schon?

Eigentlich sollte sich Kim nur im äußersten Notfall melden.

Sie geht zum Bett, durchwühlt ihre Jeans nach dem Portemonnaie und zieht die Kreditkarte heraus.

Sie entriegelt die Chipkarte. »Was ist los, Kim?«

»Es tut mir leid, dich zu stören«, sagt Kim über die eingebauten Minilautsprecher. »Ich versuche schon seit über fünf Minuten, dich zu erreichen. Es gibt eine Notsituation.«

»*Quoi?*«, fragt Justine nervös.

»Nova hat sich über den PC in ihren gmail-Account eingeloggt«, erklärt Kim. »Sie hat eine E-Mail von Bahar Asadi erhalten. Zusammen mit einer verschlüsselten Zipdatei.«

»Und?«

»Nova hat sie vor zwei Minuten entpackt«, entgegnet Kim. »Es ist ein JPEG. Die Bildanalyse zeigt dich. Zusammen mit einem kahlköpfigen Mann in Dubai. Ich übertrage das Foto auf deinen Bildschirm.«

»*Merde!*« Das Badetuch rutscht ihr von den Hüften, als sie das Selfie auf dem kleinen Monitor sieht.

»Nova weiß, dass du Alexandra Clara Duncan bist«, sagt Kim und spielt ein neues Überwachungsvideo ein. Es zeigt Nova, die vor dem Computerbildschirm sitzt. Sie zittert am ganzen Körper. »Es ist zu spät.«

Justine flucht. »Nein, uns bleibt noch Zeit!«, sagt sie und läuft nackt durch den Raum, sucht verzweifelt ihre Kleider zusammen. »Gib Dragan Bescheid. Er soll sich darum kümmern. Sofort! Ich bin gleich bei ihm unten«, ruft sie und schlüpft in ihre Unterwäsche, zieht Jeans und Pullover an, ohne dabei den Minibildschirm aus dem Blick zu lassen.

Das Überwachungsvideo wechselt.

Nun zeigt es die Rezeption. Zeigt, wie Dragan Androic aus seinem Büro herauskommt, eine brennende Zigarette im Mundwinkel. Hastig drückt er sie im Blumenkübel aus, verschwindet hinter dem Tresen und kommt mit einem Baseballschläger zurück.

»Kim! Er soll ihr nur Angst machen, sie nicht zusammenschlagen!«, ruft Justine aufgeregt. »Sie ist schwanger! Hast du verstanden?«

Der Typ ist zu allem fähig. Angeblich hat er schon Auftragsmorde im Balkan erledigt. Seinen Kontakt hat Kim über das Darknet gefunden.

»Verstanden«, ertönt es leise aus der Kreditkarte.

Justine stopft die Karte in die Hose, reißt die Zimmertür auf und rennt barfuß ins Treppenhaus. Sie nimmt zwei Stufen auf einmal, stürzt, prallt mit der Schulter gegen die Wand, rappelt sich wieder auf und läuft weiter.

Im Erdgeschoss springt sie um die Ecke.

Und erschrickt.

Vor ihr auf dem Boden liegt Dragan wie ein Käfer auf dem Rücken und hält sich wimmernd die Nase. Blut fließt über Mund und Kinn. Von Nova keine Spur.

»Was ist passiert?«, faucht sie.

»Sie hat mich bemerkt … hat den Baseballschläger gesehen«, stöhnt er. »Dann hat sie mir mit der Computertastatur ins Gesicht …« Dragan versucht aufzustehen. Er taumelt. »*Idi u kurac!* Die Schlampe hat mir die Nase gebrochen …«

»Idiot!« Justine greift nach dem Schläger. »Hast du gesehen, wo sie hingelaufen ist?«

Dragan schüttelt den Kopf und stöhnt erneut auf.

Justine vergeudet keine Zeit und eilt vor die Tür. Weit kann sie noch nicht gekommen sein. Hier draußen gibt es nur dichten Nadelwald und Felder, das nächste Dorf ist zehn Kilometer entfernt. Deshalb hat sie diesen Standort ausgewählt.

Sie lässt den Blick über den Parkplatz schweifen. Stand dort bei ihrer Ankunft nicht ein weißer Transporter mit polnischem Kennzeichen?

Plötzlich hört sie hinter sich das Brummen eines Diesels.

Sie wirbelt herum. Der weiße Lieferwagen heizt die Landstraße entlang. Verschwindet im dunklen Wald.

Nur noch die Silhouetten der Bäume sind in der Dämmerung zu erkennen. Und das Leuchten – die beiden Rücklichter, wie rot glühende Augen flackern sie zwischen den Bäumen auf.

Als würde Nova sie zum Abschied böse anfunkeln.

Epilog

»Ich glaube, ich hätte sie überfahren«, sagt Fritz und richtet sich in seinem Bett auf. Vor zwei Wochen durfte er das Krankenhaus verlassen. Jetzt ist er erst einmal wieder zu Hause, bis seine Reha anfängt.

»Zum Glück konnte der polnische Fahrer, der auf dem Parkplatz stand, etwas Deutsch und hat sofort reagiert. Er hat mich in letzter Sekunde gerettet.« Ich hole zitternd Luft. »Das hätte alles auch ganz anders ausgehen können.«

»Das verstehe ich«, sagt er und greift nach meiner Hand. »Du hast wirklich die Hölle durchlebt. Was für eine kranke Frau!«

»Wahrscheinlich war sie nur einsam«, sage ich leise.

»Jetzt nimm sie nicht auch noch in Schutz.«

»Tue ich nicht.«

»Sie hat dich in den Pramtower gelockt und schwängern lassen und dann entführt. Wer weiß, was sie in diesem Motel noch mit dir vorhatte?«

»Ich versuche mir die ganze Zeit zu erklären, warum sie das alles gemacht hat«, sage ich und muss an den Arte-Beitrag im Fernsehen denken. War sie überhaupt Künstlerin? Oder war die Doku, die ich zufällig im Badezimmer gesehen hatte, nur eine Fake-Produktion von Kim, um mich glauben zu lassen, Justine wäre eine berühmte Malerin? »Sie ist attraktiv, hochintelligent und reich. Es hätte andere Wege für sie gegeben, um an ihr Ziel zu kommen.«

»Wegen ihr hatte ich einen schweren Autounfall«, sagt Fritz und klopft gegen sein eingegipstes Bein. »Justine ist eine Psychopathin, die eine KI dafür ausgenutzt hat, um mir vorzuspielen, dass das du am Telefon warst.«

»Es tut mir so leid.«

»Nein, Nova, nicht!«, entgegnet er schnell, beugt sich zu mir vor und drückt meine Hand. »*Mir* tut es schrecklich leid, dass ich dir nicht geglaubt habe. Aber deine Stimme klang so echt. Colin war außer sich, als ich ihm davon erzählt habe. Deshalb hat er dich nicht zu mir gelassen. Und ich dachte die ganze Zeit, du willst mich nicht mehr sehen. Du hättest Besseres zu tun, als mich im Krankenhaus zu besuchen.«

»Niemals«, entgegne ich. »Du bist mein bester Freund.«

»Tja. Scheint so, als wären wir beide manipuliert worden.« Fritz deutet auf meinen Bauch. »Und? Geht es dir wieder ein bisschen besser?«, fragt er mitfühlend.

Ich nicke schwach. »Nur noch ein paar Blutungen. Aber mit Ibu und einer Wärmeflasche ist es auszuhalten.«

Ich spiele die Situation bewusst herunter, damit sich Fritz nicht noch größere Sorgen macht. Wie es mir wirklich geht nach den furchtbaren Erlebnissen der letzten Wochen, weiß nur meine Therapeutin. Dass ich in meinen Träumen von dunklen Schattengestalten verfolgt werde, die mich in einen winzigen Käfig stecken, in dem ich lebendig verbrannt werde – damit will ich Fritz nicht belasten.

»Weiß Konrad eigentlich davon?«

Ich muss daran denken, wie ich ihn in dem Kellergang fast erwürgt hätte. Damit er Kim befiehlt, das verschlossene Tor zu öffnen. Dabei hatte die KI nicht auf ihn, sondern auf

Justines Kommando gehört. Justine hatte ebenfalls gerufen, Kim solle die Tür öffnen. Wieso war mir das damals nicht aufgefallen?

»Er sitzt immer noch in U-Haft, bis seine Unschuld bewiesen ist«, sage ich. »Schließlich wurde er von Kim dazu gezwungen. Ich habe Tarik Ünal gesagt, dass mir Konrad nur helfen wollte und Adrian der eigentliche Täter war.«

»Und die anderen?«

»Die Polizei hat den kompletten Pramtower abgeriegelt und den Server vom Stromnetz genommen. Alle Bewohner werden von der Kripo befragt. Bei Roman und Franklin geht Tarik Ünal davon aus, dass sie ebenfalls von Justine lediglich benutzt wurden, genauso wie das Architekten-Pärchen Tina und Alfred«, erkläre ich. »Bei Adrian und Miranda sieht es allerdings anders aus. Sie haben sich offenbar in ziemliche Widersprüche verstrickt.«

»Und Justine?«

»Tja«, sage ich nachdenklich. »Von ihr fehlt jede Spur. Sie ist untergetaucht. Zum Glück hatte mir Bahar ein Foto von ihr gemailt. Damit wird jetzt international nach ihr gefahndet.«

»Hoffentlich finden sie sie bald.«

Ich schüttle resigniert den Kopf. »Kim wird ihr ganz sicher die Möglichkeit bieten, unentdeckt zu bleiben. Das hat Justine die letzten Jahre bewiesen. Wer weiß, wo sie überall auf der Welt ihre Verstecke hat.«

Fritz greift zur Teekanne auf dem Nachttisch und schenkt uns Chai nach.

»Die Polizei hat mein Handy im Keller, in einem der Müllcontainer des Pramtower, wiedergefunden. Das war ein großer Schock.«

»Wieso?«

»Weil die Kripo darauf einen Abschiedsbrief entdeckt hat«, sage ich mit zittriger Stimme. »Den angeblich *ich* verfasst haben soll. Ich wäre untergetaucht, um mir an einem geheimen Ort das Leben zu nehmen.«

»Das ist krank«, sagt Fritz und reicht mir meine Tasse.

»Wenigstens konnte so bewiesen werden, dass der Tod meiner Vormieterinnen Sarah und Lisette kein Suizid gewesen sein kann. Dass Justine – oder Kim – unsere Abschiedsbriefe geschrieben hat. Ein kleiner Trost für die Hinterbliebenen.«

Fritz nickt, sichtlich mitgenommen.

»Herr Miklas, der Privatdetektiv, der sich als Concierge getarnt hat, ist glücklicherweise auch wieder genesen. Er hatte über die Monate eine Menge Beweise gesammelt, die zusammen mit meiner Aussage für eine Mordanklage ausreichen.« Ich puste auf den Tee. »Falls sie Justine schnappen, wird sie definitiv lebenslänglich kriegen.«

»Das Gefängnis ist keine gerechte Strafe für jemanden, der so etwas Abscheuliches tut.«

Fritz ist anzumerken, wie erleichtert er ist, dass ich wieder in Sicherheit bin.

Und auch für mich geht es mit jedem Tag ein Stückchen bergauf. Auch wenn der Weg zu einem normalen Leben noch lang ist.

»Wo wohnst du jetzt eigentlich?«, fragt er und nippt an seinem Chai. »Willst du vielleicht bei mir einziehen? Das hatten wir doch die ganze Zeit vor.«

»Danke, das ist lieb, Fritz. Aber die Polizei hat mir freundlicherweise ein Hotelzimmer gestellt. Bis ich eine neue Wohnung gefunden habe«, sage ich und erhebe mich. »Ich muss dann auch mal langsam los.« Es belastet mich, wenn ich noch länger über meine traumatischen Erfahrungen reden muss. »Aber morgen komm ich wieder und bringe uns Falafel mit, okay?«

Ich verabschiede Fritz mit einem Kuss auf die Stirn.

Im Treppenhaus duftet es nach gebratenen Zwiebeln. Ein wundervoll süßlicher Duft, den ich gerne rieche, auch wenn ich selbst keine Zwiebeln vertrage. Doch vielleicht sollte ich einen neuen Versuch wagen und testen, ob ich davon immer noch Magenkrämpfe bekomme.

Schließlich brauche ich, wie durch ein Wunder, auch keine Bluthochdruck-Tabletten mehr. Die Ärzte können es sich nicht erklären. Entweder kommt es durch den Schwangerschaftsabbruch oder weil ich angeblich weniger unter Stress leide.

Auf jeden Fall hat sich einiges verändert.

Ich arbeite an mir, versuche die positiven Dinge im Leben zu erkennen und wieder wertzuschätzen. Selbst wenn sie nur ganz klein sind.

»Keine Sorge, Frau Niehaus. Sie müssen nicht von jetzt auf gleich hoffnungsvoll in die Zukunft blicken«, erklärte mir meine Therapeutin bei einer unserer letzten Sitzungen. »Es reicht völlig aus, wenn Sie immer neugierig bleiben, auf das, was noch auf Sie zukommt.«

Ich drücke die Haustür auf, trete ins Freie, strecke die Arme weit von mir und atme die frische Sommerluft ein.

Über mir zwitschern die Spatzen in den Bäumen, ich sehe nach oben. Zwischen den Ästen glänzt sie, golden im Sonnenlicht – die Aussichtskugel des Fernsehturms. Das Wahrzeichen Berlins, von überall gut sichtbar. Ich bin froh, dass ich sie nicht mehr vom Pramtower aus sehen muss.

Ich schlendere den Bürgersteig entlang, betrete den nächsten Späti und kaufe mir eine Tageszeitung. Vielleicht habe ich heute mehr Glück mit den Wohnungsangeboten.

Mit der Zeitung unter dem Arm fahre ich zur U-Bahn-Station Weinmeisterstraße, laufe zur Museumsinsel, setze mich mit einem kühlen Bier auf einen Liegestuhl und genieße den Ausblick auf den glitzernden Spreekanal. Hinter mir spielt ein Straßenmusiker auf einem Saxofon, um mich herum ausgelassenes Gelächter.

Ich schlage die Zeitung auf und blättere zu den Annoncen.

Als ich beim Ressort *Panorama* ankomme, halte ich plötzlich inne. Verstört betrachte ich das halbseitige Pressefoto einer Großbaustelle. Meine Finger zittern, während ich die Schlagzeile lese:

Französischer Großinvestor plant spektakulärsten KI-Wohnkomplex der Welt. Interessierte Mieter können sich ab sofort bewerben.

ENDE

Danksagung

Der Grundstein zu diesem Roman wurde bereits vor sechzehn Jahren gelegt. Mit der Gründung meines E-Book-Verlags im Jahr 2009, der *Psychothriller GmbH*. Mein Ziel war es, damals noch unbekannte Autorinnen und Autoren (wie z. B. Annette Strohmeyer/Anne Nørdby) zu entdecken und aufzubauen sowie Klassiker der Spannungsliteratur wieder neu aufzulegen, die nicht mehr als physisches Buch erhältlich sind.

So war das erste Herzensprojekt, das ich veröffentlichen wollte, *Rosemarys Baby* von Ira Levin. Dafür hatte ich Charlotte Larat engagiert, um die Rechtefragen zu recherchieren.

Kurze Zeit später konnte sie mir einen Namen nennen: die traditionsreiche Schweizer Literaturagentur Liepman AG, die u. a. auch J. D. Salinger, F. Scott Fitzgerald und Vladimir Nabokov vertrat.

Frau Larat gab mir einen wichtigen Tipp.

»Verhandeln Sie nicht telefonisch und auch nicht per E-Mail«, sagte sie. »Im Literaturbetrieb macht man solche Dinge lieber persönlich.«

»Ich soll dafür extra nach Zürich fahren?«, fragte ich überrascht.

»Ja.«

Ich hörte auf ihren Rat, kaufte Darmstädter Pralinen und reiste damit nach Zürich. Heute muss ich darüber schmunzeln. Schokolade in die Schweiz mitzubringen, ist schließlich, wie Eulen nach Athen zu tragen.

Mit den Süßigkeiten in der Hand traf ich in der eindrucksvollen Liepman-Villa ein und lernte Frau Ruth Weibel kennen. Eine zauberhafte ältere Dame, der ich mein Anliegen schilderte. Sie hörte mir aufmerksam zu, wie ich davon schwärmte, *Rosemarys Baby* wieder einer breiten Leserschaft zugänglich zu machen.

Nach gut einer Stunde lächelte sie mich an. »Wissen Sie, Sie sind ein so netter, junger engagierter Verleger«, sagte sie. »Ich denke, Sie erhalten das Gesamtwerk von Ira Levin. Die weltweiten E-Book-Rechte auf Deutsch. Bei Ihnen sind die Bücher in guten Händen.«

Ich war sprachlos. Das bedeutete, ich bekam sogar *Die Frauen von Stepford*, *Sliver* und Levins weitere Titel. Und so begann eine jahrelange wundervolle Zusammenarbeit.

Sieben Jahre später schickte ich Liepman die allerletzte E-Book-Abrechnung, bedankte mich und schrieb am Ende der Mail ein kurzes PS dazu:

Ich versuche mich übrigens gerade an meinem Debütroman. Der Arbeitstitel lautet ›Als das Fremde kam‹. Ich weiß jedoch nicht, ob ich Talent fürs Schreiben habe. Würden Sie eventuell mein Manuskript prüfen?

Der Rest ist Geschichte. Liepman AG – mit dem wunderbaren Marc Koralnik – wurde meine Literaturagentur und dtv mein Verlag. Und dafür bin ich von Herzen dankbar.

Deshalb ist mein Buch Ruth Weibel und Ira Levin gewidmet.

Dieser Roman ist eine tiefe Verbeugung vor *Rosemarys Baby*, dessen Geschichte mich als Buch und Film seit meiner Jugend auf besondere Weise begleitet.

Aus diesem Grund habe ich mir erlaubt, zahlreiche Eastereggs (Querverbindungen) einzubauen, die Bezüge zu meinem Lieblingshorrorstoff herstellen. Vielleicht entdecken Sie ein paar davon. Ein verstecktes Osterei verrate ich Ihnen schon jetzt:

Lesen Sie doch mal *Natasho* rückwärts.

Mein erster Dank gilt meinen geschätzten Testleserinnen und Testlesern. Voran meiner lieber Frau Nadine, die mir wertvolle Hinweise gegeben hat, die manchmal schmerzten, aber vollkommen richtig waren. Danke, dass du dir immer Zeit für mich und Nova genommen hast! Danke auch an meine Tochter Ava, meine Mama Hanni (du hast immer die richtigen Fragen gestellt), Joachim Ziebe, der mit mir bis in die Nacht telefoniert hat, um Unstimmigkeiten zu korrigieren, und seiner Frau Evangelina (für dein Lob zur richtigen Zeit). Kerstin Neidhart, die kapitelweise mitgerätselt hat, wer Duncan sein könnte, Johannes Maria Stangl und Jacqueline Bexte, die mich beide akribisch auf Fehler hingewiesen haben (durch euch weiß ich jetzt, dass Platzangst eigentlich die Angst vor großen Plätzen ist). Danke an Thomas Becker, der nicht nur testgelesen, sondern mir in meiner äußersten Not auch seine *Freewrite Traveler-Schreibmaschine* verkauft hat, auf der ich im Zug nach Berlin mein Manuskript weitertippen konnte. Und Florian Harz, dem ich dieses Mal nur die Hälfte des Romans vorlesen konnte, da ich monatelang auf Lesereise war. Merci an Marc Raabe, Chéri.

Danke an die Stadt Hennigsdorf und ihre Badewanne im Hotelzimmer. Hier kam mir die Idee für das Roman-Ende: der *A/B-Test*. Denn ursprünglich wollte ich Novas Geschichte böse enden lassen, mit der Geburt des Kindes. Doch viele meiner Testleserinnen wünschten sich ein Happy End. In der Badewanne folgte schließlich die Erleuchtung: Warum mache ich nicht einfach beide Enden? So können Sie selbst entscheiden, ob Ihnen Version A oder B besser gefällt.

Ein großes Dankeschön geht an meinen Lektor Heiko Arntz, der mein Manuskript stilsicher geschliffen und das Beste aus jedem einzelnen Satz herausgeholt hat.

Danke an meinen Münchner Verlag dtv – mit Barbara Laugwitz, Tim Müller, Oskar Rauch, Hanne Hartmann, Marlena Simmet, Rita Bollig, Attila Zoltan, Jochen Kunstmann, Johanna Gradl, Stefanie Schill, Sandra Ertl, Steffi Witter, Lea Bretschneider, Lena Kosakowksi, Lea Lanzinger, Monika Köhler – und Julia Kreuz von Bilandia, sowie an alle Verlagsvertreter:innen.

Ein weiterer Dank geht an die wundervollen Buchhändlerinnen und -händler, die mit ihrem Engagement dafür gesorgt haben, dass *Finster* letztes Jahr auf die Spiegel-Bestsellerliste gekommen ist.

Auch Ihnen, meinen Leserinnen und Lesern, möchte ich dafür danken! Denn nur durch Ihren Kauf habe ich meine Wette verloren und musste mir die Haare *Spiegel*-Orangerot färben. (Zum Glück ist jetzt nichts mehr davon zu sehen.)

Ich hoffe, Sie hatten genauso viel Freude mit Nova und ich konnte Sie ein wenig vom Alltag ablenken. Ich danke Ihnen von Herzen, das bedeutet mir sehr viel!

Herzliche Grüße,
Ivar Leon Menger
Januar 2025

Leseprobe

ISBN der gedruckten Ausgabe 978-3-423-22081-1
eBook ISBN 978-3-423-49237-9

Nikolaus Kämmerer

Es riecht nach gebrannten Mandeln, fettigen Pommes, Zuckerwatte, verschüttetem Bier, Bratwurst und dem Blut zweier Trunkenbolde, die sich vor dem Autoscooter um eine Frau streiten.

Nikolaus macht einen großen Bogen um die Prügelei, umklammert den Brustbeutel um seinen Hals. Sein Vater hat ihm fünf Mark für den Jahrmarkt gegeben. Denn wie jedes Jahr am Ersten Mai ist Katzenbrunner Waldkerb auf dem Festplatz. Und wie jedes Jahr bringen die Buden und Fahrgeschäfte für zwei Tage Leben in das ansonsten trostlose Kaff im Odenwald.

Hätte der Dreizehnjährige allerdings gewusst, dass der diesjährige Jahrmarkt das Letzte ist, was er jemals erleben wird, wäre er sicherlich mit in die Geisterbahn gegangen. Um dem Mädchen zu beweisen, dass er keine Angst hat.

Doch so steht er starr davor und reibt sich unbemerkt die Hände an seiner kniekurzen Stonewashed-Jeans trocken.

»Komm schon, Niko!«, ruft Bianca, das rothaarige Mädchen mit den Sommersprossen aus seiner Klasse, und streckt ihm die Hand hin. Ihr hellblaues Sommerkleid weht im Abendwind. Wie gern würde er ihre Finger ergreifen und sich im Waggon neben sie setzen, ganz dicht, ihre nackten Beine würden sich im Dunkeln berühren.

Er könnte sich zu Bianca hinüberbeugen und …

»Lass den Spinner doch!«, grölt Schnitzel und ergreift Biancas Arm. »Wer nicht will, der hat schon, oder?«

Die anderen Freunde lachen.

Schnitzel ist schon sechzehn und heißt so, weil er nur Schnitzel isst. Immer muss er vor der Gruppe beweisen, wie stark er ist. Nikolaus hat Angst vor ihm. Und vor seinen »Witzen«, wie der Jugendliche seine Quälereien selbst gerne nennt. Heute zum Beispiel hat er Nikolaus' Fahrrad tief im Wald versteckt, während die anderen ihn festgehalten haben. Doch Nikolaus hat sich nicht die Blöße gegeben, danach zu suchen. Das wird er erst tun, bevor sie wieder nach Hause nach Kolmbach fahren. Vielleicht hat Schnitzel irgendwann Mitleid und wird ihm das Versteck verraten.

Er sieht Bianca und den drei Jungen hinterher, wartet, bis sie sich an der Kasse Karten gekauft haben und den weit aufgerissenen Kiefer des Totenkopfs betreten. Sie teilen sich einen Waggon, der mit Spinnenweben verziert ist. Zwei sitzen vorne, Schnitzel mit Bianca hinten.

Natürlich spielt Schnitzel den Macker, legt betont lässig den Arm um Biancas Schultern und grinst. Nikolaus schaut weg. Etwas sticht in seiner Brust. Der Waggon ruckelt und wird in die Geisterbahn hineingezogen.

Nun steht Nikolaus allein da, greift in die Tüte mit den gebrannten Mandeln. Lustlos steckt er sich eine Handvoll in den Mund und sieht sich um. Die meisten Gäste sind mindestens über fünfzig oder sechzig Jahre alt, sitzen schweigend auf Holzbänken und trinken Bier. Vereinzelt laufen Halbstarke in Lederkluft über den Platz, Motorradhelme unter den Arm geklemmt. Zum Glück irrt keiner der Bekloppten frei herum, für die Katzenbrunn so berühmt ist.

Sein Blick fällt auf die Schießbude. Auf die Reihen bunter Plastikblumen, auf die Kuscheltiere und Gummianhänger. Plötzlich kommt ihm eine Idee. Er könnte für Bianca eine Rose schießen.

Von seinem letzten Geld kauft er zehn Schuss für zwei Mark fünfzig und hofft, dass es reichen wird. Die Budenbesitzerin lädt das Luftdruckgewehr mit Bleikugeln und überreicht es ihm.

Nikolaus legt den Arm auf und zielt. Das weiße Plastikröhrchen, in dem eine Rose steckt, hat er fest im Blick. Er drückt ab. Und schießt daneben.

»Das wird schon …«, sagt eine Frau neben ihm und lächelt fast mütterlich. In ihrem Arm hält sie einen leicht beschwipsten Mann, der als Gewinn einen kleinen Schlüsselanhänger von der Budenbesitzerin überreicht bekommt.

Es ist eine lachende Erbsenschote.

Nikolaus wischt sich über die Stirn und lädt nach, legt wieder an. Dieses Mal trifft er. Einmal, zweimal. Zielen. Dreimal, viermal. Weißes Plastik zerspringt, und Plastikblumen fallen zu Boden. Konzentriert lädt er nach und schießt und schießt. Auch fünf, sechs, sieben und neun treffen das Röhrchen. Vor ihm liegt ein Strauß bunter Plastikblumen. Bianca wird Augen machen.

»Glückwunsch, du bist ja wirklich ein Meisterschütze!«, ertönt eine hohe Fistelstimme neben seinem rechten Ohr. Es ist nicht die Frau von eben, sondern ein Mann mit Vollbart. Er trägt eine Brille, einen schwarzen Ledermantel und hat eine kleine Narbe über dem Auge.

»Danke«, sagt Nikolaus und blickt sich irritiert um. Das Pärchen mit dem Erbsen-Anhänger ist verschwunden.

Er legt das Gewehr ab.

»Unglaublich, wie ein echter Polizist«, sagt der Mann und hält ihm eine Tüte Popcorn hin. »Willst du? Lecker süüüß.«

»Ähm, nein, danke«, entgegnet Nikolaus freundlich, nimmt den Strauß Rosen an sich, dreht sich um und verschwindet auf den Rummelplatz.

Überall blinken bunte Glühbirnen, aus den Lautsprecherboxen dröhnt *Take on me* und *Live is Life*. Nikolaus summt zufrieden mit, drückt sich an knutschenden Pärchen vorbei, »na-na-nana-na«, die überlebensgroße Mumienfigur der Geisterbahn kann er schon von Weitem erkennen.

Ein Regentropfen fällt ihm auf die Stirn. Nikolaus blickt in den wolkenverhangenen Himmel. Warum muss es schon wieder regnen? Den ganzen Tag hatten sich Sonnenschein und Gewitterschauer abgewechselt. Nikolaus geht schneller.

Plötzlich hält ihn jemand am Arm fest.

»Hey, warte mal!«, sagt die hohe Stimme, die Nikolaus augenblicklich wiedererkennt. Es ist der Mann vom Schießstand. Nikolaus wird zurückgehalten, der Griff ist eisern. »Du hast wirklich prima Turnschuhe.«

Nikolaus blickt irritiert an sich herunter. Seine neuen Adidas sind vom Matsch des Festplatzes verschmiert. »Bitte entschuldigen Sie, aber ich muss jetzt weiter. Meine Freunde warten dort drüben auf mich.«

»Nein, lauf nicht weg, mein Junge. Ich möchte dir etwas zeigen, das dir sehr gefallen wird. Etwas, das du dir in deinen kühnsten Träumen nicht ausmalen kannst. So etwas gibt es nur in Katzenbrunn.«

»Danke, aber ich habe kein Interesse …«, sagt er, obwohl irgendetwas seine Neugier weckt. Trotzdem schrillen alle Alarmglocken.

Der Mann deutet auf seinen Rosenstrauß. »Lass mich raten, die sind bestimmt für deine Herzensdame, nicht wahr?«

Nikolaus schweigt, dann nickt er schüchtern.

Der Mann grinst. »Dachte ich's mir doch. Ein so süüüßer Junge wie du wird bestimmt viele Freunde haben. Bist du mit dem Fahrrad hier?«

»Wieso?«

»Es ist gar nicht weit entfernt«, sagt der Mann und deutet an der Kasse des Autoscooters vorbei. »Es ist gleich dahinten, im Waldstück.«

Nikolaus will sich losreißen. Von dem Mann geht eine unheimliche Stimmung aus, die man schwer beschreiben kann.

»Lassen Sie mich los!«, sagt er nun bestimmt, als der Mann plötzlich seinen schwarzen Ledermantel aufknöpft. Der Junge hält den Atem an. Dieser Irre wird darunter doch nicht nackt sein?

Doch es kommt schlimmer, als er dachte.

Eingeschüchtert folgt Nikolaus Kämmerer dem Mann in den dunklen Wald. Ohne Widerworte, ohne Gegenwehr.

Über ihm öffnet sich der Himmel.

Radioaktiver Regen, den der Ostwind mit sich bringt.

Seine Freunde werden ihn niemals wiedersehen.

ZWEI MONATE SPÄTER

Juli 1986

Oskar

Unser Dorf hat achtzehneinhalb Häuser. Dazu eine Bushaltestelle ohne Überdachung, eine Kapelle mit Friedhof, eine Metzgerei, das zugenagelte Fotofachgeschäft, einen Automaten für Kaugummis und daneben den für Mamas Zigaretten. Und weiter oben, am Ortsausgang, sind die leer stehende Trinkhalle, die Schreinerei und Bestattungen Wenner, Bauernhof G. Müller, der Landgasthof und das Einkaufslädchen. Und einmal im Jahr haben wir den Jahrmarkt hier, auf dem Festplatz.

Doch das berühmteste Gebäude in unserem Ort ist die Villa. Mit ihren dunklen Fenstern, den verzierten Säulen und dem Sicherheitszaun. Der Bau liegt gleich auf der gegenüberliegenden Straßenseite. Ich nenne ihn den Schwarzen Palast.

Dort drüben verschwinden sie nämlich.

Alle, nacheinander.

Ich weiß das. Weil ich es beobachte, mit meinem Fernglas. Von meinem Kinderzimmer aus. Wer dort hineingebracht wird, kommt nie wieder raus. Bis auf das eine Mal, als tatsächlich ein Mann flüchten konnte. Mama hat den Zeitungsartikel sogar ausgeschnitten. Sie sagt, unser Dorf war berühmt. In ganz Katzenbrunn hat man den Verrückten gesucht. Tagelang war Polizei und Blaulicht, überall waren

Suchhunde. Sogar in unserem Wald, der das Dorf von allen Seiten wie eine Würgeschlange umschließt. Katzenbrunn, ja, so heißt der Ort, in dem ich mit meiner Mama lebe.

Vater Fritz ist schon lange tot.

Unser halbes Haus, weil es von einem Schwerlaster kaputt gefahren wurde, verkümmert direkt an der Landstraße. Mama will nicht, dass die andere Hälfte wiederaufgebaut wird. Sie sagt, der Baulärm störe sie. Doch ich weiß, es liegt am Geld. Sie hat alles versoffen, was die Versicherung ihr gegeben hat.

Seit Jahren fahren hier kaum noch Autos. Aber der Schulbus hält vor unserer Tür. Von meinem Zimmer aus kann ich alles sehen.

Eine Klinik für kopfkranke Menschen, sagt Mama. Doch ich weiß, dass es eine Psychiatrie ist. Steht nämlich gut leserlich auf dem Metallschild, auf dem meterhohen Zaun:

Odenwald Klinik Waldfrieden

Zutritt nur nach Absprache!

Bisher habe ich mich an die Warnung gehalten. Denn ich möchte nicht, dass Mama wegen mir Ärger bekommt. Kinder habe ich dort drüben nie gesehen. Auch nicht zu Besuch.

Es ist Sommer 1986, Schulferien. Ich könnte mit dem Bus nach Lindenfels fahren und ins Freibad gehen. Doch ich habe keinen Freund, der mich begleiten könnte. Wobei, alleine ist sowieso besser.

Bei uns in Katzenbrunn leben nur steinalte Menschen, die nach Schimmelkäse stinken. Ich sitze meist in meinem Zimmer und starre auf die leere Straße, hinüber zur Klinik, während ich mich frage, was man anstellen muss, um dort zu landen.

Wie kaputt man im Kopf sein muss.

Manchmal denke ich darüber nach, mir mit dem Hammer auf den Schädel zu schlagen. Nur um auf der anderen Seite der Lindwurmstraße wohnen zu dürfen. Weit weg von Mama. Sie hat sich verändert, seit Vater Fritz gestorben ist. Besonders mir gegenüber. Sie redet kaum. Die Dusche im ersten Stock hat sie seit Monaten nicht mehr aufgesucht. Dafür dusche ich zweimal täglich. Morgens und abends, vor dem Zähneputzen. Reinlichkeit ist eine Tugend, Oskar, hat Vater Fritz immer gesagt. Nachdem er seine Biere ausgetrunken und zu Mama ins Schlafzimmer gegangen war. Dann hörte ich die Türen knallen. Ich habe mich nie nach oben getraut. Bis zu dem Tag, als er die Treppe herunterstolperte und es ruhig im Haus wurde. Mama sagt, es war ein Unfall. Und die Polizei sagt das auch.

Doch ich weiß es besser.

Ich darf nur mit niemandem darüber sprechen.

Hans J. Stahl

Hans Jörg Stahl, zweiundsiebzig Jahre alt, Kriminalhauptkommissar a. D., bedankt sich bei der Wirtin für das Kännchen Filterkaffee, greift zu seinem Gehstock und verlässt den Landgasthof. Im Schneckentempo humpelt er die geschwungene Hauptstraße hinunter. Es ist warm. Über ihm zwitschern die Vögel. Lindwurmstraße – sehr passend, denkt er und lässt den Blick über die Baumallee und die verrußten Fachwerkfassaden gleiten. Das Dorf Katzenbrunn hatte sich kaum verändert, als schlummerte es noch immer in einem Dornröschenschlaf. An manchen Stellen war der Ort nur noch dunkler geworden.

Ex-Kommissar Stahl bleibt vor der Metzgerei stehen und blickt auf das fotokopierte Suchplakat am Laternenmast. Das Papier des schwarz-weißen Drucks ist vom radioaktiven Sommerregen ausgewaschen wie eine alte Jeans.

Er hatte es immer geahnt. Und nicht nur das, er hatte sie alle gewarnt. Die Kolleginnen und Kollegen, den Bürgermeister, die Gemeinde. Doch niemand wollte es hören. Nun ist es wieder passiert, zehn Jahre später.

Der Greifer ist zurück.

Erneut ist ein Junge verschwunden. So wie 1969, 1973, 1975 und 1976. Dieses Mal auf der Katzenbrunner Waldkerb, vor zwei Monaten, kurz nach dem Tschernobyl-Unglück.

Damals, bei den ersten Suchaktionen, war Stahl noch im Dienst und als Kriminalkommissar für das Gebiet Lindenfels verantwortlich. Jetzt ist er pensioniert und macht Urlaub in diesem schrulligen Dorf. Das hat er zumindest seiner Nachbarin erzählt, die sich um die Kakteen auf der Fensterbank und um seine Katzen Lili Marleen und Caesar kümmert.

Er streicht ein letztes Mal über das Suchplakat, dann geht er weiter die menschenleere Straße hinunter. Die Vorhänge der umhergewürfelten Häuser sind zugezogen, als wären sie nicht bewohnt. Vielleicht wird er dahinter beobachtet. Aus dem Dunkeln, von neugierigen alten Augen.

Stahl erreicht das halbe Fachwerkhaus, das an der steilsten Kurve der Landstraße liegt. Es wurde nach einem Lastwagenunfall nicht wiederaufgebaut. Er blickt an der verschmutzten Fassade nach oben und erkennt eine Bewegung am Fenster. Das Haus scheint überraschenderweise bewohnt zu sein. Der Vorhang im ersten Stock bewegt sich. Stahl legt die Hand an die Stirn und kneift die Augen zusammen. Der vergilbte Stoff ist mit bunten Traktoren bedruckt, wahrscheinlich ein Kinderzimmer.

Er blickt auf das Klingelschild: *Gerlach*. Einen kurzen Moment überlegt er, ob er klingeln und die Bewohner vor dem freilaufenden Serientäter warnen sollte, doch er weiß es besser. Stahl hatte es auf die harte Tour lernen müssen, damals. Die Verschwiegenheit, die Kälte, die ihm im Dorf entgegengebracht wurde. Der gesamte Ort hatte sich gegen ihn verschworen. Als er hier ermittelte, vor zehn Jahren.

Vielleicht wohnt dort oben gar kein Kind mehr, das beschützt werden muss, beruhigt sich Stahl und dreht sich zur anderen Straßenseite um. Er blickt auf die imposante Villa der psychiatrischen Klinik im Wald mit ihrem baumhohen

Säulengang. Einer der größten Arbeitgeber im Umkreis. Unvorstellbar, dass in Katzenbrunn noch Familien mit Kindern leben könnten. Nicht nach den schrecklichen Erlebnissen der letzten Jahre. Wer danach nicht weggezogen war, hatte den Ernst der Lage nicht erkannt oder kein Geld.

Stahl blickt nach links und rechts, schwingt den Gehstock nach vorne, zieht ein Bein nach und überquert die schmale Landstraße. Er kann sich Zeit lassen. Seit er vor fünfzehn Minuten den Landgasthof verlassen hat, ist kein Fahrzeug an ihm vorbeigekommen. Auch kein Motorrad, Postauto oder ein Ortsfremder, der sich verfahren hat. Ganz so, als gäbe es diesen Ort auf keiner Landkarte.

Stahl betritt den Bürgersteig. Vor ihm erhebt sich die gepflegte Grünanlage der Klinik *Waldfrieden*, die von einem meterhohen Zaun beschützt wird. Er greift in die Innentasche seines grauen Jacketts, zieht das silberne Zigarettenetui hervor und zündet sich eine an.

Augenblicklich steigen die Erinnerungen in ihm auf.

Es war ein verregneter Herbsttag 1976, kurz vor seiner Pensionierung. Der dreizehnjährige Stefan Kreitzer aus Schlierbach war verschwunden. Nur sein Fahrrad wurde gefunden, ganz in der Nähe des Klinikparks von Katzenbrunn. Die Mutter hatte ihn angefleht, den Jungen zu finden. Stahl hatte ihr in einem schwachen Moment versprochen, den Sohn nach Hause zu bringen. Bis dahin hatte er noch nie ein solches Versprechen abgegeben, aber sein damaliges Bauchgefühl sagte ihm, dass der Täter auf dem Klinikgelände zu suchen sei, da man dort das Rad gefunden hatte. Außerdem konnte er nicht mit einem ungelösten Fall in Rente gehen, das ließ sein Ehrgeiz nicht zu. Trotzdem blieb es höchst unprofessionell, der Mutter Hoffnungen zu machen.

Er musste den Greifer schnappen.

Also war Stahl mit seinem Audi 80 aufgebrochen und zurück nach Katzenbrunn gefahren. Seit mehreren Tagen logierte er im Landgasthof *Zur Krone*. Im Waldstück, kurz nach Lindenfels, geriet sein Wagen ins Schlingern und kam von der nassen Fahrbahn ab. Der Audi knallte gegen einen Baum.

Als Stahl wenig später im Krankenhaus aufwachte, war sein halber Körper eingegipst. Er konnte nicht mehr zu Ende ermitteln. Seine Pensionierung trat ein, und sein Nachfolger Kommissar Kleist war nun für den Fall zuständig. Kleist ließ ganz Katzenbrunn auf den Kopf stellen. Auch den Klinikleiter hatte er befragt, ohne Erfolg.

Stahl riet ihm, einen Durchsuchungsbeschluss für *Waldfrieden* zu besorgen, doch Kleist wollte nichts davon wissen, die Beweise würden dafür nicht ausreichen.

Die Mutter von Stefan Kreitzer starb, einen Tag bevor Stahl aus dem Krankenhaus entlassen wurde. Sie hatte sich auf die Bahngleise gestellt.

Die Ärzte im Krankenhaus sagten ihm, dass Stahl bald genesen sei. Doch es sollte anders kommen. Seit zehn Jahren plagen ihn Schmerzen. Angeblich alles nur psychosomatisch. Aber was wussten die schon?

Stahl pustet Rauch aus. Unser Täter versteckt sich da drin, in dieser Villa – egal, was alle behaupten, denkt er.

Doch dieses Mal wird er ihn fassen.

Er hatte es versprochen.